GENTOSHA
OUTLAW
BUNKO

いましめ

藍川　京

幻冬舎アウトロー文庫

はじめに

いましめ＊目次

第一章　獣の舌

I

藍色の小千谷縮《おぢやちぢみ》の着物にグレイの兵児帯《へこおび》。下駄履《ば》きの片品幸吉《かたしなこうきち》は、里奈《りな》が鯉《こい》に餌をやりたいと言うと、麦藁帽子《むぎわらぼうし》を被《かぶ》って庭に出た。古い映画で見たことがあるような格好だ。七十八歳で心臓が悪いと聞いているが、さっさと歩いていく足どりを見ていると、健康そのものという気がする。

古めかしい格好の幸吉に比べ、照りつけている太陽にも似た真っ赤なミニスカートを穿《は》いた里奈は、今年女子大に入学したばかりの十八歳。白いノースリーブのシャツから露出している腕は、産毛《うぶげ》さえないほどつるつるだ。長い黒髪はストレートで、乳首のあたりで切り揃えられている。目が大きく、鼻筋もとおったエキゾチックな顔立ちだ。

東京《とうきよう》郊外にある片品邸は、どこが隣家との境界線かわからないほど広々としている。

里奈はほんの一時間ほど前、梶原《かじわら》という男とはじめてこの屋敷にやってきた。

玉石積《たまいしづ》みの腰に、杉の下見板《したみいた》、その上の小壁を漆喰《しつくい》で仕上げ、瓦屋根を載せた高くて長い塀《へい》と同じように、重厚な鏡戸《かがみど》もぴたりと閉ざされ、外の世界をきっぱりと拒絶していた。

門構えに見合った丹波石《たんばいし》張りの長いアプローチの両側に、年輪を重ねた松や椿などの手入れされた樹木が植えられ、その手前の羊歯《しだ》や龍《りゅう》の髭《ひげ》が、晴天続きにもかかわらず、水をまかれたばかりのようで、しっとり濡れて青々と息づいていた。屋敷は入母屋《いりもや》造りで、玄関には御影石《みかげいし》の沓脱《くつぬ》ぎ石《いし》が、さほど明るくない照明を反射して光っていた。

曲がりくねった廊下を案内された里奈は、付け書院風の八畳間に通された。山水《さんすい》の掛け軸の掛かった床の間の横に円形の蔀戸《しとみど》があり、そこから庭の樹々が見えた。冷房がなくても驚くほど涼しい風が入ってくる。

東京からさほど遠くない郊外に、これほど贅沢な広さを持つ屋敷があるとは想像もしていなかっただけに、里奈は面喰《めんく》らった。

大学生になってはじめての夏休みだが、里奈はできるだけアルバイトをして、冬休みには恋人のいるアメリカで過ごしたいと思っていた。

高校三年の夏休みに親戚の家を訪ねた帰り、新幹線で隣り合わせになったのが脇谷卓《わきたにたかし》だった。親に秘密の、電話だけの交際が始まった。ようやくこの東京で自由に会えると思っていた矢先、二十四歳の彼は、二年間の海外赴任を命じられた。渡米してすでに四カ月余りだ。

里奈が目をつけたバイトは、校内に勝手に張り出されていた無許可の張り紙のなかにあった。ある実業家の娘の、夏休み中の住み込みの家庭教師というもので、やけに待遇がよかった。

指定された喫茶店に赴《おもむ》くと、面接係という四十歳前後の梶原という男がいた。

『似ている……』

梶原は里奈を見るなり、驚いた顔をした。

心臓を患《わずら》っている知り合いの老人の、死んだ孫娘にそっくりだと言う。

『金持ちの老人だ。きみを連れていったらさぞ喜んでくれるだろう。どうせ住み込みのバイトをするのなら、その年寄りといっしょに過ごしてくれないか。金は今回の家庭教師の倍以上出してくれるだろう』

戸惑っている里奈におかまいなく、梶原は店の隅の電話ボックスから電話をかけ、二、三分で戻って来た。

『金は家庭教師の三倍出すということだ。それが不満なら、もっと出してもいいから、ぜひ連れてきてくれと言われた。いつポックリ逝《い》ってもおかしくない老人だ。最後の頼みだと思って聞いてやってくれないか』

頼み込まれ、断れない雰囲気になり、里奈はつい頷いていた……。

静かすぎる屋敷だ。主《あるじ》を待つ里奈はひとりでいると落ち着かなかった。だが、主がやってきてふたりきりになると、里奈はいっそう落ち着かなくなった。

眼孔の窪《くぼ》んだ痩《や》せた老人は、舐めるように里奈を見つめた。服の下まで見つめられているような気がして、窒息しそうになった。

たいした話もしないうちに、裏庭に池があり、見事な鯉がいると聞いたとき、里奈はすかさず餌をやりたいと言った。片品は返事するより早く腰をあげた。里奈はホッとした。

池は建物の南側にあり、瓢簞《ひょうたん》の形をしている。中心のくびれた部分に石の橋が渡され、金銀をはじめとした錦鯉の群れがゆったりと泳いでいた。

池のたもとに立った里奈が、片品から渡された麩《ふ》を撒《ま》くと、集まってきた鯉たちはこれまでと一変して、争うように餌を取り合った。

「小父《おじ》さま、これから海に行きましょうよ」

片品の機嫌を損ねないようにと、里奈は精いっぱい甘えた声を出した。

「だめだ」

すかさず拒絶され、里奈の笑みが強張《こわば》った。

屋敷に来たばかりだというのに、広すぎて静まり返った片品邸にいるのが不安だ。しきりに蟬《せみ》の鳴き声はしているが、人の声がしない。

片品に妻子はいないと聞いている。だが、これだけ大きな屋敷だというのに、片品以外に顔を見せたのは、鏡戸を内からあけた小柄な男だけだ。あとは梶原が自分の家のように玄関をあけ、里奈を付け書院造りの部屋まで案内して消えた。

「じゃあ、近くの公園にでも行きましょうか」

「公園などより、ここの方がよっぽどましだ。敷地の中を隅から隅まで歩いてみろ。公園よりずっとましだとわかるぞ。それに、聞いていると思うが、わしには心臓の持病があってな。外で、もしものことがあったら困る」

ぜひと頼まれてやってきただけに、どんなに歓迎されるかと思っていたが、予想外だ。

「あの……お洋服を買いに行きたいんですけど、ひとりで行ってもかまいませんか」

「きょうから住み込みでわしの相手をしてくれる約束だろうが。外になど出ることはない。ここでは無理して服など着ることはない。この庭なら、裸で散歩しても安心だからな」

片品の言葉に、里奈は耳を疑った。前金で貰った大金を使いたいと思って、服を買いに行きたいと言ったわけではない。ここに来て、ほんの短時間で肩が凝《こ》ってしまった。気持ちをほぐすために外に出たいだけだ。

「長いアンヨだのう」

里奈のうしろの大理石の腰掛けに尻を下ろした片品が、唐突にミニスカートに手を入れた。

「いやっ！」

かっと汗をこぼした里奈は、ねっとりした年寄りの手を邪険に払った。

だが、懲《こ》りずに片品はまた手を突っ込んだ。ハイレグショーツ越しの尻肉はぴちぴちしており、今にも甘い果汁が迸《ほとばし》りそうだ。

たっぷり滴《したた》れとばかりに、片品はムンズと尻肉をつかんだ。

「いやっ！　やめてっ！」

こんなことをされるとは予想もしていなかった。片品を押し倒して逃げ出したいが、心臓の持病があると言われているだけに、思い切った動きがとれない。

「小父さま、冗談はよして……」

笑いを装ったが、頬が引きつった。

「無駄なことは喋《しゃべ》らんでいい。おまえはそっちを向いて、鯉に餌をやっていればいいんだ」

里奈の気持ちなど意に介さぬ、命令口調だ。

「困ります」

怒りや屈辱で、里奈の唇は小刻《こきざ》みに震えた。

「若い者には、明日にも死ぬかもしれん年寄りの気持ちなどわからんだろう。老いはそれだけで醜《みにく》い。若いことはそれだけで美しい。美しいものに触れれば、確実に死が近づいているにもかかわらず、わずかでも命を取り戻せたような気分になる」

つい今しがたの命令口調と裏腹に、片品はか細い嗄《しやが》れ声で言った。

「この歳で若い女を抱ける能力などあるわけはなし、少しぐらい楽しませてくれてもいいだろう？　わしは死んでいくだけの年寄りだ」

そんなことを言われると、拒絶することが罪悪のように思えた。

2

吹っ切れたわけではなかったが、里奈は池の方に躰の向きを変えた。麩を投げる手が、油の切れかけた機械のようにぎこちなくなった。

里奈の背中でにやりとした片品は、スカートの上から尻を撫でたりつかんだりしたあと、またその中に手を潜《もぐ》り込ませた。その瞬間、里奈の躰が硬直した。太腿はさっき以上に汗をかき、べっとりしている。多量の汗も若い証《あかし》だ。そっと女園に手をまわした。

骨と皮だけの老いた指に触られていると思うと、たとえ布越しとはいえおぞましい。里奈は不快でならなかった。

スカートのなかでモソモソしている片品の手は、翳りの濃さでも確かめるように、繰り返し恥丘を撫でまわした。それから、徐々に中心のスリットだけを指で上下に辿《たど》りはじめた。

布越しであっても執拗に敏感な器官を弄《もてあそ》ばれていると、いやが上にも昂《たか》まってくる。破廉恥な行為がいやで逃げ出したいが、昂まってくる躰がもどかしくてならない。

鯉の餌どころではなくなった。いつしか里奈は拳《こぶし》を握り締め、掌の麩を押し潰していた。

「あう……それ、いやっ」

眉間《みけん》に皺《しわ》を寄せて振り向いた里奈を、片品はニヤニヤしながら見つめた。

「湿ってるぞ。どんなオ××コだ」

品のない四文字言葉に里奈は啞然とした。逃げなければと焦《あせ》る一方で、片品が落胆して発作でも起こしたら……と、死の恐怖に身動きできない。

「パンティの上からいじりまわすのもいいもんだ。ほれほれ、こんなふうに」

肉芽のあたりをクリクリと丸く揉みしだきはじめた片品に、里奈は思わずハアッと鼻から熱い息をこぼし、形よく盛り上がった尻肉を左右に振った。

「ふふ、なかなかケツの振り方がいいじゃないか。感じるのか。こうやるとそんなにいいか。うん？」

肉のマメをサヤごと揉みしだく片品に、里奈の躰はますます昂まってきた。総身が熱い。痩せ細った無骨な指が思いのほかデリケートに動いているのが意外だ。恋人の指よりやさしく思える。

「あはあっ……いや……」

逃げることができないのなら、さっさと極めてしまいたい。里奈はいつしかくねくねと腰をくねらせていた。けれど、片品は薄い布越しにもどかしい力で秘部を撫でさするだけだ。半端な疼《うず》きに拳を握ったまま、里奈はすすり泣くような声を鼻から洩らした。まだ恋人の卓とは数度のセックスしかしていない。こんな焦《じ》らされ方をした経験はない。おぞましい老人に破廉恥に触られているというのに躰の芯が疼いている。どうしようもない火照《ほて》りだ。

鼻からこぼれる里奈の息が荒くなってくると、片品の手がさっと離れた。

「可愛い顔をしているくせに、おまえは思ったよりスケベな女のようだな。いつもこうやって自分の指で遊んでるんだろう。そして、くねくねと悶えてるってわけか」

ハッとした里奈は大きくかぶりを振った。

「熱いのう」

片品は兵児帯を解いた。

「わしのアンヨを跨《また》いで座れ」

「いや……」

いくら服を着ているとはいえ、片品と躰が密着すると思っただけでゾッとした。

「座れと言うのがわからんのか。もうすぐ死ぬこの老人の頼みを無下《むげ》にするというのか。わしはもうじき死ぬ身だ」

老いているというだけで、けっして病気のようには見えない。それでも、もうじき死ぬ老人だと言われると、また里奈は刃向かうことができなくなった。

大理石の腰掛けに尻を下ろしている片品の膝を、里奈はそのままうしろ向きに跨いだ。赤いミニスカートは太腿を滑り上がってまくれていき、破廉恥極まりない格好になった。里奈は無駄と知りながら、スカートの裾《すそ》を下ろそうと両手を動かした。

「何をしてる。両手はうしろだ」

剝《む》き出しの里奈の腕を両方ともつかんだ片品は、それを背中に持ってきて手首をひとつにしてつかんだ。それから、傍らに置いていた兵児帯で、手首をクルクルと括《くく》った。

「あう、いや」

里奈は動悸がした。

「たまにはこんなお遊びも楽しいぞ」

「変なこと……しないで」

「おまえも冗談がわからん女だのう。人質ゴッコは楽しくないか？　強盗ゴッコでもいいんだ」

不安でならない。だが、心臓が悪いという痩せた老人に危害を加えられるはずがないと、里奈は自分に言い聞かせた。括り方も軽い縛りだ。

「あっ！」

気を抜いた瞬間、片品の指がパンティの脇から秘園に潜り込んだ。上から入り込まず、太腿の方から入ってくるのが何とも卑猥だ。

「しないで！」

うしろ手に括られて思うように動けなくなった里奈は、火照りながら叫んだ。

唇の端を歪《ゆが》めながら、片品は直接女の器官をいじくりまわした。

「くううっ……しないで」

拒《こば》んでいるにもかかわらずヌルヌルが出てきたのを指先に感じた片品は、蜜液を指に絡めながら、花びらや肉のマメをいっそうねちっこくいじりまわした。

「花びらがぷっくりしてきたぞ。オマメもこんなにコリコリして、この分じゃ、肝心のオ××コもスケベの相らしいな」

ところどころ歯がない片品は、空気の抜けたような笑いをこぼしながら、ついに女壺に指を突っ込んだ。

「くっ」

外性器をたっぷりといじりまわされていただけに、粟立《あわだ》つような痺《しび》れが駆け抜けていった。

「そんなこと……しないで……ああう、いや」

膝から下りようにも動けない。両腕の自由がないということは、こんなにも行動が制限されることだったのだ。里奈は後ろ向きに片品の膝を跨いだまま、小鼻をふくらませてイヤイヤをした。

破廉恥な指は奥まで沈まず、一ミリ進んではわずかに退き、また少し進んでは後退するというねちっこさだ。それも、肉襞をクニュリといじりまわしながら進んでいく。

「おお、なかなか上等のヒダヒダだ。ボッとしてないで、締めつけられるだけわしの指を締めつけろ。わしの指を押し出せたら、すぐに百万円のボーナスを出すぞ」

間延びした抜き差しをしながら片品が言った。

里奈はクッといきんだ。お金が欲しいわけではない。猥褻《わいせつ》な指を一刻も早く押し出したかっただけだ。

「ふふ、そのくらいじゃ、わしの指は動かんぞ。ケツの穴とオ××コは繋《つな》がってるんだ。でかいウンチでもひり出すようにやらんかい」

これまで聞いたこともないような下品で破廉恥な言葉に、里奈は喉《のど》を鳴らした。

「弛《ゆる》めるな。締めつけろと言ってるんだ。言うとおりにしないと、この中を引っかきまわすぞ」

ギョッとした里奈は、慌てて力をこめた。

「んんっ」

思わず滑稽《こっけい》な声が出た。恥ずかしさに、たちまち里奈の耳たぶは真っ赤になった。

片品の指は動かなかった。何か異物が入っているなら出すこともできるだろうが、指とあっては、片品が力を抜かない限り出るわけがない。

「ほれ、今のようにもういちどいきんでみろ。さっさとしないと引っかきまわすからな」

「んっ！」

膣襞を締めたが、ふっと息を抜くと、前以上に片品の指は深く押し込まれた。

3

前方で物音がした。ちらりと何かが動いた。

「いやっ！」

里奈は跨いでいる脚を閉じようともがいた。

「おい、隠れんでもいい。出てきてお嬢さんに挨拶しないか」

タオルを首に巻いた三十半ばに見える小柄な男が頭を出し、首を曲げずに躰だけわずかに傾斜させた。シャツをまくり上げた腕は驚くほど太い。

「住み込みの庭師だ。腕のいい男だぞ。見られても減るもんじゃなし。ほれ、続けろ」

池の向こうの皐月《さつき》の植え込みから顔を出している男を無視するように、片品は肉壺の指の抽送を再開した。

「いやっ！」

何とか膝から下りようともがいたが、片品は空《あ》いている片手で、里奈の手首を括っている兵児帯を引き寄せた。

「おい、パンティの色が見えるか」

男は無表情に、はい、と言うように頷いた。

「何色だ」

「赤です」

男は事務的にこたえた。

「ふん、スカートに合わせて赤か。メンスみたいだな。で、どうだ、オケケは見えるか」

「少し」

「いやいやいや！」

恥ずかしさに里奈は肩を揺すり、尻肉を振りたくった。

「パンティの横から指を入れてこんなスケベなことをすると、オケケが濃い女は横から破廉恥にはみ出すんだ。これじゃ恥ずかしくて嫁に行けんな」

「もういやっ！　解いて！」

「そうはいくか」

総身を揺する里奈に、片品はにやけた笑いを送った。そして、庭師を呼んだ。

「わしの代わりに、このスケベ女を膝に乗せて押さえつけておけ」

お遊び程度と思って、うしろ手に括らせたのはまちがいだった。里奈は身動きも取れず、あっというまに片品と交代した庭師の膝に乗せられてしまった。両方の二の腕を鷲づかみされ、庭師の胸から離れることができない。

片品は庭師が首に巻いているタオルを取り、里奈の正面の地面に敷いた。そこに尻を乗せ、胡座《あぐら》をかいた。そして、男の足ごと、里奈の太腿を大きく押しひろげた。

「いやあ！」

「ションベンを洩らしたようにパンティを濡らしおるくせに、イヤだと？　口よりオ××コの方が正直みたいだの」

染《し》みのできているパンティの二重底をつかんだ片品は、グイッと左側に寄せた。あまり縮れのない漆黒《しっこく》の恥毛が、前以上に大きくはみ出した。その内側で、パールピンクの粘膜が濡れ光っている。

「おお、若いオ××コはいいのう。ここで何人の男を咥《くわ》えこんだんだ。近頃の女は売女《ばいた》みたいなのが多いからな。あとでお仕置きしてやらんといかんな」

片品はパンティを手で左にずらしたまま、翳りを舌でかき分け、肉饅頭も舌先で左右に割った。

「あう……」

庭師にうしろから押さえつけられているだけ、躰が敏感になっている。生あたたかく気色悪い舌が触れるたび、里奈は声を上げ、尻肉を浮き上がらせた。

片品の指は、パンティを引き寄せているのとは反対側の、右の花びらだけを大きくくつろげた。

「あう……」

片品の行為は一から十まで猥褻だ。恥ずかしい自分の姿に、里奈は眉根《まゆね》を寄せ、尻をくねらせた。

いっそ屋敷に戻り、片品ひとりの前で裸にされて触られた方がましだ。片品はこんなところで、しかも庭師の力を借りて破廉恥なことをしようというのだ。大金のバイト料の意味がわかってきた。

里奈に似た孫娘など最初からいなかったのではないか。策略にはまってしまったのではないか……。そんな気がしてきた。

ここに来てほんの一時間ほどしかたっていないのにこんなことになり、里奈は泣きたかった。外部から隔離されたような屋敷に、何の危惧も抱かずにやってきた浅はかさを後悔した。

女園に鼻をのめりこませるほど近づけた片品は、地面に落ちて朽《く》ちかけている花びらのような茶色っぽい舌で、会陰から秘口、肉芽へと一気に舐め上げた。

「ああっ！」

尻肉がブルブルと震えながら跳《は》ねた。

「腹いっぱい血を吸った蚊《か》みたいに、花びらもオマメもぷっくり膨《ふく》らんで、まったくスケベなお嬢さんだのう」

蜜で口辺をテラテラ光らせている片品は、また秘園に顔を埋めた。

「んんっ！」

里奈は胸と顎《あご》を突き出した。ベチョベチョといやらしい音をたてながら、片品は花びらや肉のマメをしゃぶり続ける。ジュブッ、ジュッ、チュブッ。静かな池のほとりで、片品の陰部をしゃぶる音だけが響きわたった。

「あぁう！　うっうん！　くっ！」

大きく口をあけ、肩を左右にくねらせながら、里奈は総身でイヤイヤをした。二の腕をつかんでいる庭師が、里奈を逃がすまいと、いっそう強い力で自分の方に引き寄せた。

「やっ！　いやっ！　くううっ！」

これまで以上に大きくのけぞって尻を浮き上がらせた里奈は、絶頂を迎えて口をあけ、感電したように激しく総身を震わせた。

「こんなに簡単にイカせては面白くないのう。女は焦《じ》らさんことには面白くない。だが、イッたからにはついでというもんだ」

びっしょり濡れた肉壺に二本の指を根元まで押しこんだ片品は、肉のサヤを舌先でチロチロつつき、その包皮ごと肉のマメをチュッと吸い上げた。

「くうっ！」

絶頂が治まっていないというのに、さらに敏感な尖《とが》りを刺激され、里奈は呆気なく次の法悦を迎えて痙攣した。

片品の舌と唇は動き続けた。次々とエクスタシーに襲われ、快感が苦痛へと変わっていった。

「ヒッ！　くううっ！　やめてっ！　ヒイッ！」

「この男にフェラチオしてやるか。してやるならやめてやってもいいぞ」

そんなことができるはずがない。次々と押し寄せる絶頂に汗まみれになりながら、里奈は頭を振りたくった。

「いやっ！　いやっ！　くうっ！　んんんっ！　ああっ！」

片品の舌から逃れるには、まず庭師の手を振りほどくことだ。そして、膝から下りるしかない。里奈は節操も忘れ、全身で抗《あらが》った。抗うほどに、庭師の指が二の腕に食い込んでくる。うしろ手に括られた女の身ではどうすることもできないとわかったとき、里奈は我を忘れて叫んでいた。

「しますっ！　しますからやめてっ！」

ただでさえ朝から蒸し暑いというのに、片品に徹底的に責められた里奈の額《ひたい》やこめかみからは汗が噴き出し、したたっている。ストレートの髪がほつれ、べっとり顔にへばりついていた。

下腹部の方は、女芯だけでなく、翳りも蜜にねっとりとまぶされ、太腿からしたたる汗は、庭師のくびれたズボンに染みをつくっていた。

「何をするんだ。ん？　言わんなら、またオ××コをしゃぶってやってもいいんだぞ」

女園に顔を近づけようとする片品に、里奈は閉じれるはずのない膝を合わせようともがいた。

「ま、待って！」

「待つほど寿命が残っとらんのでな」

今しも秘園にくっつきそうな顔に、

「しますから！」

また里奈は叫んだ。

「だから、何をするんだ」

「フェ……フェラチオ。いやあ！」

こんな状態でむりやり言わされた言葉の恥ずかしさに、顔を隠せない里奈は総身でイヤイヤをした。

「そんなにこいつのムスコをしゃぶりたいのか。そうか、膝に乗っけてもらった礼のつもりか。若いのになかなか義理堅いのう。よし、そうまで言うなら、わしと交代だ。上手にしゃぶってやれよ」

勝手なことを言う片品に、里奈は返す言葉がなかった。

庭師の膝から下ろされた里奈は、兵児帯でうしろ手に括られたままだ。何度も気をやっただけに足がガクガクして、まっすぐ立っていられなかった。すぐにタオルに膝をついた。

男は自分でジッパーを下ろし、反り返った太い肉柱をつかみ出した。

「あう……」

恋人のものよりはるかに大きい剛直だ。黒々と光って、グイとエラが張っている。息を呑んで見つめていると、里奈のうしろに立った片品が、背中を押した。

「オ××コがスケベなら、その可愛い口もスケベだろう。ジュパジュパ音をさせてやれ。遠慮はいらん。わしはいやらしい音を聞くのが好きでな。やれ」

次に後頭部を押され、里奈はいやおうなく男の肉根を口に押しこまれていた。

「ぐ……」

喉につかえる剛棒と、鼻をつく動物臭に、里奈は吐きそうになって喘《あえ》いだ。イヤイヤをしようとしたが、頭を動かすことができない。片品の手は頭を押さえこんで放さない。目尻に涙が滲《にじ》んだ。

セックスをするときは、里奈は相手とまず風呂に入る。フェラチオをするときはなおさらだ。だが、庭師は外で働いていた。全身汗にまみれていただろう。朝風呂など入らず、昨夜入ったきりだろう。ムッとする匂いに泣きたくなった。

「性根を入れてやれよ」

片品がハッパをかけた。

里奈は息を止めて頭を動かした。太すぎて、すぐに顎が疲れた。動きを止めると、うしろから片品が後頭部を押さえつける。里奈はまた泣きたくなった。

「もっといやらしい音をたてないか。ジュパジュパ音をたててしろと言ったろうが。できないなら、鯉といっしょに池の水を飲んでもらうぞ」

ヒッと総身を粟立たせた里奈は、チュパッ、ジュブッ、ジュブッと、卑猥な音をたてて剛直をしゃぶりはじめた。そんな恥ずかしい音をたてたことがないので、消え入りたいほど恥ずかしかった。

唇で側面をしごきたて、舌で舐めまわし、頭を左右に動かしながら、側面をねじるように舐めていく。また頭を上下に動かし、音をたてる。

「何だ、できるじゃないか。もっと派手にスケベな音をたててみろ。おまえのオ××コですると、スケベ汁がいっぱい出てきて、それとそっくりの音がするんだろう。えっ？」

片品は跪《ひざまず》いている里奈のスカートを真うしろから捲り上げ、赤いハイレグショーツを膝の近くまで引き下ろした。

「いやっ！」

里奈は屹立を口から出した。

「いつ尺八をやめろと言った。続けんかい」

剝き出しの豊満な尻肉を、片品の痩せた手が、思いのほか強い力でピシャリと打擲《ちょうちゃく》した。

「ヒッ！」

「勝手に顔を離すと、ケツの穴に指を突っ込んでかきまわすぞ」

「い、いやっ！」

おぞけだった里奈は、慌てて庭師の肉茎を口に入れた。

「とっととイカせんかい。だめなら、本当にケツに指だぞ」

赤い手形のついた尻っぺたをねっとりと撫でまわす片品の指は、ときおり双丘の谷間をすっと辿った。その指が菊蕾に入り込みはしないかとはらはらしているだけに、里奈は絶えず尻を振りたくっていた。それだけフェラチオに集中できない。

そんな里奈がわかるのか、庭師は自分の手で里奈の頭を両側からつかみ、押しては引いて強制的に頭を動かしはじめた。

「こいつの尺八はどうだ」

「若奥様に比べるとずっと劣ります」

「そりゃあ、そうだ。あいつはわしが徹底的に仕込んでやったからな。こんな若い女に負けるはずがない」

若奥様というからには、片品の後添いだろうか。だが、片品に妻子はいないと聞いている。それに、若奥様が庭師相手にこんなことをするのもおかしい。里奈は妙に若奥様という言葉に引っかかった。

「おい、早くしろ。あとは、部屋でたっぷり可愛がってやるからな」

尻を撫でまわしながら背後で笑う片品に、里奈は鳥肌立った。ふたりがかりでこんなことをされては一カ月ももつはずがない。一度だけでも屈辱だ。逃げ出すしかない。

ほんのつかのま動きをとめた頭を、庭師が容赦なく股間に押しつけた。

「うぐっ」

里奈は慌てて顔を動かした。今はこの男を一刻も早く昇天させるのが先決だ。

顎がはずれそうになるのを堪《こら》えながら、里奈は必死に頭を動かした。

ときには片品に尻を叩かれ、庭師に頭を押さえこまれながらも、やがて男にクライマックスが訪れた。

多量の精液が喉に向かって迸っていった。

「ぐ……」

吐きそうになり、里奈は頭を離そうとした。

男の手が里奈の頭を股間に押しつけた。里奈は窒息しそうになって涙をこぼした。

「よし、いいぞ」

片品が尻たぼを叩きのめした。乾いた肉音がした。ようやく男の手も離れた。

里奈の口中に男の生臭い匂いが広がった。

里奈はクタクタだった。屋敷に戻るぞと言われても、足がガクガクして歩けそうにない。

「今の若いのは根性がないのう。連れていけ」

顎をしゃくった片品に、ズボンを上げた庭師が、太い腕で軽々と里奈を抱えあげた。

4

里奈を抱き上げたまま屋敷に上がった庭師は、片品に命じられるまでもなく風呂場に向かった。そのあとを、不気味な笑いを浮かべた片品がついていく。

里奈は一刻も早くこの屋敷から出ていかなければと思った。だが、猥褻で巧《たく》みな舌と指に弄ばれ、何度も気をやっただけに、脱力感でいっぱいだ。庭師を交えた予想もしていなかった展開へのショックも癒《い》えない。ぐったりしたまま口もきけなかった。

庭師が里奈を下ろしたのは、緻密に編まれた籐《とう》の長椅子の置かれた六畳ほどの板の間だ。

「湿った服はさっさと脱げ。若い娘はいつもきれいにしておくもんだ。風呂に入れ」

鏡もない部屋だが脱衣場とわかった。

ドロドロになっている躰がさっぱりすれば、少しは元気が出るかもしれない。シャワーもいいが、湯船でゆったりできると思うと、里奈はわずかながらホッとした。

「着替えを持ってきます……タオルとシャンプーは持ってきましたけど……石鹸はお借りしていいですか」

片品の機嫌を損ねるのは恐い。さりげなく言ったつもりだが、唇の端がひくついた。ともかく、片品たちを油断させておいて、ここから逃げ出すのだ。

「着替えはあとで持ってこさせる。タオルもシャンプーもここにある。さっさと脱げ」

片品は目の前で裸になれと言っている。

「困ります……出てって下さい」

「屋敷の主に出て行けはないだろう。何が困る。うん？」

「こ、困ります……」

「オマメも吸ってやったし、指で壺の中をいじってやったら、おまえは気をやって悦んだんだぞ。そんな仲になったわしらだ。何の遠慮もいらん。こいつのマラもしゃぶってやったじゃないか。何も困ることはあるまい」

里奈は大きく胸を喘がせながら二、三歩後じさった。たちまち、うしろから庭師が両腕をがっしりとつかんだ。

「いやっ！　放してっ！」

「世話のやけるお嬢さんだ。わしに脱がせてくれということか。よしよし」

またも汗まみれになって肩を揺すり、総身で抗っている里奈に、片品は正面から近づいた。

「いやっ！」

ミニスカートから伸びた脚で、里奈は片品の膝のあたりを蹴った。

「うっ！」

よろめいて倒れた片品は、そのまま目を閉じ、天井を向いて動かなくなった。

里奈の血が凍った。

「片品様！　片品様！」

里奈の腕を放した庭師が、片品の傍らに膝をつき、心臓に耳を当てた。

棒立ちになっていた里奈も、泣きそうな顔をして、慌てて傍らに腰を落とした。

「どうした！」

上背のある体格のいい男がやってきた。日焼けした三十歳ぐらいの男だ。

男が入ってくると同時に、片品は目をひらき、ニヤリとして里奈の手首をつかんだ。

ギョッとした里奈は、短い叫びをあげた。心臓がとまりそうになった。

「大介《だいすけ》、いつ戻った」

半身を起こしながら、片品が尋ねた。

「ほんの一、二分前です」

「ちょうどよかった。これは行儀の悪いお嬢さんでな。わしを蹴りおった。お仕置きせねばならんが、その前に、服を脱がせて風呂に入れろ」

屈強な男ふたりがかりでは里奈の抵抗は無に等しい。ノースリーブのシャツとミニスカート、ブラジャー、パンティなど、たちまち剝《は》がされてしまった。

片品はにんまりした。

若者らしいつんと張りのある乳房。淡い桜色の乳暈《にゅううん》と小さな乳首。くびれたウエストと気持ちよく膨らんでいる尻肉。美事にすらりとした脚。バランスのとれた一級品だ。

何度か泳ぎにでも行ったのか、ブラジャーとパンティのあたりが、全体からくっきり浮き上がっている。それだけに、山の低い逆三角形の黒い翳りが目立つ。恥じらいにそよいでいるようだ。

長椅子に腰掛けて全身を観察する片品に、里奈は目で凌辱されている気がした。相手が三人になってはかなうはずがない。けれど、身動きできなくなればなるほど、抗う気持ちは大きくなる。

「大介、その真っ赤なパンティをひっくり返して匂いを嗅いでみろ」

大介は最後に剝ぎ取ったパンティを手にしていた。片品に言われるまま、鼻に持っていき、くっつけた。

「いやあ！」

汚れているのがわかっているだけに、里奈は恥ずかしさに消え入りたかった。庭師に後ろから両腕をつかまれていて動けない。それでも、イヤイヤと激しく頭を振りたくった。乳首までの長さの黒髪が左右に揺れ、幾本かは汗まみれの頬にこびりついた。

「強烈なオ××コの匂いで窒息しそうだろう。こんな可愛い顔をしていながら、庭で何度もイキおってな。どうだ、大介」

「匂います。メスの匂いです。それに、湿っぽいだけでなく、まだヌルヌルしたものがついてます」

耐え難い屈辱の言葉に、里奈の全身が火照った。

「戻ったばかりの金剛《こんごう》にも、それを嗅がせておけ。あいつもスキモノだからな」

まだほかにも屋敷に人がいるらしい。里奈は沼底に沈んでいくようだった。

若い獲物に逃げられないように、庭師と大介は交代に里奈を拘束しながら服を脱いだ。ふたりとも筋骨逞《たくま》しく、鍛え上げられている。

庭師の骨格はだいたい想像どおりだ。全体からして腕が異様に太い。大介の方は百八十センチ以上ありそうな上背だけに、背の低い庭師と比べると、いちだんと迫力があった。

そのふたりの黒々とした茂みから、赤銅色《しゃくどういろ》の太い剛棒が屹立《きつりつ》している。里奈は眩暈《めまい》がした。
そして、脚が震えた。

池のたもとで庭師の肉根を咥えて顎がはずれそうになったのは、ほんの今しがたのことだ。庭師と大介の剛直は同じような大きさに見えるが、躰がひとまわりちがう分、大介の肉茎の方がはるかに大きいのかもしれない。

「この暑いのに、鳥肌立ててどうした。でかいチ×ポコに驚いたか。太ければいいってもんじゃないが、ふたりともなかなかテクニシャンだぞ」

歯の抜けた口で笑われると、里奈の肌はいっそう粟立った。

大介が片品のうしろにまわり、灰色の兵児帯を解き、僕《しもべ》のようにかいがいしく藍色の着物まで脱がせていった。

最後に残ったのは、里奈がはじめて見る褌《ふんどし》だ。今の時代にまだそういうものがあるとは知らなかった。

骨ばった胸に細い脚の片品は、逞しいふたりといっしょにいるだけ、老いが際立った。

5

風呂は檜《ひのき》の匂いがした。広い。洗い場も浴槽も壁も檜だ。

左手に大きな窓があり、その向こうは遮蔽垣《しゃへいがき》に囲まれた広めの坪庭になっている。玉砂利が敷かれ、太い青竹が伸び、右に岬形灯籠《みさきがたとうろう》、そのすぐ左に蹲踞《つくばい》があり、水鉢に竹筒を伝った水が涼しげに落ちている。

広い洗い場に見合った、大人が二、三人入ってもゆっくりと脚を伸ばせる大きな湯船だ。溢《あふ》れんばかりの湯が張ってある。

庭師はいやがる里奈を引きずっていった。

片品は褌をつけたまま、坪庭の手前の洗い場に胡座をかいて座った。

「いやいやいやっ！」

諦《あきら》めきれず、里奈はなんとか庭師の手から逃れようと抗った。びくともしない。恐ろしい力だ。

大介が躰を洗いはじめた。終わると、庭師も躰を洗った。

「どうしておまえより先にふたりが躰を洗ったかわかるか。わかったら、みんな出て行ってやるぞ。さあ、言ってみろ」

「私をふたりで押さえて……洗うんでしょ。だから、だから先に……そんなのいやっ！」

また里奈は力いっぱい腕を引いた。

「それだけか。まだ正解にはなっとらんぞ」

輪姦というおぞましく恐ろしい言葉が、里奈の脳裏に浮かんだ。

「嫌い！　いやっ！　放してっ！」

「若いのは元気がいいのう」

片品はもがく里奈をあざ笑った。

「正解はな、ムサイ男どもに湯を汚されんようにだ。おまえにはそのまま入ってもらうぞ。そして、若い女のエキスをたっぷり出してもらう。わしは女の入ったあとの湯に入るのが好きでな。汗をかいた女ほどいい。オツユを出す女ほどいい」

笑う片品の痩せた肩が揺れた。

「もうオツユは乾いたころだろう。調べてやるから大股開きにさせろ」

片品は大介に顎をしゃくった。

大介は片品と向かい合って胡座をかいた。その上に里奈を乗せ、膝の後ろを掬《すく》ってグイッと左右に大きく離し、Ｍの字にした。

「いやあ！」

まだ洗っていない秘園をぱっくり割られたことで、里奈は懸命に膝をくっつけようともがいた。そうしながら、大介の手を膝からどけようと躍起になった。どうしようもないとわかったとき、両手で女園を隠した。

「小さいときのおしっこスタイルを思い出してるんじゃないのか。手をどけろ。邪魔だ」

「いやっ。いや」

首を振る里奈の乳房がゆさゆさ揺れた。

健康的な乳房の中心にある小さな淡い果実を、片品は正面からふたついっしょにつまみあげた。

「ヒイッ！」

総身が強張《こわば》った。あまりの痛みに里奈の目尻に涙が滲んだ。秘芯を隠していた手が離れた。

「お利口さんにしてないと、もっと痛いめに遭《あ》わせるぞ。おい、辰《たつ》、両手を頭の上でつかんでおけ」

庭師の名前が呼ばれたのは初めてだ。

大介のうしろに立った庭師は、里奈の手を取り、後頭部でひとつにした。

片品はきれいに始末されている腋窩《えきか》の青白い窪みに目をやった。鼻を近づけ、その匂いを嗅いだ。汗の匂いといっても、若い分泌物は甘やかな香りがする。唇をゆるめた片品は、肺いっぱいに匂いを吸い込んだ。

「やめて……」

汗まみれの躰の匂いを嗅がれる嫌悪感に、里奈は掠《かす》れた声をあげた。

ほとんど里奈の口紅は取れている。それでも唇には若々しい赤みがあり、あるかなしかの風に揺れる花びらのように可憐に震えていた。

「こんなウブそうな唇が、辰のでかいマラを、あんなにスケベな音をたててしゃぶったとはな」

目を細めた片品は、皺んだ指先で、震えている唇をなぞった。鼻から噴きこぼれる里奈の荒い息が、片品の指にまとわりついた。

「この可愛い唇で、もっともっと男を悦ばせることができるように教えこんでやる。授業料を払うどころか、たっぷりと小遣いをもらって教えてもらえるんだ。ついてると思うだろう。うん？」

唇を何度も辿っていく指がおぞましい。里奈は泣きそうな顔をして鼻をすすった。

「張りつめたオッパイもなかなかいいぞ。色素が薄い乳首を見てると、いちおう、花も恥じらうという感じだな」

片品は両手で左右の乳房を鷲づかみにした。

「あう」

里奈は反射的に胸と顎を突き出した。拘束されているだけで神経が敏感になっている。

乳房をつかんだまま、片品が人差し指と中指をひらいて乳首を挟んだ。そして、二本の指を擦るように動かした。

「んん……いや」

総身が敏感になっているだけに、ふたつの乳首を集中的に弄ばれると、妖しい疼きはたちまち手足の先にまで広がっていった。

「いや……やめて……あぁう」

乳首だけを触れられているというのに、秘芯がズキズキする。里奈は大介の膝の上で腰をくねらせた。

「ふふ、どうした。ケツをクネクネ振りおって。辰、わしの代わりにやれ」

乳首から離れた片品の指にほっとしたのは一瞬だった。片手で里奈の手を押さえた庭師は、もう一方の手を胸に伸ばし、二本の指で片品と同じように乳首を挟んで動かしはじめた。

「ああ……いや……いや」

里奈は肩と尻をくねらせた。

「大介、裂けるくらいに脚を広げろ」

たちまちMの形になっている里奈の脚のVの部分が、破廉恥に精いっぱい大きくくつろげられた。

「いやあ！　いやっ！　いやっ！」

反響した里奈の声が、周囲の壁から降り注いだ。

無駄とわかっていながら、諦めることができない。破廉恥な三人におとなしく身を任せることなどできるはずがない。里奈は声を上げ、肩を揺すり、尻を振りたくった。

「何がイヤだ。またスケベ汁をタラタラこぼしおって」

片品の指が秘芯を掬った。

「見ろ、これは何だ」

里奈の目の前に差し出された指には、ねっとりした透明な蜜が光っている。

「オシッコじゃあるまい？」

片品はペロリと指先を舐めた。

里奈はイヤイヤをした。その間も、絶えず庭師の指がしこった果実をいじり続けている。

トロトロと蜜が溢れているのは、片品に言われるまでもなくわかっていた。こんな男たちに勝手なことをされて濡れる自分が情けなく、口惜しい。心を置いてきぼりにして変化する女の躰に、里奈ははじめて気づいた。

「いつ風呂に入った？　きのうか、今朝か。オ××コにちり紙がついてるぞ」

「いやあ！」

偽りとも知らず、里奈は狂おしい声を上げて身悶えた。

二本の腕が自由にならないので顔を隠せない。こんな屈辱的な思いは初めてだ。屋敷に来てからの数々の屈辱的な言葉のなかで、もっとも傷つくひとことだった。

「庭じゃ、パンティを穿いたままだったな。スッポンポンより、パンティをずらして横からオ××コを見る方がいやらしい風情がある。しかし、初めて正面から見るオ××コにもゾクゾクするもんだ。ゾクゾクするたびに男は若返る。わかるか」

縮れの少ない黒い翳りを撫でまわし、小さめの淡い花びらを両側にまくり上げた。肉のマメが細長い包皮から、ぷっちりとほんの頭の先だけ顔を出している。真珠のような輝きだ。花びらに囲まれたパールピンクの粘膜は、触ってみるまでもなく、今にもとろけそうでやわやわとした感触を伝えている。

秘口がねっとりと光っている。溢れた蜜が押し出され、蟻《あり》の門渡《とわた》りをじわりと伝い落ちていく。

「ケツをうんと持ち上げろ。尻の穴をもっとよく見たい」

里奈の叫びが風呂場の壁にぶち当たって跳《は》ね返った。

大介は隆々とした腕で、膝から三、四十センチも里奈を持ち上げてみせた。

「まさか、ウンチの匂いなどさせとらんだろうな」

キュッとすぼまっている、いかにも処女といった紅梅色《こうばいいろ》の菊蕾を、片品は満足げに眺めた。

「見ないでっ！　お願い！　いやっ！」

こんな屈辱はないと思っていると、次には前以上に辱《はずかし》められる。里奈は完全にプライドをもぎ取られ、貶《おとし》められていった。

「この堅くすぼまっている菊の蕾は、いつ大輪の花を咲かせてくれるかのう。みごとに咲いたら褒美《ほうび》をやるからな」

里奈にはまだ片品の言葉の意味がわからなかった。

菊花から目を離した片品は、ねっとりした掌でシルクのような太腿を辿り、鼠蹊部《そけいぶ》を撫でた。きめ細かな上等の肌だ。この肌を緊縛すれば、さぞ縄も悦ぶだろう。キリキリと玉の肌を締めつけ、色っぽい美しい女に装わせてくれるだろう。

「いやいや。もういや。乳首、いやっ」

片品の手も気になるが、庭師の指でいじられ続けている乳首は痛いほどコリコリにしこり、エクスタシーを迎えられない半端な疼きを堪えるには限界だ。疼。子宮まで疼いているというのに、どうすることもできない。

骨太の庭師の指が、繊細な快感を与え続けていることが不思議だ。

「やめさせて。いや。乳首はいや」

里奈は片品に哀願した。

「ズクズクして、スケべなことをしたくてしたくてたまらんようになったんだろう。よし、風呂に入れろ。お湯の中にたっぷりエキスを出してもらうからな」

破廉恥な格好から解放されるだけでも救いと思わなければならない。

6

里奈が大介によって湯船に沈められたとき、立ち上がった片品が白い褌を取った。しなびた黒い肉根が、白い恥毛の中に蹲《うずくま》っている。

「わしのコイツを立たせることができたら、一生困らんほどの財産を分けてやるぞ」

庭師の剛棒を強制的に口に含まされたように、これから口でしろと言われるのではないか。里奈の背中に冷たいものが走り抜けた。

「さあ、湯にいっぱい若返りのエキスを出せ。自分の指でいじりまわしてヌルヌルを出すのもいいし、わしが出させてやってもいい。それとも、若いふたりに頼むか。体中を隈《くま》なくいじくりまわしてくれるぞ。ふたりにやられると、ヌルヌルどころか、気持ちよすぎてションベンまで垂れ流すかもしれんな。さあ、どうする。十秒以内に答えろ。答えんなら、三人でかかるからな」

理不尽な言葉とはいえ、ここでは片品が絶対的な権力者だ。屋敷に来てからの短い時間を振り返ってみても、刃向かって得をすることは何もない。力でねじ伏せられ、自由にされるだけだ。けれど、三つのなかから選べと言われても、どれひとつ選べるようなものはない。

「わしは長湯は禁じられておってな。ぬるめとはいっても、そう長くはつき合えんぞ。みんなにいい気持ちにさせてくれということか」

「待って！」

「ん？　何だ」

「じ、自分で」

総身でイヤイヤをしながら、里奈は顔を覆《おお》った。

「ふふ、自分でいじった方がヌルヌルがいっぱい出るということか。楽しみだ。脚を伸ばしたら、大きく広げてしろ」

浴槽に背を預けた里奈は、脚を伸ばした。少しずつ膝を離していった。動きを止めると、もっとだ、と片品の声が飛ぶ。蜜壺に湯が入り込むのではないかと思えるほど、破廉恥に広げることになった。

「大介、十分ほどしたら金剛を連れてこい。あいつがお嬢さんを気に入ってくれるといいがな」

　大介が出ていった。

「金剛が来る前にヌルヌルをいっぱい出せよ。でないと、金剛におまえを渡すかもしれんからな」

　金剛とはどんな男だろう。その男もいっしょになって、また何をされるかわからない。今は恥を忍んで、人前で自分を慰めるしかない。

　里奈は肉のマメを包んでいる肉莢《にくさや》に指を当てた。隠れてこっそりする行為を、人前でしなければならない。指がなかなか動かなかった。喉が鳴った。

　湯に浸《つ》かっている片品は、真正面から里奈を見つめていた。

「グズグズしてるなら辰にやってもらうか」

「します！　しますから！」

　里奈は慌てて指を動かしはじめた。

　こんな格好で自分を慰めたことはない。いつも布団のなかで寝る前に横になってする。最近は、恋人を思いながら指を動かすことが多かった。短い時間ですぐに気をやった。

　今は強制的にさせられている。甘い想像もなく、ただ指を動かすだけだ。それでも、細長い肉の帽子を丸く揉みしだいていると、鼻からこぼれる息が荒くなる。脚を突っ張り、足指を擦り合わせた。

「オ××コに指は入れんのか」

眉間に可愛い皺を寄せて喘ぎながら、里奈は首を振った。

「マメいじり専門か。花びらはいじらんのか」

かすかに口をひらいている里奈は、はい、とも、いいえ、ともとれる曖昧《あいまい》な視線を片品に向けた。

「まだイカんのか。毎日いじりまわして鈍感になっとるんじゃないのか。オツユはちゃんと出とるだろうな」

里奈の脚の間に入り込んだ片品は、秘芯に指を当てた。ピクリとした里奈の指の動きが止まった。

「おお、ヌルヌルしておるわ。よし、続けろ」

また片品は里奈から離れた。

早くこんな時間から逃れたいと、里奈は花びらと肉のマメを掌でいっしょに押さえ、円を描くように大きく動かした。

下腹部の奥深くからせり上がってくるものがある。

「あはあ……ああう」

のぼせそうだ。昂《たかぶ》りのせいか、湯のせいかわからない。もうすぐ熱い塊《かたまり》が駆け抜けるのは確かだ。

「んん……くううっ！」

檜の湯船の底についている尻肉が跳ねた。内腿と鼠蹊部が突っ張った。顎を突き出して里奈は法悦を極めていた。

ニタリとした片品が、庭師に顎をしゃくった。

風呂に飛びこんだ男は、痙攣がおさまってぐったりしている里奈をうしろから引き上げ、浴槽の縁《へり》に尻たぼを載せた。

白い脚を割った片品が、顔を埋めてズルズルと蜜をすすった。

「くううっ！」

ぐったりしていたものの、里奈はまだわずかに絶頂の余韻《よいん》を引きずっていた。そんなときに口で触れられ、すぐさま二度目の昂まりに襲われて痙攣した。

「うまい。蜜は口で直接飲むもよし、お湯に混ぜるもよしだ。芯からホカホカするわ」

片品は湯を掻《か》きまわしたあと、ふうっと満足げな息を吐いた。

里奈が湯から出されたとき、大介が顔を出した。

「金剛はこちらで待たせておきますか」

「いや、連れてこい」

どんな男が来るのだろう。里奈の脳裏にちらりとそんな思いがよぎったが、ひどく怠《だる》い。どうでもいいという気になった。

「おう、金剛、相変わらず元気そうだな」

それが入ってきたとき、里奈はいっぺんに正気に戻った。

筋骨逞しい大型犬だ。赤く長い舌を出している。獰猛《どうもう》な顔をした犬は、里奈を見つめて涎《よだれ》をこぼした。

「金剛、赤いパンティの匂いは気に入ったか。誰のものか当ててみろ」

金剛というのが犬の名とわかり、火照っていた里奈の躰はたちまちそそけ立った。

金剛は鋭い目を里奈に向け、まっすぐに歩き出した。咬《か》みつかれ、引き裂かれるのではないか。里奈は恐怖に身震いした。

「助けて……いや」

「ふふ、動くなよ。じっとしていれば害は与えん。そいつは土佐犬《とさいぬ》だ。闘うためにつくられた犬だ。死ぬまで闘うぞ。殺気迫る闘いだ。四国犬《しこくいぬ》にブルドッグやマスチーフと交配されて土佐犬になったが、ブルドッグというのも、もともと雄牛と闘わせるためにつくられた犬だ。雄々《おお》しい血が流れているだけに、なかなか闘争心旺盛でな。人間などすぐに咬み殺してしまうわ」

里奈の背筋に冷たいものが走った。

金剛は里奈に触れるほど近づき、正面で脚を止めた。

「金剛、初対面の挨拶がわりに、おまえの舌でお嬢さんをしゃぶってやってもいいんだぞ」

里奈は冗談かと思った。だが、金剛には片品の言葉がわかるのか、里奈の足指の匂いを嗅ぎはじめた。匂いを嗅ぎながら、大きな頭は徐々に上の方に向かった。涎をタラタラとこぼしている。

動物好きな里奈だが、図体の大きな闘犬を前に、毛穴という毛穴から脂汗が噴き出した。

金剛が里奈のうしろに躰を移した。

「犬を……どけて」

震える里奈は片品に哀願した。

「金剛はおまえが気に入ったようだな。いやならとうに咬みついてるだろうからな」

片品は小気味よく笑った。

そのとき金剛が、里奈の膝のうしろのくぼみを大きな舌で舐め上げた。

「あう！」

総身を強張らせながら、里奈は拳を握った。掌は汗でどろどろだ。

ペチャペチャと音をさせながら、金剛は里奈の脚を舐め上げていった。それから、また正面にやってきた金剛は、低い唸《うな》りをあげた。

「助けて……小父さま……お願い」

「金剛はな、おまえに跪けと言ってるんだ。わしには金剛の心が読める。咬みつかれたくなけりゃ、膝をついてみろ」

胸を喘がせ喉を鳴らしながら、里奈は檜の洗い場に両膝をついた。

「膝を広げろ。肩幅より広くな」

太い脚。ブルドッグに似たいかつい顔。大きな舌から流れ落ちている涎。目の前の金剛は獰猛な野獣にしか見えない。

里奈が脚を広げると、金剛の唸りがやんだ。

「見ろ、金剛はおまえのその格好が気に入ったと言っておる」

金剛は女園の匂いを嗅ぎはじめた。

動きをとめた金剛が、睨《にら》みつけるように里奈を見上げた。

襲われるかもしれないという恐怖でいっぱいになったとき、里奈の聖水口から琥珀色《こはくいろ》の液体が迸った。迸りは金剛の首筋から下をびっしょりと濡らしていった。

「金剛といると、ションベン洩らすほど気持ちがいいのか」

片品の笑いに、大介と庭師も傍らで頬をゆるめた。

人前で、それもこんな格好で小水をしている自分が里奈には信じられなかった。止めようという意識さえ失っていた。まるで開け放たれた水道の蛇口のようだ。

迸る聖水に顔を埋めるように、金剛がいかつい頭を女園に潜り込ませてきた。そして、花びらのあたりをベチョッと舐め上げた。

「ヒイイッ！」

生ぬるい舌の感触のおぞましさに、里奈は失神して倒れ込んだ。

「失禁の次は失神か。他愛ないのう。お湯をぶっかけてきれいにしたら連れてこい」

片品が浴室から出ていった。

倒れている里奈の脚の間に入り込んで、なおも金剛は女芯をしゃぶり続けた。

第二章　卑猥な晩餐

I

意識が戻ったとき、素っ裸の里奈は八畳間の布団に仰向けになっていた。バスタオルが腹部に掛かっているものの、乳房も下半身も丸出しだ。

破廉恥にＭ字にひらいた脚。その両足首には、一本の竹の棒が細紐《ほそひも》で括りつけてある。慌てて半身を起こした里奈は、上体をよじってその竹から足の拘束を解いた。知らない間に女園が剥き出しになるようなことをされていたと思うと、屈辱に全身が火照った。

見知らぬ部屋だ。

床の間に山水の掛け軸が掛かり、やや左手に伊万里《いまり》らしい壺が置かれている。杉絞りの丸太の床柱の脇には、一段高い書見台がついていた。

足元に、隣室に続く襖《ふすま》がある。欄間《らんま》は老松の透かし彫《ぼ》りだ。左手の障子の向こうは廊下だろう。

周囲を見まわした里奈は、まだ長い夢の続きを見ているのだと思いたかった。

金剛は人ではなく、いかつい顔をした土佐犬だった。そして、その犬が秘園に頭を埋め、唾液のしたたるおぞましい舌で秘部を舐め上げた……。

そのときのことを思い出した里奈は、皮膚を粟立てた。髪が逆立つようだった。頭蓋のなかを冷たいものが走り抜けた。

これが現実なら、逃げなければならない。片品邸は頭のおかしな男たちの住む館だ。使用人も主も、みんな狂っている。

しかし、服がない。逃げるにしても、素っ裸で屋敷の外に出る勇気はない。泣きたくなった。

里奈は腹部に掛かっていたバスタオルを腰に巻いて立ち上がった。襖を一センチばかりそっと開けてみた。

作務衣《さむえ》の下だけ穿いた上半身裸の大介が、両手を後頭部にやり、枕がわりにして仰向けに休んでいる。熟睡しているのか目を閉じているだけなのかわからないだけに、そこを突っ切っていくわけにはいかない。

襖を閉じた里奈は、障子を開けた。廊下があり、庭が広がっている。

茂った植え込みの中央の、ひときわ大きな松の木の上で、不意に何かが動いた。

里奈は声を上げそうになった。

辰という庭師だ。剪定《せんてい》の最中らしい。枝の間から顔を出し、里奈を見てニヤリと笑った。

仕事をしているというより、里奈を監視しているのだ。それがわかると、里奈の腋《わき》の下を、じわりと汗が流れていった。

庭から逃げるのを諦めた里奈は障子を閉め、もういちど隣の部屋に続く襖を開けた。

大介の息は規則正しい。眉《まゆ》だけでなく胸毛も濃いので、山男のようだ。

里奈はそっと男のいる部屋に足を踏み入れた。大介に聞こえるのではないかと不安になるほど、激しい鼓動が鳴った。

服はどこにあるのだろう。見つからなかったら、男ものでも何でもいい。拝借するつもりだ。

大介の呼吸は変わらない。里奈は荒い息を吐きながら、そっと彼の傍らを通り、次の間の襖に手を掛けた。

そのとき、足首をがっしりとつかまれ、里奈は、ヒッ、と息を呑んだ。

「ションベンか。トイレはそっちじゃないぞ」

「放して……」

「放したらどうする？」

「そろそろ帰ります……夜になると困ります……困るんです。服を返して下さい」

「何を寝ぼけたことを言ってやがる。もうじき晩飯だ。腹が減って目が覚《さ》めたんだろう。気をやると体力を使うからな」

大介は唇の端を歪め、里奈の腰のバスタオルを剝ぎ取った。

そこへ片品がやってきた。

「おう、お嬢さんはお目覚めか」

「小父さま、帰して下さい。お金は全部お返ししますから。お願いです！」

里奈は泣き顔をつくった。

「うん？　最近、ときどき耳が遠くなる。何か聞こえたか、大介」

「金はいらないから、ずっとここに置いてくれと言ってます」

「おう、いつまででもいいぞ」

片品は里奈の揺れる乳房を鷲づかみにして笑った。

「飯の前にいいものを見せてやれ。あいつ、半端にいたぶられて火照っているはずだからな」

目を細めた片品は、廊下の方に細い顎をしゃくった。

「スッポンポンのこいつに浴衣を着せてやれ。藤の間に用意させてある。暴れるようなら、金剛の檻《おり》に放り込んでいいぞ」

「そうなれば金剛が悦びます。このお嬢さんをえらく気に入ってるようですから。オ××コだけでなく、頭のテッペンから足の先までじっくり舐めまわしたくてウズウズしているでしょうから」

「ケツの穴も念入りにな」

片品の言葉に、大介はクックックッと肩で笑った。

いかつい犬の名前が出ただけで、里奈に悪寒《おかん》が走った。この男たちなら脅《おど》しだけでなく、迷わず実行に移すだろう。あの犬といっしょの檻に入れられたら、失神どころか、心臓が止まってしまうかもしれない。今はおとなしくしているしかない。

大介に連れ込まれた部屋の襖には、見事な藤の水墨画が描かれていた。片品の言っていた〈藤の間〉だ。

乱れ箱に紺地の浴衣と赤い半幅帯《はんはばおび》が入っている。

「さっさと着ろ」

着ろと言われても、里奈は帯が結べない。素っ裸のうえに蝶《ちょう》の模様の入った浴衣を羽織《はお》ったものの、途方に暮れて身を屈《かが》ませた。

「チッ、こんな帯も結べないのかよ」

舌打ちした大介は、赤い帯と里奈の腕を乱暴につかんで部屋を出た。

「おい、婆さん、帯を頼む」

廊下を右に左にと三度曲がった大介は、中の返事を待たずに障子をあけた。

雑誌をめくっていた白い割烹着《かっぽうぎ》の女が振り向いた。意地の悪そうな目をした六十過ぎの女だ。

「婆さんじゃないでしょ。何度言ったらわかるの。図体ばかりでかくて、目上に対する口の利《き》き方も知りゃしない」

「はいはい、キヨさんよ、帯を頼む。急いでくれ」

「浴衣の帯も結べないなんて、今の若い娘《こ》は何をやってるんだろうね。そのくせ、男をくわえ込むのだけは早いんだから」

立ち上がった女は里奈の前に立ち、怯《おび》えている小娘の顔を正面から無遠慮に眺めた。

同性とはいえ、キヨに救いを求めても無駄だと、里奈はすぐに悟った。

片手で浴衣の胸元を押さえている里奈の手を、キヨは大介に劣らぬ乱暴さで払いのけた。

それから、身頃《みごろ》を左右に大きく離した。

「あ……」

里奈はすぐに乳房を隠そうとした。

「おっと、オテテは邪魔だ」

うしろから大介が里奈の両腕をつかんだ。

キヨは値踏みするように里奈の裸身を遠慮なく観察した。

キヨが祖母ほどの歳の女とはいえ、こんな不自然な形で見つめられると、男たちから凌辱を受けたとき以上の屈辱を感じた。

「ふん、ウブそうな顔をしてるけど、すぐによがり声をあげてせがむようになるんだろうね。この乳首をコリコリ立てて」

　キヨはピンクの小さな果実をつまんだ。

「あう」

　里奈は眉間に小さな皺を寄せた。

「ここをびっしょり濡らして」

　キヨの手はすぐに乳首を離れ、翳りに下りて花びらに触れた。

「いやっ！」

　腰を振った里奈を、キヨはまた鼻先で笑った。

「婆さん……じゃなかった、キヨさんよ、早くしてくれ。時間がないんだ」

　大介が催促すると、キヨは浴衣の身頃を合わせ、半幅帯を胴にふた巻きし、いとも簡単に文庫《ぶんこ》結《むす》びに仕上げた。

2

「さあ、いいものを見せてやる。声を出すなよ。気づかれたら金剛の檻だぞ。忘れるな」

大介は廊下の端に近い部屋にそっと足を入れた。

これまでの部屋とちがってカーペットの敷かれた洋風の部屋だ。ソファや大型テレビ、サイドボードなどが置かれている。

サイドボードの上に掛かっている、いかにも重そうな額縁《がくぶち》に入った婦人裸像を、大介はそっと絨毯《じゆうたん》に下ろした。

小さな穴があった。大介がそこを覗いた。

「やってやがる。見てみな」

大介は自分の立っていた場所に里奈を立たせた。

里奈はこわごわ穴を覗いた。壁にレンズでも入っているのか、向こうの部屋が拡大されて見える。

女がピンク色の男形を使ってオナニーをしている。里奈は声をあげそうになった。

髪をアップにした品のいい色白の女だ。歳は二十八、九歳か。もしかすると三十路《みそじ》を少し過ぎているのかもしれない。

女は、つけているのが無意味ではないかと思えるほど薄いシースルーのナイトガウンを羽織っていた。裾をまくり上げ、床柱に背をつけて大きく足を広げ、グロテスクな玩具《おもちゃ》を出し入れしている。

わずかにひらいた小さめの唇が、微妙に震えている。今にも泣きそうな顔だ。うなじや額に落ちたほつれ毛が、妙に色っぽい。

上品な女がそんなことをしているというだけでも驚くが女の秘部には一本の翳りもなかった。

色っぽい女のソコがつるつるしているのと、ベビードール風のナイトガウンということで、下半身だけ見つめていると、子供が肉壺に男形を入れているようにも見える。艶《あで》やかな顔とのアンバランスさが、異様で妖しかった。

自分で慰めている女の姿をはじめて見る里奈は、息が苦しくなった。指で慰めているのではなく、雑誌でしか見たことない男形を使っているのだ。そんな卑猥な道具を、そこにいる上品な女が使っている現実を目にしても、なぜか信じられなかった。そんな玩具を使うのは、よほど猥褻な男か、遊び好きの女だと思っていた。

卑猥な玩具が、これまでよりさらに深く沈んだとき、女は頤《おとがい》を突き出し、口を大きくあけて喘いだ。

そのとき、チョーカーと思っていた女の首の赤い飾りが、犬の首輪そのものであることに気づき、里奈は啞然とした。

首輪についている小さな南京錠《なんきんじょう》が揺れている。女は首輪がはずれないように鍵をかけられ、磨き丸太の床柱に、犬のように革紐《かわひも》で繋がれているのだ。

拘束されているとしか思えない女が、彼女のほかに誰もいない部屋でエクスタシーを求め、大人の玩具を自らの手で動かしている……。

二重三重の衝撃が里奈を襲った。一方で、他人の恥ずかしい行為を覗くことで昂り、頬が異様に火照った。

女の片手が透けたナイトガウン越しに乳房をつかみ、揉みしだきはじめた。男形の出し入れも激しくなってきた。

目を閉じた女の眉間の皺が深くなった。豊かな尻肉が畳の上で右に左にとくねっている。くねったかと思うと、前の方に突き出される。

男との行為で、男の動きに合わせるように、女は自分で抜き差ししている玩具の動きに腰を合わせているのだ。

男形を動かす右手のスピードがさらに増したとき、ナイトガウンの右のストラップが肩から滑り落ちた。白い乳房が半分ほど不自然に剝き出しになり、女の妖しさが増した。

（もうすぐ……）

その表情から、里奈は間近まで来ている女の法悦を感じ、熱い息を鼻から洩らしながら拳を握った。

声が聞こえない。だが、艶《なま》めかしい声を出しているのはわかる。

「はああっ……あは……」

かすかにそんな声が聞こえてくるような気がする。

ついに、女が大きく口をあけ、白い歯を見せてのけぞった。

絶頂の大波が女の総身を襲っている。何度も何度も電流のような法悦が駆け抜けているようだ。そのたびに、痙攣し、乳房が震えた。豊臀も震え、真っ白い鼠蹊部から太腿にかけての肉が激しいひくつきを繰り返した。

乳房を揉みしだいていた左手が落ち、男形を握っていた手も脚の上でだらりとなった。

空に突き出されていた卵形の顎ががくりと落ちたとき、ようやくエクスタシーが治まった。

女は脚を閉じる力もなく、床柱に背を預けた姿勢で目を閉じた。

覗き穴の向こうには、打って変わって静寂と淫らな空気が満ちている。女が美しいだけに痛々しい。けれど、里奈は首輪をされて拘束されている彼女の哀れさをいつしか忘れ、昂り、秘芯が疼いていた。

里奈の秘壺から蜜が溢れていた。パンティをつけていないので、太腿をしたたり落ちそうだ。そんな自分の躰の変化に気づいたとき、ようやく里奈は覗き穴から顔を離した。

女の自慰が終わったことを知った大介は、里奈と交代に穴を覗いた。だが、すぐに躰を引いた。

元どおりに穴を額縁で塞《ふさ》いだ大介は、里奈の腕をつかんで部屋を出た。

「あんな上品な顔をしてやがるくせに、派手にやりやがるだろう」

大介は鼻先で笑いながら、里奈を片品のいる部屋に連れていった。

火照っている躰が、片品を前にすると冷めていく。

片品は浴衣姿の里奈を満足そうに眺めた。

「面白いものが見られたか。おまえが眠っている間退屈で、あいつをいじくりまわしていたんだ。気をやりそうになったらやめるわしに、あいつはあのいやらしい腰を擦りつけて、シテシテとねだりおった。気をやらせずに半端に放り出すと、ああやっていつも自分でやりおるわ。浅ましい奴だ」

片品は嘲《あざけ》りの笑みを浮かべた。

里奈は池のたもとでされたことや、風呂場でされたことを思い、片品のねちっこさを想像した。片品の容姿からは予測できない繊細な指の動き。里奈もその指で執拗に肉のマメや花びらをまさぐられ、イヤという言葉を忘れ、もっと早く、などと破廉恥な言葉を口走ってしまいそうになったのだ。

　だからというわけでもないが、あの女が自分で恥ずかしい行為をするところを見てしまっても、片品の言うように浅ましいとは思わなかった。時間がたつほどに、女の美しさが際立ってきた。

　この屋敷が非現実的なように、女がこの世のものではないような気もしてくる。幻を見たような気がしてきた。

「どうだ、いい女だろう。あの色っぽさは、おまえにはまだまだ真似できんな。だが、歳相応にいい女にしてやる。今夜からねっちり可愛がってやる。そのうち、むさ苦しいオケケも剃《そ》ってやらねばな」

　ふふと笑う片品に、よろめくように里奈は廊下に飛び出した。

「そんなに金剛といっしょになりたいのか。ん？」

　腕をつかんだ大介の言葉に、里奈は激しくかぶりを振った。

「お願いです。お願いですから帰して下さい」

「お嬢さんは、わしに何をお願いしたいと言ってるんだ」

　調子のいい片品が、また耳の遠いふりをして大介に尋ねた。

「晩飯の前にマン型を採ってほしいと言ってます」

「ん？　寝る前に採るつもりだったが、飯前に採ってほしいと言ってるのか。まあいいだろう。そう時間はかからんからな」

片品がガラスの鈴を振った。

すぐに庭師がやってきた。

「お嬢さんがな、早くマン型を採ってほしいとねだっとる。飯前だが、道具を持ってこい」

里奈にはマン型というのが何のことかわからない。それでも、片品が何かよからぬことを企んでいるのはわかる。それが何かわからないだけに不安が大きい。庭師がどんな道具を持ってくるのか、恐ろしさでいっぱいになった。

「いやいやいやっ！」

里奈は躍起になって暴れた。だが、肩幅の広い大介の手はビクともしない。

部屋を出て行った庭師は、さして大きくないボウルに入れたオレンジ色のねっとりしたものを、ヘラで掻きまわしながら戻ってきた。それを片品に渡した。

「押さえつけて大股びらきにしろ。早くしないと乾いてしまうぞ」

大介と庭師によって、里奈はあっというまに人の字に仰向けに押さえつけられた。浴衣を着ているだけに、ひらききった裾が開いた花弁のようでさらに破廉恥だ。剝き出しの秘園の黒い翳りが汗で光っている。

「いやっ！　いやっ！　やっ！」

腰を振りたくると、片品の目が鋭く光った。

「言うことを聞かんようなら、ペンチで大事なオマメを潰してもいいんだぞ。そうするか」

里奈の足元から頭に向かって、ひやりとしたものが駆け抜けていった。

「ペンチを持ってこい！」

「いやっ！　しないでっ！　じっとしてるからしないで！　恐いことはしないで」

里奈のすすり泣きが広がった。

「だったら、黙ってオマタをおっぴろげていろ。一度だけは許してやる。こんど動いたら、オマメをペンチでつまんで、ケツが真っ赤になるまでひっぱたくからな」

庭師に股が裂けるほど太腿をひらかれた里奈は、何をされるかわからない恐怖と屈辱に怯えた。

「オ××コの型など、そうそうと採ってくれる奴はいないぞ。それを、情けない顔などしおって。もっと喜べ」

片品はオレンジ色の冷んやりとしたゾル状のものを、里奈の秘芯に塗りたくった。

「あう……」

マン型の意味がようやくわかり、里奈はすすり泣きながらも恥ずかしさに耳たぶを赤くした。躰の火照りと裏腹に、冷たいものが花園を覆っていく。

男たちに見下ろされていることで、目をあけていることができない。目を閉じると、長い睫毛《まつげ》がふるふると震えた。

「動くなよ」

よしと言われるまで、里奈はふたりに押さえつけられていた。

やがてオレンジ色のものは乾き、ゴムのようになった。それを片品がニヤニヤと笑いながら、上から下へと剝がしていった。それに石膏を流しこめば、女園がそのまま再現できると言われ、里奈は恥ずかしさに顔を覆った。

「これからひと月の間、これを毎日採るからな。三十個のオ××コがどう変わるか楽しみじゃの」

歯の抜けた口で笑う片品に、里奈はイヤイヤと首を振った。

3

食堂は黒光りした欅《けやき》の板敷きだ。板の色に似た黒っぽいどっしりとした民芸家具のテーブルが置かれている。

恥ずかしい思いをしたあとだけに、里奈は食事をする気にならなかった。やけに空腹だ。だが、食べ物が喉につかえそうだ。

付き添ってきた大介は、里奈を椅子に座らせ、片品に会釈して出ていった。

藍染布に刺子《さしこ》の幾何学模様の入ったテーブルセンターの上に、姿のいいお頭つきの鯛《たい》が載っている。天ぷらや煮物や刺身など、純和風の夕食だ。三人前の箸《はし》と料理が並んでいるということは、もうひとりテーブルに着く者がいるということだ。

ほどなくやってきたのは、涼しげな縮緬《ちりめん》地の単衣《ひとえ》の着物を着た女だ。露草色に黒い太めの縞柄《しまがら》の入った粋な着物の女が、覗き穴の向こうで恥ずかしい道具を使って自分を慰めていた女だとわかったとき、里奈は声を上げそうになった。

あのとき、女は白い透けたナイトガウンだった。髪にほつれ毛が目立った。だが、食堂に入って来た女はきちんと着物を着て、それと同系色の淡い紗紬《しゃつむぎ》の名古屋帯《なごやおび》を締めている。髪はきれいにまとめあげ、うなじのやや上で小さく束ねている。その低い位置に挿《さ》されたさりげない鼈甲《べっこう》の平打ちの簪《かんざし》が、女をしっとりと落ち着かせていた。

赤い首輪はむろんない。けれど、よく見ると衿元《えりもと》に、それらしきかすかな赤い痕《あと》が残っている。

女はまず片品に軽く会釈し、里奈の目をちらりと見て頭を下げた。それから片品の横の椅子に座った。

覗き穴から見た女は、幻を見ているように美しかった。目の前に座った女を間近に見ると、そのとき以上に眩《まぶ》しいほどに艶やかだ。

「香菜子《かなこ》だ。死んだ息子の女房でな。つまり嫁だ」

香菜子の痴態を覗いたことを知っている片品は、里奈がどんな顔をするか観察していた。

「香菜子、このお嬢さんはしばらくここにいる。里奈という名だ。仲良くするんだな」

ふたりは視線を合わせたが、すぐにうつむいた。

庭師の辰が若奥様と言っていたのはこの女のことだったのだ。片品の若い妻という意味ではなく、未亡人になっている息子の嫁のことだったのだ。

ここに来てからのことを振り返ってみると、片品は亡き息子の妻に手を出しているだけではなく、どうやら辰たちの相手もさせているらしい。さっきは犬の首輪をつけ、床柱に拘束するようなことまでしていた。

香菜子となら逃げられるかもしれない。里奈はかすかな希望を持った。香菜子もこの屋敷から逃げたがっているとしか思えない。

キヨが徳利を運んできた。顔を上げた里奈は、浴衣を着たときのことを思い出し、またうつむいた。

「例の刺身はまだか」

「もうすぐ出来上がります。元治《がんじ》が腕をふるっておりますから」

愛想のない顔でキヨがこたえた。

屋敷には片品のほかに、少なくとも三人の男がいるのがわかった。

「お義父《とう》さま、どうぞ」

ほっそりした手で徳利を持ち上げた香菜子は、片品に酒を勧めた。

義父に犬のように首輪を嵌《は》められ、繋がれ、破廉恥なことをされたはずの香菜子が、何もなかったように杯に酒を注《つ》いでいる。それを見た里奈は、覗き穴から見た光景は夢だったのではないかとまた思った。

「あなたもどうぞ」

ふいに徳利を向けられ、里奈はハッとした。

「少しぐらい呑めるでしょう？　杯を取ってちょうだい」

「呑め。女は酔っぱらうと可愛いもんだ。ここではいくら醜態を晒《さら》してもかまわんぞ。可愛い女の醜態というものは、見ていて飽きんもんだ。ほれ、さっさと受けんか」

戸惑ったまま杯に手をつけかねている里奈に、片品が命じた。

杯を手にした里奈は、手が震えた。混乱している。ここの人間が何を考えているのか、どんな関係を結んでいるのか、ますますわからなくなってきた。

「ふふ、どうした。うまい酒をこぼすなよ。何を緊張しておる。それとも、香菜子が恐いのか」

杯が一杯になったとき、胸苦しさもいっぱいになった。それを癒《いや》すため、里奈は一気に杯を空にして噎《む》せた。

「おう、いけるじゃないか。どんどん呑め。酔うとどうなる。躰が火照って男が欲しくなるんだろう。オ××コがズクズクと疼いてくるんじゃないのか」

嫁の前でよくそんなことが言えるものだと、里奈は愕然《がくぜん》とした。香菜子が上品なだけ、片品の言葉が恥ずかしい。ますます香菜子に視線を向けられなくなった。

「お待たせいたしました」

庭師と同じように作務衣を着た男が、大皿を運んできた。初めて見る年輩の男だ。キヨが口にした元治という男だろう。

「おう、出来はどうだ」

「赤貝もあちらも極上でございます」

「あっ！」

大皿に載っているものに目をやった里奈は声をあげ、汗を噴きこぼした。

テーブルの真ん中に置かれた大皿には、赤貝が円形に並んでいる。いかにも女性器を念頭に置いた置き方だ。上を向いた花びらと肉のマメを連想させる赤貝も卑猥なら、それらに囲まれ、真ん中に置かれているピンクの置物も猥褻《わいせつ》だった。

それは女園そのものだ。女の陰部をそっくり抉《えぐ》り取って置いたような大きさだ。

「おう、ふっくらした肉饅頭に、小さめの花びらとスケベ豆。穴ボコの姿も立派だ。香菜子、どうだ、自分のオ××コと比べて、若い里奈のオ××コの形は」

「いやあ！」

たちまち真っ赤になった里奈は、両手で顔を隠して総身を揺すった。赤貝に囲まれて置かれている卑猥な置物は、さっき採られた自分の女園なのだ。

股間でゴムのように固まったものに石膏を流し込まれただけでなく、それらしきピンク色の顔料まで施されている。それを、こともあろうに赤貝の刺身といっしょに大皿に盛りつけて出されただけに、恥ずかしさをとおり越して言葉も出ない。

「片品様、お気に入られましたか」

動転している里奈を尻目に、元治は静かな口調で片品に尋ねた。

「マン型もけっこうなら、赤貝もなかなかうまそうだ。香菜子、里奈のオ××コをどう思う」

「愛らしゅうございます……」

香菜子の言葉も恥ずかしく、里奈はいっそう身をよじった。

「里奈、食え。お頭つきの鯛に、できたてホヤホヤのマン型を飾った刺身。全部、わしからの祝いの品だ。きょうは記念すべきおまえの女体解放の日だからな」

機嫌良く笑う片品を見て、元治は安心した顔をして下がっていった。

片品の破廉恥な問いに、愛らしゅうございます、などと答えた香菜子だが、羞恥に身悶えしている里奈を見て、かつての自分を思い出していた。

片品の息子の嫁でいながら、夫がまだ健在だったときも、この舅《しゅうと》のねばついた目で見つめられた。未亡人になってからは自由に弄ばれてきた。それも、狂おしいほどとびっきり破廉恥な方法で。その屈辱に耐えきれず、かつては屋敷から逃げ出すことばかり考えていた。それなのに、今では躰が片品の行為に馴染《なじ》んでしまった。ただ忌《い》まわしいと思っていた行為が、妖しい甘美な疼きをもたらしている。

香菜子は女の躰の脆《もろ》さを悟った。目の前で羞恥に見悶えしている里奈にも、やがてそれがわかるだろう。けれど、里奈が純情そうに見えるだけに不憫《ふびん》だ。香菜子は里奈を抱きしめてやりたい思いに駆られた。

4

「片品様は、ここをおまえの部屋にしろということだ」

大介に連れて来られた八畳間は、風呂場で失神したあと、里奈が目覚《めざ》めた部屋だ。

デパートの陶磁器売場では華やかに見える伊万里の壺も、ここではなぜか陰気に見える。

三面鏡は閉じられている。

床柱脇の書見台では、ちょっとしたレポートなども書けそうだが、そんな気になれるはずがない。

食事している間に、深紅の掛布団が元通りになっていた。

里奈はひとつの布団に枕がふたつ並んでいるのに気づき、ハッと目を凝らした。これから毎日、ここで片品と休むことになるのだろうか。あの皺んだいやらしい指で、また総身を隈なくいじりまわされるのだろうか。

里奈は枕を見据えたまま、荒い息を吐いた。

「どうした、気にいらんわけじゃないだろう？　その掛け軸も壺も、えらく値打ち物らしい。片品様に甘えさえすれば、そんなものは掃《は》いて捨てるほど下さるぞ」

そんなものが欲しいとは思わない。欲しいのは昨日までの平和な生活だ。

「いっしょに休むのはいや。絶対にいやっ！」

震えを帯びた声を絞り出した里奈の胸が、浴衣越しに大きく喘いだ。

「片品様のムスコは立ちはせん。八十に手が届こうというお方だ。せいぜいいじりまわすだけだ」

「いやいやいやっ！」

触れられると思っただけで鳥肌が立つ。一日中そんなことを繰り返されては、三日と躰が持たないだろう。その前に頭がおかしくなりそうだ。

ひとりきりでゆっくり眠りたい。眠っている間は、身に降りかかったおぞましい現実を忘れられるかもしれない。

「お利口さんにした方がいいぞ。まずこの屋敷からは逃げられん。わかってるな。そして、おまえがどう足掻《あが》こうと、俺たちはオケケの一本まで自由にできる。ここにいる間、おまえは自分のオケケさえ自由にできんということさ」

鼻先で笑う大介に、里奈は紅《あか》い唇を震わせた。

「着替えろ。そこに長襦袢《ながじゅばん》がある。片品様は絹の長襦袢がお好きでな。今夜は真っ白だが、そのうち、真っ赤なものも着せてもらえるだろう」

乱れ箱に向かって大介が顎をしゃくった。

白い光沢のある長襦袢だ。その上に、淡いピンクの伊達締め《だてじ》が置かれている。

「さっさと着替えろ」

廊下に立ちっぱなしで部屋に入ろうとしない里奈の背中を、大介がグイと押した。

「あう」

よろけた里奈は、畳に膝をついた。

まるで花嫁衣装のような真っ白い絹の長襦袢。そんなものをつければ、片品はいっそう興に入り、執拗に迫ってくるだろう。

「さっさと着替えろ」

「いやです」

これまでのように、最後は力ずくで服従させられるのだとしても、自分から着替える気にはならない。

「ふん、後悔しても遅いぞ。すぐに片品様がおいでになる。言うとおりにした方が身のためだ」

里奈は廊下に背を向けて座った。どこまで刃向かえるかわからないが、反抗の意思表示だ。

廊下で足音がした。

里奈は息苦しくなった。このまま済まされるはずがない。急速に不安が膨らみ、ためらいが生まれた。

「うん？　まだ着替えてないのか」

冷ややかな老人の声がした。

「片品様といっしょに食卓を囲んでいながら、まだ素直になれないようです」

「つまり、着替えたくないと言っておるのか」

「はい」

「絹は絹でも極上の絹だぞ。着たくないはずがなかろう。着ろ」

「いやです」

雇い主がいかに老獪《ろうかい》極まる老人かを知っていながら、里奈はやはり断った。だが、言葉と裏腹に、心臓は飛び出さんばかりに乱れていた。

「なかなか言うことをきかん女というのはそそるのう。それだけ楽しみが増える。刃向かう女をこってりと責め、最後に泣いて許しを乞わせるのはわしの趣味だ。男の血が疼くわい。着替えたくないなら着替えるな。自分から着替えさせてくれと言うまで待ってやる」

片品は目を細め、色の悪い唇を歪めた。

すぐにも力ずくで着替えさせられると思っていただけに、里奈は拍子抜けした。

「上等の化粧でもしてやるか。柔肌に合うやつを辰に持ってこさせろ。赤いやつがいい」

化粧や赤いやつという言葉に、里奈はファンデーションや口紅の類《たぐい》を脳裏に浮かべた。だが、庭師の辰が持ってきたのは赤い縄の束だった。

「まだいましめをされたことはあるまい。極上の絹の長襦袢がイヤと言うなら、もっといいものをつけてやるだけだ。女には縄の化粧がよく似合う」

片品は辰と大介に目配《めくば》せした。

括られるとわかった里奈は、胸を喘がせながら尻で後ずさった。

「素っ裸にして胸縄を施してやれ」

逃げる暇もなかった。

鋼鉄のような腕を持った辰と、厚い胸を持った大介に同時にかかってこられたのでは、ひとたまりもない。

あっというまに文庫に結んだ赤い帯は解かれ、蝶の模様の入った紺地の浴衣は脱がされた。

「あう、いやっ！　やめてっ！　あっ！　いやっ！」

いくら総身でもがいても、里奈は無力な人形にすぎなかった。

腕をうしろにまわされ、重なった両手の二の腕に近い部分に、二重のロープがまわっていく。辰がいましめをしている間、大介はくねる肩先を押さえつけていた。

手を使えなくなったところで、縄留めのあとに余った縄尻が胸にまわり、乳房の上方を通ってうしろに戻る。その縄尻は、次は乳房の下方を通って再びうしろで縄留めされた。

「ああ、いやっ」

乳房を上下からギュッと絞られたことを知り、里奈は眉間を寄せて鼻から熱い息をこぼした。圧迫感はあるが痛みはない。だが、ことさら乳房を強調するいましめは屈辱的だ。

「おう、やっぱり縄化粧は風情があるのう。ピチピチした肌に、赤い縄もずいぶん喜んでいるようだの」

満悦の笑みを洩らした片品は、もう一束の縄を辰に渡した。

「スケベなオ××コにも施してやれ」

うしろに立った大介が、里奈の肩先を押さえこんだ。

前に立った辰は里奈の細い首に新しい縄を掛け、胸縄の上部にひと巻きし、次に、下方の胸縄にもひと巻きした。それから、真下に伸ばした縄を股間にくぐらせた。

「い、いやあ！」

想像したこともない破廉恥ないましめに、火照った総身から新たな汗が噴き出した。

股をくぐった縄は、うしろの大介が受け取った。

「どうだ、パンティがわりの股縄は。暴れると、花びらを割ったいましめがオ××コに食い込んでいくぞ。しかし、そのまま食い込んでも面白くないな」

　片品は思わせぶりな笑いを浮かべた。

「かわいい縄玉でも作ってやれ。ちょうどオ××コに嵌まるやつをな」

　股間縄を大介から取り戻した辰は、秘芯の粘液でかすかに濡れている部分が玉になるようにひと結びし、再び太腿の狭間《はざま》を通してうしろにやった。

　大介は受け取った縄を軽く上に引いた。

「あぁう……」

　辰のつくった縄の玉が、女唇にすっぽりと嵌まった。あまりの屈辱に、里奈の唇がわなわなと震えた。

5

「どうだ、オ××コに食い込む縄玉の感触は。そのうち疼いて疼いてたまらんようになるぞ」

「ああ、やめて……痛い……はずして」

　デリケートな部分が硬い縄でこすれる。そして、どこまでも食い込んでいく。里奈は尻をくねらせた。だが、動くだけ食い込みが激しくなる。

「解いて……お願い。ああ、痛い……」

眉間に皺を寄せ、絞られた乳房を波打たせながら腰をもじつかせる里奈を見つめ、片品はニンマリと笑った。

「香菜子は強くいましめをすればするほど色っぽい顔をする。おまえも、もっと色っぽい顔をしろ」

辰と交代して里奈の前に立った片品は、汗ばんでねっとりした顎を掌に乗せ、白っぽい舌を出してぷっくりした紅唇をなぞった。

「うくっ……」

不意の行為に、里奈は固く唇を閉じ、イヤイヤをした。おぞましさに全身の皮膚が粟立った。

股間縄の縄尻を持ってうしろに立っている大介は、里奈の頭が動かないように、側頭部をがっしりつかんだ。それでも里奈は、唇をキッと結び、片品に触れられるのを拒もうとした。

「股縄を鴨居《かもい》にまわせ」

自分を心底避けようとしている里奈に、片品は一瞥《いちべつ》を与えた。

大介はすぐさま欄間と鴨居の隙間に縄尻を引っかけ、たわみのないように結んだ。

少しでも動けば、縄が女芯に食い込んでしまう。デリケートな部分を守るには、微動だにしないことだ。

「鏡を立てろ」

片品の言葉に、辰が三面鏡を持ち上げ、里奈の正面に置いた。

「ああ……いや」

乳房を絞りあげられているだけならまだしも、恥ずかしい女の部分に縄をまわされている破廉恥な姿に、里奈はすぐさま顔を背《そむ》けた。

「ケツの方も見えるように、もうひとつ持ってこい」

部屋から消えた辰は、ほどなく、別の三面鏡を抱えて戻ってきた。それを里奈の背後に置いた。

尻たぼを割った赤い縄まで見える。それが鴨居に伸びている。屈辱の姿を男三人に見られているのがいたたまれない。だが、わずかでも動けば、秘口を塞いでいる縄の玉に責められる。微塵《みじん》も動けない里奈はいましめを受けている手で拳をつくり、掌に爪が食い込むほどギュッと握りしめた。

「上等の長襦袢を、さっさと着ておけばよかったと思ってるんじゃないのか。うん？」

里奈の前に立った片品は、臍《へそ》のあたりの縄をクイッと引き上げた。

「あう！」

柔肉の割れ目に食い込んでいる縄の玉が、いっそう深く肉壺に入り込んだ。同時に、敏感な花びらや肉芽がこれまで以上の圧迫を受け、ナイーブな秘裂がひりついた。

「しないで……痛い……解いて……」

わずかでも痛みから逃れたい。里奈は鼠蹊部を突っ張り、菊蕾にキュッと力をこめ、気を逸《そ》らそうとした。

「痛いだと？　オ××コが疼いてるんじゃないのか。痛いならやさしくしてやってもいいぞ。大介、筆だ」

書道で使う中細ぐらいの筆を受け取った片品は、ピンク色のきれいな乳首をくすぐった。

「あぁう……いや」

逃げられないだけに、拘束された躰はいつもの何倍も敏感になっている。身悶えせずにはいられない。だが、身をよじると腰が動き、恥ずかしい部分に容赦なく縄が食い込んでいく。

乳首のくすぐったさと女芯の痛みの狭間で、里奈は顎を突き出し、顔を歪めてキリキリと唇を噛《か》んだ。そして、股間の痛みを避けようと、足指で畳を押し、ほんの数ミリでも躰を浮かそうとした。

「おう、可愛い乳首を、もうこんなにおっ立ておって。股縄をぐっしょりと濡らしとるんじゃないのか」

片品が乳首をつまみあげた。

「あう!」

縄で絞り出された胸を、里奈は短い声をあげて突き出した。反射的な躰の反応に、片品がフフと笑った。

「おい、挟むやつを出せ」

辰から竹の洗濯挟みを受け取った片品は、わざと自分の人差し指を挟んでみせた。

「これで乳首を挟まれると、もっと痛いぞ。両方の乳首にこれをつけられるのと、ケツを弄ばれるのとどっちがいい? 一カ月の間に、おまえの堅くすぼんだ菊の花を広げ、男のものを受け入れられるようにしてやるつもりだ。ケツでするのもいいもんだぞ。まだケツで繋がったことはあるまい」

笑いを浮かべているものの、窪んだ目の奥に宿っている片品の残虐な光に、里奈は怯えと恐怖の入り交じった視線を向けて首を振りたくった。

「今夜はどっちがいい。乳首責めかケツか。えっ?」

「いやいやいやっ! 解いて。お願い!」

「こっちのお願いを聞かないで、自分だけお願いはないだろう」

「着ます。長襦袢を着ますから」

「今さら遅いわ」

片品は竹の洗濯挟みで、しこった右の乳首を挟んだ。

「ヒイッ！」

里奈はか細い笛のような悲鳴を迸らせた。

「あとで後悔すると忠告してやったはずだぞ」

大介の声がした。

洗濯挟みは容赦なく乳首を締めつけてくる。ちぎれそうな痛みに、総身から汗が噴き出した。首筋をしたたった汗が、胸縄に吸い込まれていく。

「い、痛い。いや。はずして」

「片方じゃ釣り合いが取れんな」

憐憫《れんびん》の片鱗も見せない片品は、左の可憐な果実にも洗濯挟みをつけた。

「ヒイイッ！」

大きく口をあけて顔を歪めた里奈は、足指をクッと曲げて畳を押した。あまりの痛みに、股間に食い込む縄玉のことを忘れていた。

片品は洗濯挟みを指先で軽く弄んだ。

「いい顔だ。美しい顔が歪むとオスの本能がそそられる。大介、ムスコがウズウズしとるんだろう。辰も血が騒いどるんじゃないのか」

水を浴びたように総身に汗を噴き出す里奈に、片品は昂りを覚えた。愛らしい女は責めるに限る。責められる女の恥辱や苦悶の顔こそ、最高の美だ。

目を潤ませ、白い健康的な歯を見せて苦痛に喘ぐ里奈の顔をじっくりと眺めながら、片品は形のいい白い尻肉を撫でた。

汗でねっとりしている豊臀。光っている背中。必死で躰を支えているとわかる太腿の震え……。

片品は内腿をさすったあと、また股間縄を軽く引き上げた。

「あぁう……許して……ああ、痛い……お願い、許して。解いて下さい。乳首もはずして。お願い」

細い肩先を小刻みに動かしながら、里奈はしゃくりあげた。

「最初に言うことを聞かなかった罰だ。今は、乳首に洗濯挟みか、ケツをいじられるか、そのふたつにひとつしかないんだ。おまえは洗濯挟みの方がいいんじゃないかと思ったが、ちがうのか」

歯の抜けた口で笑う片品に、里奈は首を振りたてた。

「ああ、痛い。はずして。乳首はいや。いや！」

「じゃあ、ケツの方がいいんだな」

うしろを触られるなど、想像しただけでもおぞましい。けれど、乳首の痛みに耐えるには限界だった。

「お尻を……ああ……」

そう口にして、また里奈はイヤイヤと首を振った。

「ん？　尻がどうした。いじってくれと言いたいのか？　さっさと言わないなら、わしたちは茶でも飲みに行くぞ」

冷酷に目を細めた片品は、里奈に背を向けた。それにならって、大介と辰も背を向けた。

「待って！　お尻を……お尻を触って下さい！」

三人を引き留めるには、そう叫ぶしかなかった。このまま置いていかれては痛みに耐えきれず、股間縄を無視してのたうちまわるだけだ。縄は凶器となり、デリケートな粘膜や皮膚を容赦なく痛めつけるだろう。

「ケツを触ってくれだと？　ケツを調教して下さいだろう」

「あう、痛い。お尻を……ああ、お尻を調教して下さい」

片品が窪んだ目で笑った。

「ケツを調教してくれとな。よかろう。必死に頼まれたのではしてやらんわけにはいかんな」

淡いピンクの果実に激痛を与えていた洗濯挟みが、ようやくはずされた。

6

鴨居にまわっていた縄がはずされ、股間縄が解かれた。里奈はうしろ手胸縄だけになった。

乳首の激痛はすぐには治まらなかった。

「調教されたいというケツをよく見せてみろ」

片品が胡座をかいた。

「尻を突き出して、片品様によくお見せしないか」

へたりこんだ里奈に、大介が手をかけた。

腕がうしろにまわっているため、四つん這いになることができない。跪き、上体を倒し、頭と肩先を畳に押しつけた。

排泄器官を真うしろから見つめられる羞恥に、里奈は腰を引こうとした。

「もっと尻を上げんかい」

平手が飛び、派手な肉音がした。

「あう！」

鼠蹊部を強張らせた里奈は、恥ずかしさに汗をこぼしながら尻を掲げた。

「そうだ、メスらしくていいぞ」

人間ではなく動物として扱われている。それがわかっていても、里奈はまだメスになりきることができなかった。

紅梅色の可憐な菊花が羞恥にひくついているさまを見て、片品はニヤリとした。その奥のワレメが股間縄で赤くなり、翳りを載せた肉饅頭は汗でねっとり湿っている。

「今夜は湯でいい。二、三百用意しろ」

会釈した辰が出ていった。

「ここはな、ウンチをひり出すだけのところと思っておる奴らがいるが、とんでもないぞ。オシッコをする穴もウンチをする穴も、オ××コ同様感じるようになっておる。早くケツで繋がる悦びを覚えろ」

まだセックスの経験も少ないうえにノーマルなことしか知らない里奈は、片品の言葉に怯えた。熱い総身が一瞬のうちにそそけ立ち、髪の付け根がひやりとした。

皺んだ指が、ねっとりと菊皺を揉みほぐしはじめた。

「あぁう……やめ……て」

掲げた尻を片品に向けているだけでも消え入りたいほど恥ずかしい。そのうえ、誰にも触れられたことのない破廉恥なところを指でいじられ、里奈はじっとしていることができなかった。右に左にと尻肉を動かした。

「ケツを振るほど気持ちがいいか。まだまだ堅い蕾だが、そのうちやわらかくなってくる。男を呑み込む日が楽しみじゃわい」

菊皺を揉みほぐしていた指が、ゆっくりとすぼまりの中心に迫ってくる。乳首に洗濯挟みをつけた無慈悲な指が、今は、刷毛《はけ》のようなやさしさで菊花を揉みしだいている。

「ああ、いや……そこ、いや。だめ」

気色が悪い。嫌悪感でいっぱいだ。だが、少しずつ妖しい感覚も広がってきた。うしろを触られているというのに、肉芽が疼き、とろりとした熱い蜜が溢れてくる。

「いや……やめて。くううっ」

Sの字を描くように、里奈は白い尻をくねらせた。

わずかに首を上げ、正面の鏡を見ると、掲げた尻のうしろにいる片品の視線が、鏡に映っている里奈を捉えて唇を歪めた。里奈は慌てて視線をはずした。

菊芯を揉む指が止まった。だが、ほっとしたのもつかのま、唐突に菊花に指が入り込んだ。

「ヒッ！」

鼠蹊部とすぼまりが収縮した。

「力を抜かんかい。まだ先っぽしか入っておらんぞ。ケツに入れられるときは息を吐くもんだ。覚えておけ」

「あぁう……やめて……下さい。そんなこと……しないで」

指が抜けたとき、上半身を起こした里奈は、いましめの躰を揺すって屈辱に悶えた。そして、廊下に駆け出そうとした。

大介に押さえつけられたとき、辰が戻ってきた。

ステンレス盆に太さのちがう二本のガラス浣腸器が載っている。大きい方は里奈の腕ほどありそうだ。

「ケツを拡張するには、その前にうしろをきれいにしておくのがマナーだ」

片品の言葉を耳にしただけで、里奈の躰は火のようになった。

「最初はイチジク浣腸一個でも十分だが、太いガラス浣腸器の方が風情があるからな。人肌の湯をたっぷり注いでやるから、ケツをさっきのように突き出せ」

「もういやっ！　しないでっ！」

里奈は悲痛な叫びをあげた。

「恥ずかしいか。恥ずかしいことを女にさせるのが、わしの生き甲斐でな」

追いつめられた里奈とは裏腹に、片品はゆとりの笑みを浮かべながら、驚くほど太い二百ccのガラス浣腸器を取った。もう一本は百ccだ。

「さっさと片品様に尻を突き出した方がいいぞ。この次は、乳首を挟まれるくらいじゃ済まんぞ。オ××コに太い蛇《へび》を入れられて失神した女がいたが、そうなりたくはあるまい。この屋敷には蛇などいくらでも棲みついているからな」

大介の言葉に、里奈は苦しい息を吐いた。この男たちは口先だけではない。どんなことでもやってのける。

「どうする。片品様はそうそう待っては下さらんぞ」

決断を迫られても、片品の手に握られた太いガラス浣腸器を見ると、素直に尻を突き出すことができない。

「いやいや。いや……いや」

首を振り立てながら、片品に哀願の目を向けた。だが、片品の表情が変わらないのを知り、ついに里奈は畳に膝をついた。そして、震えながら上半身を倒していった。

「もっとケツを高くしろ。ふふ、そうだ。よし、動くなよ。ガラスの嘴《くちばし》が割れるとえらいことになるからな」

羞恥にひくつく紅梅色の菊花に、ついに透明な嘴が突き刺さった。

「あう……」

眉間の皺を深くした里奈は、硬く目を閉じて唇を嚙んだ。

「じっくりと入れてやるから楽しめよ」

太いシリンダーを、片品は故意にゆっくりと押していった。

生ぬるい湯がじわじわと腸を満たしていく。排泄しか知らなかったところに、逆に湯を注がれる感触は薄気味悪い。こんな破廉恥な行為を見られている以上、これから男たちと顔を合わせるのが辛い。里奈はいっそ死にたいと思った。

「明日から毎日だぞ。この屋敷で過ごすからには、中も外もきれいになってもらわねばな」

まだ注入の途中だというのに、早くも腹部の痛みがはじまった。

「もう許して……ああ、お腹が……」

脂汗《あぶらあせ》が噴き出し、皮膚がねっとりと光ってきた。乳房のあたりの汗が、玉になって畳に落ちていく。首筋や額やこめかみには、べっとりと黒髪がへばりついた。

「ああ……許して……お、お願い」

里奈は足の親指を擦り合わせ、うしろにまわっている拳を握り締め、何とか気を逸らそうとした。

正面の鏡に映っている苦悶に歪む里奈の顔を観察しながら、片品は最後までピストンを押しきった。

トイレで排泄させられた後、辰によって全身を風呂場でみがかれ、片品の前に連れ戻された里奈は、すっかりおとなしくなっていた。

まだセックスを強要されてはいないが、これまでの扱いで、人格もない肉奴隷に貶められたという意識しかない。それが、里奈から最後の抵抗力を奪っていた。

自分の人生に、これほどの屈辱が待っているとは、昨日まで想像すらできなかった。まだ男を知って半年余りだ。自分を女にした脇谷卓はアメリカに赴任している。毎日、卓を慕いながら暮らしていたというのに、片品邸を訪れたことで、心がズタズタにされてしまった。

「すっかりおとなしくなったようだの。きれいになると気持ちがいいだろう」

褌ひとつつけているだけの片品は、里奈の手首をつかんで引き寄せた。裸に剝かれているやさしく白い躰が、片品の前によろりとくずおれた。

「刃向かうおまえも可愛いが、こうしておとなしくなったおまえも可愛いものだな。わしが恐いか。おまえをもっといい女にしてやろうと思っておるだけだ。昼間のおまえよりずっといい女になったぞ。ひと月もすれば、外の人間はおまえを見て溜息をつくはずだ。いい女にしてやるというのに、何の不満がある」

うつむいたまま顔を上げない里奈の顎を掌に載せ、片品は唇をゆるめた。目を伏せた里奈は、片品と視線を合わせることができなかった。排泄まで強要した男が「可愛い」などと言っているのが理解できない。それなら、もっとやさしく接してくれて当然だ。

「貝になったか。乳首を、あんな痛いもので挟んだりするはずもない。

だが、怒っとる顔でもないな。恥ずかしいのか。ん？　何が恥ずかしかった。言ってみろ」

うつむいて黙りこくっている里奈の頬は、青白かった。

「片品様、お持ちしました」

大介が和紙を敷いた盆を、両手で捧げ持つようにしてやってきた。和紙の上には、化粧クリームの瓶らしきものや、細長い棒のようなもの、金属の器具などが載っている。片品が胡座をかいている布団の横に、大介は盆を置いた。

「これから、おまえの望みどおり、さっそくうしろの拡張に入ってやる。その前に、きちんと正座しろ。両手をついて、菊座の拡張をよろしくお願いします、と挨拶するのが女としての礼儀だぞ」

刃向かう意思をなくしているとはいえ、盆の上に載っているものに目をやった里奈は、両手で顔を隠して首を振った。どういうふうに使う道具かわからない。けれど、これから、自分を辱める道具になることだけは確かだ。

諦めたつもりでも、また逃げ出したい衝動に駆られた。だが、辰と大介が傍らにいることで、気持ちは萎えた。

両手を顔から離した里奈は、コクッと喉を鳴らして片品を見つめ、震える唇をひらいた。

第三章　恥辱の調教

1

「小父さま、ふたりきりにして。ほかの人はいや。ほかの人に見られるのはいや。小父さまだけにしか見られたくないの。お願い、ふたりだけにして！」

片品の両腕に縋《すが》って、ようやくそう言った里奈は、上目づかいにか弱い目を向けた。

どうせ辱められる。それなら、ひとりだけに弄ばれた方がいい。これ以上、大介と辰にまで屈辱の姿を晒したくない。

「わしだけにしか見られたくないとな。よかろう。だが、その前に、発情したメス猫のように、わしにケツを掲げて見せろ。いいと言うまでケツを上げていられるなら、奴等との間に目隠しの屏風《びょうぶ》を立ててやってもいいぞ。さあ、どうする。お願いとやらを聞いてもらいたいなら、まずわしの言うことを聞くことだ」

言われた姿勢をとろうとすると、やけに唾液が溢れてくる。それを呑み込むたびに、喉がコクコクと鳴った。

「さっさとそのかわいい尻をわしに向けろ。頭と肩は布団につけて尻だけ高くな」

里奈は泣き顔をつくった。口を閉じると、鼻から荒い息が洩れた。乳房が波打ち、総身が小刻みに震えた。

「これが最後の取り引きのチャンスだぞ」

片品の目の奥に潜《ひそ》んでいる不気味な光は、里奈の今後の振る舞いによっては、やさしくもなれば刃物のように冷たくもなるのだ。

里奈は目を潤ませ、片品に背を向けた。それから、白いシーツに両手をついた。ひと呼吸おいて、ためらいつつ白い尻を掲げ、震える腕を曲げて頭を布団につけた。

「もっとだ」

片品の手が腰を掬い、グイと高く持ち上げた。

「あう……」

里奈は恥ずかしさに固く目を閉じた。こんな姿を晒して排泄器官を見つめられていると、自分は人間ではなく、片品が言ったように、一匹のメスでしかないとわかる。ここでは人間以下の扱いしか受けられないのだ。

「オ××コがもっとよく見えるように膝を離せ。なかなかそそるぞ」

里奈は頭の横の拳を握りしめながら、膝を離していった。何もされていないのに、皮膚に痛みが突き刺さる。三人の視線だ。

浣腸のあとで赤くなっているすぼんだ菊蕾を見つめる片品は、菊花が咲き開くまでの日々が楽しみでならなかった。菊蕾の下方でもっこりと卑猥に盛り上がっている肉饅頭、そこに生えた縮れの少ない黒い翳り、肉饅頭の内側のねっとりしている二枚の肉舌と女壺のワレメ。すべてがオスを誘う卑猥なメスの器官だ。

片品は里奈に触れず、器官を眺め続けた。菊蕾が恥じらいにヒクついている。尻が揺れはじめ、わずかずつ下がってくる。総身にうっすら汗が滲みはじめた。

「小父さま、もう許して……小父さま……」

静寂と、三方からの目に見えない視線に耐えきれず、里奈は掠れた声で許しを乞うた。

触れられたくないと思っていたが、触れられずに見つめられるだけでも痛みを感じる。破廉恥に触れられる以上に耐え難いものがある。時間がたつうちに、いっそ触れてもらう方が楽になれるのでは、とさえ思うようになった。

「正座してわしに挨拶ができるか」

「はい……ですから……もう許して」

「よし、挨拶してみろ」

片品はバシッと白い豊臀をひっぱたいた。

里奈は短い声をあげて尻を硬直させた。

すぐに躰を起こした里奈は、ようやく破廉恥な姿から解放され、片品の正面を向いて正座した。だが、片品の目を見ることができず、ついうつむいてしまう。

「小父さま……き……菊の……」

ゴクッと唾を呑み込む音がして、細い喉がひくりと動いた。

「ふふ、菊座だ。菊の花でも尻の穴でもいいがな。ケツを拡張してくださいと頼みたいんだろう？」

片品は下卑た笑いを浮かべた。

「菊座の……菊座の拡張を……よろしくお願いいたします」

両手をついて頭を下げたものの、里奈は半身を起こすとき、いたたまれずに、また顔を覆った。

「ほう、だいぶ行儀がよくなってきたな。よし、屏風を立ててやろう」

大介が二曲一双の鶴亀の絵屏風を立てた。

「これでいいな？」

「お部屋の外に出てもらって」

「おまえの姿は奴等から見えやせん」

「でも……声が……」

「黙っておればいい。さて、ここにあるものを説明してやろうかの」

里奈の頼みなど無視し、片品は盆の上から小瓶を取った。

「これは潤滑クリームにするワセリンだ。うしろはオ××コのようなオツユが出んから、これをたっぷり塗り込めながら拡張しなくてはならん。だが、やさしくケツの周辺を揉みほぐしてやっていると、それにこたえるように、しっとりと潤ってくるものだ。ケツも少しは濡れる。不思議だと思わんか」

蓋《ふた》を取った片品は、白いワセリンを里奈の目の前に突き出した。

里奈は瓶から視線を逸らした。腋窩から汗がツツッとしたたった。

「ケツの内側にまで十分に塗り込めたら、いよいよ拡張開始だ。そこで使うのがこのアナル棒だ。直径一センチの棒など指のようでたいした役にはたたんが、この細いやつから使ってやる。五ミリずつ太くなるぞ。この七本めは四センチだ。ここにはないが、五センチまでは揃っておる。ここまでくれば男のものを受け入れられるはずだ。何日かかるかの」

二十センチほどの長さの、いちばん太い黒い棒を手に取って、片品はこれ見よがしに怯《おび》えている里奈に見せつけた。

里奈の目は、恐怖に見ひらかれている。

先が丸みを帯びたたんなる黒い棒だが、説明を聞いたあとでは、恐ろしいだけの異様な道具だ。

「そんな……無理です……許して」

「無理かどうかは、そのうちにわかる。これはオ××コを見る道具だ。ケツ専用の肛門鏡もあるが、こいつでかまわん。ほれ、ペリカンの口のようだろう。まだ経験はないか」

クスコを開いたり閉じたりして見せる片品に、里奈はさらに汗ばんだ。まだ婦人科の内診台に乗ったことがないだけに、初めて見る恥ずかしい道具だ。

「道具を使ったあとは、わしが指で検査してやる。そのとき指に被せるのがこれだ。コンドームでもかまわんがな」

密封された袋から出されたのは、産婦人科などで使う二本指のサックだ。片品がそれを指に被せると、いかにも猥褻な感じになった。

「さあ、尻を出せ。これだけ説明してやれば何の不安もなかろう？」

片品の言葉とは逆に、ねちっこい説明をされただけに不安がつのる。片品はわざと説明したにちがいない。里奈にもそれがわかった。恐ろしいだけでなく消え入りたいほど恥ずかしい。屏風の向こうにいる大介と辰にも聞こえただろう。

「さっさと尻を上げんかい」

「小父さま……もう逃げたりしません。ちゃんと小父さまのおっしゃることは聞きます。お掃除でも何でもします。だから、お尻だけは許して……ね、小父さま」

「ケツを突き出した格好で台に括りつけてもいいんだぞ。台と縄を用意させるか」

屛風の方に顔を向けた片品に、里奈は即座に首を振った。

2

考えている時間はなかった。片品に背を向け、尻を掲げた。掲げたあとで屈辱感がじわじわとこみ上げてきた。

「リラックスしろ。穴をゆるめていないと、怪我《けが》をするぞ。無様なケツにはなりたくないだろう。入れられるときは息を吐くんだ。忘れるなよ」

右の人差し指と中指に、片品はたっぷりとワセリンを掬い取った。

「あう」

冷たいワセリンが菊口に触れたとき、桃尻が大きく跳ねあがった。滑らかな総身がたちまち粟立った。

尻を掲げて恥ずかしい排泄器官を晒しているうえ、そこに触れられるおぞましさ。ワセリンを菊花の周囲に塗り込めている片品の指に、じっとしていることができない。

「あう……んん……くっ」

唇の狭間からくぐもった声が押し出され、尻たぼはどうしても左右に揺れる。握りしめた掌が、あっというまに汗にまみれた。掌だけでなく、全身に汗が噴き出している。それにもかかわらず、皮膚は片品の指が動くたびにそそけだった。

「ふふ、可愛い菊の蕾だ」

菊蕾の周囲を揉みほぐしていると、すぼんだ中心がヒクついた。何かを言いたがっている可憐な少女の唇のようだ。

浣腸を施したあとなので、わずかながら肛門筋は弛緩している。それでも片品は、丁寧に菊皺からすぼまりに向かってワセリンを塗り込めていった。

「あぁう……うくっ……ああ」

まだ処女地だけに反応がいい。片品はほくそ笑んだ。里奈が、やっとのことで尻を掲げているのがわかる。屛風の向こうの男たちを気にして声を抑えているのもわかる。内腿がときどき突っ張り、痙攣する。

菊皺をたっぷりいじりまわしたところで、ようやく菊花に指を置いた。

「くっ！」

汗ばんでいる尻が跳ねた。

人差し指の腹で円を描くようにすぼまりを撫でまわすと、押し殺した声が洩れ、くびれた腰から蜂のように捻《ねじ》り出されている豊臀が、いっそう妖しいくねりを増した。

「んんん……いや……くうう」

尻たぼをくねらせながら喘ぐ里奈の声が、最初より艶っぽくなっている。

心持ち、蕾はやわらかくなってきた。花の内側にまでワセリンを塗り込めたところで、片品は指を離した。

汗でねっとりした肉饅頭の内側が、銀色に光っている。イヤと言う里奈の言葉と裏腹に、たっぷりと蜜液をたたえている。片品は目を細めた。

「いちばん細い一センチのアナル棒からはじめるぞ。今夜はそれだけにするが、あすは、二、三本先まで進めるぞ。さあ、息を吐け」

硬い物が菊口に触れたとき、里奈は息を吐くどころか、ゾッとして息を止め、菊芯をすぼめた。

「息を吐けと言ったはずだ」

アナル棒の行く手を遮《さえぎ》られた片品は、軽く舌打ちした。

「恐い……小父さま。許して」

肩越しに振り向いた里奈は、汗ばんだ顔を歪めて泣きそうな顔をしている。捻《ひね》り潰せばひとたまりもない仔兎《こうさぎ》を連想させる里奈に、片品はますます嗜虐《しぎゃく》の心をつのらせた。

「自分でこの穴をゆるめられんようなら、男たちに押さえつけてもらって、クスコで無理にこじ開けてもいいんだぞ。このクスコを使えば五センチまでひらく。急にそれだけこじ開けると、相当痛いぞ。痛いどころか、明日から使いものにならんぞ。さあ、どっちがいいんだ」

右手にアナル棒、左手にクスコを持った片品に、里奈は鼻をすすって顔を戻した。

「ゆっくり大きく息を吐け」

黒いアナル棒を、片品は怯えてひくつく菊芯に押し当て、ゆっくりと沈めていった。

「くううう……」

排泄のためだけの器官に異物が押し入ってくる。その不気味な感触に、汗をこぼす里奈の鼓動は乱れに乱れた。

「許して……あぁああ……いや……」

ワセリンを塗り込めていたときはくねくね揺れていた尻が、今は微塵も動かない。片品には、失神しそうなほど緊張している里奈の心境がわかった。

「ようし、そうだ、いい子だ。動くとケツが裂けるからな。裂けるとえらいことになるぞ」

はじめて菊座に異物を受け入れる里奈の心中を楽しみながら、猫撫で声で誉《ほ》め、次にはさりげなく脅し、片品はわざとゆっくりとアナル棒を押し込んでいった。

うしろの経験のない者でも、潤滑油や石鹸をつけてやれば、指一本ぐらい最初から容易に入ってしまう。直径一センチから一・五センチくらいのアナル棒なら、すぐにでも受け入れられるということだ。それを、わざわざそんな細いものから使い始めたのは、里奈の羞恥心を楽しみたいからにほかならない。

美しい女の羞恥と苦悶は片品をゾクゾクさせる。世の中にこれほど美しいものはない。

アナル棒を四、五センチ沈めたところで、ゆるゆると引き戻していった。窪んでいた菊花が、棒に引っ張られて盛り上がってくる。

「あああ……」

切なく顔を歪めた里奈は、すすり泣くような声を洩らした。

押し込められているときも気色悪かったが、それが抜かれていく感触は、それ以上に不快だ。棒が菊口から引き抜かれるかと思うと、また沈んでいく。ゆったりとその行為が繰り返された。

「あああ……んん……あああ……いや……くうう」

びっしょり汗をかいている里奈は、熱い息を吐きながら顔を布団にめり込ませていた。

皮膚がザワザワと粟立っている。それなのに熱い。そして、今まで知らなかった奇妙な感覚が芽生えている。こんな破廉恥なことをされているというのに、アナル棒の動きとともに、子宮にまでヒタヒタと疼きが広がっていく。けれど、うしろを触られる嫌悪感は拭《ぬぐ》いきれない。

「どうだ。こんな細い棒では痛くも痒くもあるまい。菊の蕾がもっこり盛り上がったり、窪んだり、なかなかいい眺めだ」

恥ずかしい器官に初めて異物を入れて弄ばれることで、総身を支える細い腕を震わせながら耐えている十八歳の里奈。その多感な年頃の女を辱める快感が、片品の細胞をひとつ残らず若返らせていく。

いやがっているような里奈が、実は感じているのもわかっている。蜜が秘裂の合わせ目からしたたり落ちそうになっている。アナルコイタスにはもってこいの躰かもしれない。

「あは……はああっ……んん……」

緊張してほとんど動かなかった尻が、今では抽送の邪魔にならない程度にくねりはじめている。

「感じるか。なかなか見込みがあるぞ」

棒を差し込んだまま右手を秘園に持っていき、片品は指先でぬめりを掬った。

「あは……」

菊蕾から広がっている妖しい感覚に焦《じ》れったさを覚えていただけに、里奈は切ないような甘い声を出した。そして、自分から破廉恥に尻を高くし、片品の指を求めた。

「スケベなメス犬め。そんなに尻を上げてどういうつもりだ。犬なら犬らしく腕を立てて這ってみろ。黒い尻尾もあるしちょうどいい。ほれ、四つん這いになって動け」

太腿を軽く叩いた片品にハッとして、里奈は腰を落とした。頭が朦朧《もうろう》とすると、片品は破廉恥極まりない言葉や行為で里奈を現実に引き戻す。

「尻尾を立てて犬らしく歩けと言ってるんだ」

「そんなこと……許して。許して下さい」

菊口に卑猥な棒を刺されたまま這いまわることなどできるはずがない。

「ふん、いちどで素直に言うことを聞けんようなら、いつもオマケがつくことを覚えておけよ。まず犬になって歩け。そのあとのオマケは、四つん這いのまま片手でオ××コをいじって気をやることだ。イヤなら屏風ははずす」

「ああ……」

里奈は頭《こうべ》を垂れた。刃向かっても無駄だとわかっている。けれど、死ぬほど恥ずかしい行為を命じられ、すぐにハイと返事できるわけがない。そんな里奈の気持ちを知っている片品は、さらにねっとりと責めてくる。

「ほれ、動け」

「あう」

アナル棒を深く押し込まれ、里奈は背を反らした。内腿もヒクッと緊張した。

屈辱に喘ぎながら、里奈はゆっくりと手と膝を動かし、前に進んだ。

拡張のためのストレートのアナル棒は、そのままでは抜けてしまう。片品は棒の尻に触れるか触れないかという感じで、軽く指で支えていた。里奈が前進するだけ、その指を動かしていった。

里奈は手と膝を動かすたびに情けなさで泣きたくなった。

「おうおう、可愛いワン公だ。ペットはこうやって、主人に従順でなくてはな。ここにいる間、おまえの主人はわしだということを忘れるなよ。黒い尻尾がなかなか似合うわい」

「もう許して……」

大介たちの視線から遮られているものの、声は聞こえているはずだ。ここで何が行なわれているか想像し、笑っていることだろう。里奈は自分が哀れでならなかった。鼻孔が熱くなった。

「短い散歩だが終わるか。よし、そのまま指でしろ。その前に、これから私の指でオ××コをいじりますから、よく見て下さい、と言うんだ」

そんなことは言えない、と口にしようとして、里奈は慌てて言葉を呑んだ。これ以上、恥ずかしいことを言いつけられたくはない。

「これから私の……オ……オユビでします……みて……見て下さい……」

屛風の向こうの男たちに聞かれまいと、里奈は小さな声で、吃《ども》りながらやっとのことで言った。

「うん？　聞こえんぞ。わしは耳が遠くてな。聞こえるように言え。聞こえるまで何度でも言わせるぞ」

里奈の心中を弄ぶように、すかさず片品がとぼけた顔をして言った。

自分のプライドを守ろうとすればするほど、その何倍も貶められていく。里奈は目を潤ませた。

「これから……私の……オユビでします。よく見て下さい……」

顔を隠せない辛さに、里奈は唇を噛んでイヤイヤと首を振った。

「ふふ、見てやるからしろ。気をやるまで犬のままだぞ」

花びらに右手の指を当てて動かしはじめた里奈を、片品は真うしろから眺めた。

黒いアナル棒を、まだ菊口がいじらしく咥えている。その直径一センチの棒は、里奈が花びらをクシュクシュと動かすのに合わせ、微妙に上下に動き、羞恥に打ち震えるさまを代弁していた。

ねっとり光る肉饅頭の狭間のメスのワレメから、透明な蜜がじわりと溢れだした。

「ああ……あは……んん……」

犬の姿で自慰をする里奈は、風呂場で慰めなければならなかったときよりいっそう惨《みじ》めに感じた。できるだけ声を洩らすまいとした。それでも、息が荒くなり、鼻から湿った生あたたかい息が洩れた。

「外側だけいじりまわすということは、まだ膣の快感を知らんのか。ヴァギナで感じる女は、すぐに指を突っ込みたがるが、風呂場でもマメと花びらばかりいじってイキおったんだったな。まあいい。そのうち中も目覚めさせてやる」

片品は肉饅頭に両指をつけ、グイッと左右に割った。

「あう……いや」

アナル棒が大きく揺れた。同時に、里奈の指が止まった。

バックリ割れた肉饅頭の中は、秘口といわず、そこらじゅうがヌルヌルだ。涎を垂らしたようになっている。里奈の指は肉のマメに置かれていた。

「続けんかい」

片品は命令口調で言ったあと、右の人差し指と中指を女壺に押し込んでいった。

「あはあああ……いや」

桃尻のワレメがキュッとせばまり、尻尾がピンと立った。

「続けろ！　イカんようなら、うしろにもっと太いヤツをぶちこむからな」

「いや……ああ……」

前に指、うしろに異物を入れられた情けない姿のまま、また里奈は人差し指を動かしはじめた。早くこの惨めな姿から解放されたいと、前よりいっそう速い速度で肉のマメを揉みしだいた。

「おう、ヒダヒダがミミズのように動いておるわ。指に吸いつく上等のオ××コはこたえられんわい」

片品はゆっくりと二本の指を抜き差しした。

「ああ……うくっ……はああっ」

汗ばんだ里奈の総身が揺れはじめた。下を向いた形のいい乳房が揺れるなか、その真ん中の淡色の乳首は堅くしこっていた。

「イクときはイクと言え」

「あああ……イ、イキそう……もうすぐ……あう……イ、イキます……くううっ！」

火の玉に貫かれたような感覚が駆け抜けていった。

膣襞がキュッ、キュキュキュッと痙攣を繰り返し、いつしかアナル棒が押し出されて布団に落ちた。

肉壺に沈めている片品の指が微妙に締めつけられた。

3

「辰、屏風をどけろ！　きょうの褒美に太いやつをくれてやれ」

まだエクスタシーの余韻が治まっていないときに不意に屏風が消え、里奈の周囲が明るく広がった。

「い、いやっ！」

里奈は半身を起こしながら恐怖の声をあげた。

「四つん這いの好きなメス犬をバックから突いてやれ」

辰が下半身のものを脱ぐ間、大介が里奈をむりやりうつぶせにし、肩先を押さえこんだ。

うしろに立った辰が、太い腕で、暴れる里奈の腰を掬い上げた。そして、柔肉の狭間にエラの張った亀頭を押し当てた。

「いやいやいやっ！　いや！　あああああ」

ぬかるんでいる蜜壺に、辰の太い肉杭が子宮めがけて打ち込まれた。たったひとりの恋人だけしか知らなかった躰を、きょう知り会ったばかりの獣のような男に無情に突き刺され、里奈の目尻から涙がこぼれ落ちた。

恋人のものよりはるかに太い肉棒は、子宮を突き破るほど深く入り込んだ。

ゆっくりした抜き差しを続けたあと、女壺に肉杭を挿入したまま、辰の指は秘園にまわった。汗で湿った翳りを撫でまわしたあと、太いものを咥えて左右に押し開かれた花びらに触れると、充血して肉厚になっている。その二枚のやわらかい花びらの合わせ目に指を伸ばしていくと、ほそ長い帽子に隠れていたはずの肉のマメが、ぷっちりと顔を出している。

肉の帽子の上に軽く指を置いた辰は、そこを丸く揉みしだきはじめた。

「んくっ……あはあ……」

さほど時間がたたないうちに、里奈の声が、これまでとちがう切なそうな喘ぎに変わった。膣壁が妖しく蠢《うごめ》きはじめた。辰の指先が多量の蜜でヌルヌルになった。

堅くしこって膨らんできた肉のマメを指先に感じた辰は、もう少しで結合がはずれるという位置まで腰を引いた。すると、つい今しがたまで逃げようとしていた里奈が、わずかに尻を突き出すようにして、肉茎を深く受け入れようとした。

辰は二、三度突いて腰を止め、肉のマメをゆっくりと揉みしだいた。

「あはあ……あう……あああ……」

間延びしたような辰の指の動きに、里奈の豊臀が催促するようにくねりはじめた。腰を引けば尻を突き出し、指を止めればシテと言うように、総身が前に傾いてくる。

辰が指を離し、剛棒を抜いたとき、里奈は続きを待つように、そのままの姿勢を保っていた。

太いものを咥え込んでいた柔肉の合わせ目が咲きひらき、蜜液をたっぷりとしたたらせている。それをうしろから眺めた辰は、腰をがっしりつかんで花園に顔をめりこませた。

「くううっ！」

女壺に生ぬるい舌が侵入したとき、里奈の尻肉が大きく跳ねた。

女壺だけでなく花びらや会陰を舐めまわしはじめた辰に、いちどは逃げようとして引いた腰を戻した里奈は、艶めかしい声をあげ、尻たぼをくねらせた。

（ああ……どうして……？）

泣きたいような気持ちになった。

片品の手先でしかない荒くれた辰の舌が、どうしてこれほどやさしく動くのかわからない。

「はあああ……ああう」

急速に近づいてくる悦びに、里奈は短く荒い息をこぼしながらそのときを待った。

もう少しというとき、辰は里奈をひっくり返し、火照った顔に跨がった。

「ぐ……」

黒光りしてエラの張った剛直を唇のあわいに押しつけられ、一瞬、里奈は息を止めた。肉根の挿入を拒んで固く唇を閉じると、秘芯で誰かの指が動きはじめた。

女壺に入り込んだ指が動きはじめ、別の指が花びらや肉の実を揉みしだいた。

「はあああ……」

里奈が小鼻を膨らませたとき、辰の肉茎がグイと唇の狭間を割って押し入った。

「しゃぶれ」

「ぐぐ……」

下半身をいじりまわす指にくぐもった声をあげる里奈は、舌先をチロチロと動かした。それが精いっぱいだ。意識は秘園にあり、フェラチオする余裕はない。それに、辰の太竿は喉を塞ぎそうで、咥えているのがやっとだ。

辰の腰が浮き沈みをはじめた。

「もっと唇でしごけ」

何もできない里奈を辰が叱咤《しった》した。

「うぐ……ぐ……」

女壺の浅い敏感なところを誰かの指がいじりまわしている。そのじわじわと迫ってくる快感に身を浸《ひた》しているだけしかできない。

里奈は剛棒を口に入れたまま目を閉じ、蜜をこぼしながら足指を擦り合わせた。早くエクスタシーを迎えたい。それしか頭にはなく、腰を卑猥にくねらせ、突き出した。

「辰、突いてやれ」

片品の声に、里奈の口から剛直を抜いた辰は、蜜をしたたらせている秘口に、グイとそれを押し込んだ。

「ヒイイッ！」

穿《うが》たれるたびに、肉槍が内臓を突き破るような気がした。激しい抜き差しに、里奈は大きく口をあけて顔をのけぞらせ、喉が裂けるほど大きな声をあげた。

これほど激しい交わりをしたことがなかった里奈は、獣に犯されている気がした。秘芯がひりついた。喉もひりついた。

4

目を覚ました里奈は、見慣れぬ天井にハッとして、慌てて布団から半身を起こした。

何もまとっていない躰。障子越しの陽光……。不意に昨日の記憶が甦《よみがえ》った。片品の屋敷で朝を迎えたのだ。

最初はゆっくりと、あとは獣のような激しさで辰に抱かれたことを思い出すと、秘芯に痛みを感じた。喉も痛かった。

（もう卓には会えない……）

処女を捧げた男を裏切った気がした。死ぬ気で抗えばよかったと、罪悪感に苛《さいな》まれた。だが、そのすぐあとで、抗うどころか疼きを覚え、早くエクスタシーを迎えたいと思ったことを思い出した。

（私は犬以下に貶められたの……たった一日であんなに……どうしようもなかったの……早く終わりにしてほしかったの……）

会えなくなった恋人への言い訳をした。

片品から受けた恥辱の行為が次々と脳裏に浮かんできた。

両手を乳房に持っていった。軽くつかんでみると、弾力のあるみずみずしい膨らみだ。そこからゆっくりと腹部へと滑り、ためらいがちに翳りにまで這い下りていった。

自分の躰であるはずなのに、他人のもののようにも思える。辰とひとつになったところが気になった。あんなに太い肉茎で犯されたのだ。

不意に障子が開き、緑の樹木とともに、明るい光が入ってきた。

「おう、やっと目が覚めたか。わしは二時間も前から起きてるんだぞ。退屈でしようがなかったわい。とうに朝の散歩も済んだし、飯も食った。年寄りの一日は長いわ」

片品は廊下に立ったまま、両手を上げて伸びをした。

「ぐっすり眠れただろう。イッたあとすぐに眠りおって、まったく女は気楽でいいのう。辰がおまえのアンヨを広げてオ××コを丁寧に拭ってやったというのに、それにも気づかずグウグウ鼾なんぞかきおって」

「嘘……鼾なんて」

意識のないまま秘園の後始末をされたのが恥ずかしい。しかし、鼾はもっと恥ずかしい。けれど、どんなに疲れていようと、鼾などかくはずがなかった。

「ふふ、鼾ではなく、涎だったかの。そうだ、オ××コがスケべな涎を流しとったわ」

深川鼠《ふかがわねず》の能登上布《のとじょうふ》の着物に黒い角帯《かくおび》を締めた片品は、里奈の横に潜り込んだ。

里奈は反射的に乳房と秘園に手を置いた。片品邸でのたった半日で、プライドのすべてがもぎ取られ、奴隷以下になったことを悟ったはずだった。けれど、目が覚めてみると、やはり、まだ人間としてのプライドが残っている。そうやすやすと人間の尊厳を捨てられるはずがなかった。

「まだソコがひりついとるんじゃないのか。花びらが明太子のように真っ赤に腫《は》れ上がっとったからな。オママメもビー玉のように丸々と太っておったぞ。見られなくて残念だと思っとるんだろう。心配するな。ちゃんとカメラにおさめてある。腫れはひいたか。どれ、見せてみろ」

片品は腰の布団を剝ぎ取った。

「いやっ」

布団に手を伸ばそうとすると、片品が足で押しやった。

「ここではな、毎朝、わしがオ××コの検査をすることになっておる。それが済まなければ一日ははじまらんぞ。ここに来た女は、毎日、頭のてっぺんから足指の先まで精密検査だ。この屋敷は、女として機能しとらんところを、じっくりほぐして目覚めさせてやるための病院みたいなもんだ。となると、わしが院長で、辰や大介は医者かの。香菜子は看護婦兼患者というところだな」

ニタリとした片品は、まん丸く窪んでいる里奈の臍のあたりを撫でた。

「手をどけろ。ここにはいろいろな仕置きがあってな。手枷《てかせ》の仕置きもあるぞ。うしろ手に枷をしたまま何日か生活してもらう。罪に応じて一週間でも一カ月でもな。その間は、自分で食べることも、下《しも》の始末も、何にもできんということだ。寝るときはうつぶせだ。手伝いはつけてやるが、何かと不自由だぞ。さあ、どうする」

下腹部と乳房を隠していた里奈の手から力が抜けた。

「仰向けになれ」

「障子を……閉めて下さい」

いつ辰や大介が現れるかわからない。香菜子に見られるのも恥ずかしい。里奈は廊下と庭が気になった。

しかし、片品は聞く耳など持たなかった。

「何日か手枷を嵌められたいのか。うん？」

首を振った里奈は、軽く眉根を寄せて仰向けになった。すかさず片品は、尻にふたつの枕を押し込んだ。腰を突き出す格好になった里奈は、固く膝を合わせた。

「この格好をしたら、アンヨをグイと開くのが常識だろうが。裂けるほど開いてみろ」

内腿をピシャリと叩かれ、里奈は乳房を喘がせながらおずおずと両の太腿を離していった。

「明日からは、わしにいちいち言われんでも、朝になったら自分で枕を尻に敷いて脚を広げろ。広げたら、どうぞ里奈のオ××コの検査をして下さいと言うんだ。一度しか言わんぞ」

機嫌のよかった片品の態度が険《けわ》しく豹変したことで、里奈は不安になった。片品の気に入るようにさっさと動かなければ、何倍もの辱めが待っているのは経験済みだ。

すらりとした脚を九十度以上に開くと、ひやりとした空気が粘膜を嬲《なぶ》った。

夏とはいえ、樹木の多い敷地に建てられている日本家屋だけに、緑の匂いのする涼しげな風が入ってくる。だが、その風さえ、今は里奈の秘口を嬲るためにそよいでいた。

「どうぞ……どうぞ里奈の……ああ……」

まだ卑猥な四文字を口にしたことがない里奈は、次の言葉を出そうとして拳を握った。

「里奈の……」

言わなければ仕置きされる。それがわかっていても、どうしても四文字は喉に引っかかって出てこない。

「どうぞ里奈を……検査して下さい」

まだ何もされていないというのに、早くも里奈の皮膚に汗が滲んだ。

「オ××コを検査して下さいだろうが。オ××コだけじゃ不満ということか。よし、朝からうしろの拡張もやってやる。どうぞ、里奈のオ××コの検査と、うしろの拡張をお願いしますと言え」

「ああ……」

泣きそうな目をした里奈は、唇をかすかに震わせた。

権力者は里奈の戸惑いを楽しんで、より破廉恥に弄ぼうと、いつも機会を狙っている。それがわかっていながら、どうしても陥穽《かんせい》に落ちてしまう。こうなったら居直って、いやなものはいやと言い、どんなに貶められようと、心を固く閉ざしてしまおうかとも考える。だが、片品が次に何をもくろむかがわからないだけに恐ろしかった。

「どうぞ里奈の……」

片品の目が細く尖った。

「どうぞ里奈のオ××コの検査と……うしろの拡張をお願いします……いやあ！」

片品の鋭い目に萎縮し、慌てて口にしたものの、あまりの恥ずかしさに、里奈は顔を覆って総身でイヤイヤをした。開いていた脚が閉じた。

「オ××コとケツの両方か。欲張りなお嬢さんだ」

自分から強制的に言わせておきながら、片品は里奈を言葉で嬲った。

太腿を硬直させ、脚を閉じようとする里奈に、片品はすかさず花びらを抓《つま》んで、ちぎれるほど引っ張った。

「い、痛っ！」

いっそう狭《せば》まった脚に、片品は内腿をひっぱたいた。

赤い手形のついた太腿を、里奈は顔をしかめながら、元どおりに開いていった。

脚の間に入り込んだ片品は、ぱっくり割れた秘芯を眺めた。すでに花びらの腫れもなく、昨夜の辰とのセックスの痕跡は残っていない。桜の花びらを連想させる初々《ういうい》しい性器だ。とろとろと今にも溶けてしまいそうに見える。

細長い包皮を指で押し上げた片品は、隠れていた肉のマメを剥き出した。阿古屋貝《あこやがい》の中でじっくり育《はぐく》まれる真珠玉のように、里奈が十八年間育んできた世界でたったひとつの宝石だ。パールピンクの色艶といい、愛らしい大きさといい、極上だ。

片品は鼻をつけて宝石の匂いを嗅いだ。ほのかとはいえ、脳天をクラクラさせる女の匂いだ。生まれる以前の記憶にまで遡《さかのぼ》るような郷愁がある。熟した香菜子とは、またちがった匂いだ。熟する前の里奈の秘園の匂いも、なかなかそそるものがある。

片品は剥き出された肉のマメも、秘口の下ですぼんでいる菊蕾も、数秒見つめただけで触れようとしなかった。

脚を閉じられない里奈は、じっとしていることもできず、軽く尻をくねらせた。

「散歩だ。浴衣を着ろ」

包皮を元に戻し、その上から肉芽を弾《はじ》いた片品に、里奈の尻がピクッと跳《は》ねた。

5

「貸してみろ。今日中にこのくらい覚えろ。でないと、折檻《せっかん》だぞ」

帯を結べずに困惑している里奈から半幅帯を取った片品が、今時の若い娘は、と言いながら、男の袴下《はかました》と同じ一文字《いちもんじ》結《むす》びですっきりと帯を結んだ。

卑猥で横暴な片品の別の一面に、里奈は戸惑った。この一瞬だけなら祖父と孫のようだ。

「礼は言わんのか」

「あ、ありがとうございます……」

「ふん、日本人のくせに情けないもんだ。十八年も生きてきて、浴衣の帯すら結べんとはな」

皮肉を言われても、里奈には返す言葉がなかった。

沓脱ぎ石には、グレイの鼻緒の桐《きり》の焼下駄《やきげた》と、おろしたての黄色い鼻緒の朱塗りの下駄が並んでいる。朱《あか》い下駄はおまえのものだと言われ、里奈は足を伸ばした。

庭に出ると、老松の陰からひょいと辰が現れた。

「また散歩でございますか」

「おう、少し運動しないと、起きたばかりのお嬢さんは飯がすすまんだろうと思ってな。一時間後に飯を用意するように言っておけ。その前に風呂だ」

「かしこまりました」

昨夜、自分とひとつになっていながら、辰は何事もなかったような顔をしている。里奈は辰と視線を合わせることができなかった。

左右をツツジの植え込みに挟まれた石畳を歩いていくと、四阿《あずまや》があった。すぐ近くに、四方に枝を広げ、青々とした葉を茂らせている桜の大木がある。その老木について、片品は誇らしげに語った。

「この四阿はな、この桜を鑑賞するために建てさせたものだ。春のほんのひとときの風情のためにな」

四畳半ほどもあろうかと思われる四阿には、向かい合った縁台がとりつけてあり、その間に長方形の低いテーブルもある。藺草《いぐさ》で編んだ小さめの座布団が数枚、縁台に置かれていた。そこに座った片品は、里奈の腕を引っ張り寄せた。

「さて、裾をまくって尻っぺたを出したら、テーブルに上半身を預けろ。ここでうしろの拡張をしてやる。オ××コの検査とお尻の拡張をお願いしますと言われたのを、忘れてはおらんぞ。まだ耄碌《もうろく》はしておらんでな。どうだ、嬉しいか」

散歩している間は何事もないと思っていたが、それはとんでもない思いちがいだった。懐《ふところ》から、懐紙に包んだ黒いアナル拡張棒を出した片品に、昨夜の悪夢がまた甦った。

「うしろの拡張の前には浣腸するのが常識だが、湯と浣腸器まで懐に入れてくるのは厄介でな」

里奈は唇をキュッと閉じて眉間を寄せ、救いを求めるようにあたりを見まわした。今は自分のそばに、年老いた片品ひとりしかいない。片品を振り切って逃げれば、あるいは屋敷から出ることができるかもしれない。

そう思ったとき、二十メートルほど先の植え込みの陰に、大介と金剛の姿が見えた。里奈の躰が竦《すく》んだ。

里奈の怯えを見てとった片品が、そちらに視線を向けた。

「おう、金剛も散歩のようだの。あいつはじっとしておるのが苦手でな。いつも自由に敷地に放しているだけに、繋がれる日は、朝晩二回の散歩ぐらいじゃ納得せん。客が来る日だけは繋ぐ。でないと、見知らぬ奴を見たら咬み殺すかもしれんからな。おまえも気をつけろよ」

暗に、逃げると大変なことになるぞという脅しにもとれる。

あと数秒でも大介と金剛の現れるのが遅かったら、里奈は片品から逃げ出していたかもしれない。そして、金剛に組み敷かれ、咬み裂かれていたのかもしれない。そんな自分を想像すると、体の芯から手足の先に向かって、氷のように冷たいものが広がっていった。

「大介のような頑丈な奴でないと、金剛の相手は勤まらん。ほれ、さっさと尻を出してうつぶせにならんか。それとも、金剛に尻っぺたを舐めてもらうか？　それでもいいんだぞ」

大介たちが近づいてくる。恥ずかしい姿は見せたくない。だが、そんなことを口にして拒んでいる暇はなかった。

浴衣を膝の上までずり上げたものの、臀部を出すのがためらわれ、里奈はそのまま低いテーブルに上半身を預けた。里奈が縁台に膝をつける前に、片品がそこに座布団を置いた。

低いテーブルは、桜を見ながら酒や茶を飲んだり、弁当を広げたりするためのものとばかり思っていた。けれど、惨めな格好をしてはじめて、このテーブルがこれまでも、こうやって女を辱めるために使われてきたのではないかと思えた。

太腿を隠していた浴衣を破廉恥に背中の方までまくり上げた片品は、閉じている膝を両方に押し広げた。

「いや……」

里奈は力のない掠れた声を出した。

「クリームなしで、このままアナル棒を入れるのは難しいかもしれんな。きのうより五ミリ太い奴だからな」

紅梅色の可愛いすぼまりをヒクヒクさせている里奈を、さらに怯えさせるための言葉だ。

アナル棒の先を菊蕾につけると、ヒクッとわずかに尻たぼが浮いた。

「このまま押し込んだら裂けるかもしれんぞ。ケツをモミモミして、やわらかくしてからにしてくれと言わんのか」

黙っている里奈に、片品はアナル棒をクイッと押した。だが、棒は菊口には入らず、すぼまりをわずかに窪ませたにすぎなかった。

「あう！　待って！　や、やさしくしてっ！」

「やさしくというのはモミモミしろということか」

「ああう、はい……」

「聞いたか、大介。スケベなお嬢さんは、ケツをモミモミしてくれと言っとる」

ハッとして肩越しに振り向くと、大介と金剛が入り口に立ち、四阿の中を覗き込んでいた。たちまち里奈の総身が硬直した。

「見ないでっ！」

里奈は上半身を起こしてイヤイヤをした。

「動くな！　金剛にケツを舐めさせるぞ」

金剛は低く唸りながら、涎をタラタラとこぼした。剝き出しの尻肉に近づこうとした金剛を、大介がやっとのことで引き留めた。

里奈の皮膚はみるみるうちにそそけだち、総身の産毛が逆立った。呪縛されたように身動きできないだけ、鼓動は激しい音をたてた。

金剛の肉茎は、血がしたたっているかのように真っ赤にいきり立っている。犬に犯される恐怖に、大きな震えが駆け抜けた。

「近づけないで……もう逆らいませんから」

声は掠れ、言葉尻が震えた。

「大介、お嬢さんがどのくらいお利口になってくれるか、そこで見物しておけ」

大介は金剛を入り口の柱に繋いだ。

獰猛な犬には犯されずにすんだが、大介に見られる屈辱は避けられそうにもない。里奈は上半身をうつぶせ、気を紛《まぎ》らすように拳を握った。

里奈の頭の方にまわった片品は、ニヤリとしながらしゃがみこんだ。

「また暴れられると面倒だからな」

里奈の左手首に革製の拘束具がまわった。低いテーブルの裏に取り付けられた拘束具は、次に、右の手首にまわった。

テーブルの裏の細工に気づいた里奈は、このテーブルがやはり女を辱めるためのものなのだということを確信した。

「ケツの前にオ××コもひらいて見ないといかんな。オ××コの検査とケツの拡張がおまえの望みだからな。オ××コをこじ開ける道具を持ってきていたのを、うっかり忘れておった」

里奈は拳を握り締め、恥ずかしい言葉に耐えるしかなかった。

左の袂からクスコを取り出した片品は、ペリカンの嘴に似た先を舌で舐め上げた。それから、里奈が狭めようとしている白い太腿をグイッと押し開き、閉じている柔肉の合わせ目に、懐でほどよくあたたまった金属を突き刺した。

「んんっ」

尻肉がピクンと跳ね、鼠蹊部が硬直した。

片品は膣壁が裂けるほど銀色の嘴を広げた。汗でねっとりしている翳りも外性器も、羞恥に喘いでいる。人工的な嘴によって精いっぱいくつろげられたプルプルした肉の内壁は、ピンク色に潤み輝き、精悍なオスを待ち受けているようにも見える。

自分の肉根を挿入できない片品は、フッと息を吹き込んだ。

「あう……」

尻が艶っぽくくねった。

「何度見ても上等のオ××コだ。こうやって見ていると、何かをぶち込みたくなる。金剛がおまえを犯したくなるのも無理はないの」

クスコを引き出した片品は、唾液をつけた指先で菊皺をねっとりと揉みしだきはじめた。

イヤと言っては尻たぼをくねらせる里奈の女芯から、少しずつ蜜液が滲み出してきた。片品は昨日より五ミリ太くなったアナル棒を再び手に取り、ゆっくりと菊口にこじ入れていった。

「ああう……い……や……くううっ」

毛穴という毛穴から、夥《おびただ》しい脂汗が噴き出した。

アナル棒の抽送がはじまり、菊口に咥え込まされた黒い棒の動きに合わせて、菊皺が妖しい凹凸《おうとつ》を繰り返した。

気が遠くなりそうな長くおぞましい時間が流れていった。

6

脱衣場の籐製の長椅子に置かれた真っ白いバスタオルを見て、里奈は思わず大きな溜息をついた。心身を癒すための風呂も、片品邸では凌辱の場にすぎないことがわかっている。

「あまり長湯はするな。そろそろおまえの朝飯が調《ととの》うころだからな」

いっしょに入って好き勝手なことをするとばかり思っていた片品が、あっさりと出ていった。意外だった。二時間以上前から起きていると言っていただけに、すでに風呂に入り、歳のせいで、二度入ることをためらったのかもしれない。

はじめてひとりになれる。ほっとして浴衣を脱ぎはじめたとき、

「失礼します」

香菜子の声がした。

落としたばかりの浴衣を、里奈は慌てて手に取った。浴衣の下には何もつけていない。一枚落としただけで、すでに生まれたままの姿だ。

「こんな格好でごめんなさい。背中を流してさしあげるわ」

ハッとするほど美しい香菜子は、透けた絽《ろ》の長襦袢姿だ。

「自分で流します……」

「私もいっしょに入らせてね」

やさしい口調だったが、有無を言わせぬ雰囲気があった。

戸惑っている里奈の横で、香菜子が長襦袢を脱ぎはじめた。

香菜子の秘園に一点の翳りもないのを思い出した里奈の脳裏に、覗き穴から見た一部始終が浮かびあがった。

このもの静かな女が、本当にあんな恥ずかしいものを秘裂に入れ、自分で慰めたのだろうか。昨夜、いっしょに食卓を囲んだときもそう思ったが、香菜子は近寄りがたいほど上品な

女だ。

前をタオルで隠した香菜子が、里奈の腕を軽く引いた。甘やかな肌の香りが里奈の鼻腔《びこう》をくすぐった。

片膝を立てて湯桶の湯を肩からかけた香菜子が、次に、背を向けている里奈の背中に湯をかけた。

「きれいな肌ね。これじゃ、殿方が放さないわ……」

里奈の肌は、もぎたての果物のようにみずみずしい。しかし、その若い肌を誇るどころか、里奈は乳房と秘園を手で隠し、背を向けたままだった。

昨夜の食事のとき、刺身とともに皿に盛られた恥ずかしい秘部の型を見られた。そんな型を採られている以上、片品に何をされたかもわかっているはずだ。里奈にはそれがいたたまれなかった。

首筋や肩先、肩胛骨《けんこうこつ》……と、タオルがやさしく滑りはじめた。

たった一日で口にはできないような辱めを次々と受けただけに、香菜子のやさしい行為が心に染みた。

「こちらを向いてちょうだい。前も洗ってあげるわ」

背中を流し終えた香菜子の言葉に、里奈は首を振った。

「お義父さまがそうしろとおっしゃったの。だから」

「自分で洗います」

振り向いた里奈は、シャボンのついたタオルを取った。

「洗ってあげたいの」

斜め前に来た香菜子が、またタオルをつかんだ。そのとき、香菜子の一本の翳りもない花園に目が行った。覗き穴から見た景色は現実だったのだ。

剃毛《ていもう》された部分に目を留めている里奈に気づいた香菜子が、片膝を立てて花園を隠した。

「小父さまね……小父さまがそんなことをしたのね……私にもそうするって言ったわ。ああ、いや」

里奈の声が掠れた。

「私は騙《だま》されて連れて来られたの……年寄りの近くにいてほしいと言われて……私はその人の死んだ孫娘に似ているからって。それが……」

鼻腔が熱くなり、涙が溢れた。

「死ぬほど恥ずかしいことをされたわ……辰という人にはむりやり……むりやり私……」

犯されたと言おうとしたが、屈辱が大きすぎて、口にすることはできなかった。

「私を助けて。ここから逃がして。お願い」

溢れた涙が目尻からこぼれ落ちた。

しなやかな白い指先でその涙を辿りながら、香菜子は首を振った。

「逃げられないのよ。男の人たちだけじゃなく、金剛もいるんだもの。金剛って、大きな土佐犬なの。知ってるでしょう？　たいてい放し飼いにしてあるわ。勝手に逃げ出したりしたら危険なの」

「でも……」

「だめ。逃げられないのよ……」

無理な相談だと言うように、香菜子はきっぱりと首を振り、辛そうな顔をした。

「助けて、お願い。恐いの。恥ずかしいこともいっぱいされたわ。悪いこともしていないのに括られたわ。ココが痛くなるほど触られたの」

まだかすかに痛みの残っている秘芯を隠していた里奈は、ココと言うとき、そこに目を向けた。

「抱かれたのね」

香菜子の目が潤んだ。里奈は唇を噛んでコクリと頷き、鼻をすすった。

「初めてだったの……？」

里奈は首を横に振った。

「でも、ひとりだけしか知らなかったの……恋人がいるの」

遠すぎるアメリカにいる卓を思い、里奈の喉から嗚咽《おえつ》が洩れた。

香菜子は里奈を抱きしめた。乳房と乳房が合わさった。その妖しい肉の重なりに、嗚咽する里奈の鼓動が乱れた。

「ここが痛いのね」

香菜子は片手を女園に伸ばした。指が花びらに触れたとき、里奈は短い声をあげた。

「ね、ここが痛いんでしょう? うんと痛いの?」

躰を引こうとした里奈は、やさしすぎる香菜子の言葉に、そのまま身をまかせた。

「痛い……そこ、そこが痛いの……」

片品邸に来て、はじめて心からいたわりの言葉をかけられた気がした。屈辱と凌辱。その辛さを癒してもらいたいと、里奈は甘えた声を出した。

「痛い……痛いの……みんなが私を辱めるの……」

「痛いのを治してあげるわ。オユビでやさしくしてあげるわ。ほら、ね……」

花びらをそっと揉みしだきはじめた香菜子に、里奈は喘ぎを洩らした。いたわられ、やさしくされているというだけで涙が溢れた。片品たちに辱められることがなかったら、香菜子の行為を拒んでいただろう。けれど、今はやさしさが欲しかった。甘えさせてくれる胸が欲しかった。

「はああ……ああう……そこ、痛ぁい……痛かったの」

「ここが痛いのね」

揉みしだく指先のやさしさに、花びらや肉のマメだけでなく、総身が溶けてしまいそうだ。

鼻をすすりながら熱い息を吐く里奈は、真っ白い豊かな乳房の間に顔を埋めた。ふたつの乳房は驚くほどやわらかかった。里奈は餅《もち》のような白い乳房に思わず頰を擦りつけた。

野蛮な者たちの住む屋敷で、香菜子だけは美しく、ひそやかな香りを放っている。

「ここだけ痛いの？　ほかに何をされたの？」

心底、里奈をいたわる口調だ。里奈は赤子のように激しくかぶりを振った。股間縄、浣腸、強制フェラチオ……。そんなことを口にできるはずがない。

特に、うしろを触られたことは、思い出すだけでも恥ずかしかった。本当にうしろで男を受け入れられるように調教されるのだろうか。拡張のためという破廉恥な器具も見せられたが、あんなに太いものを受け入れられるようになるはずがない。

「ああ、可愛い花びら。あなたのオクチのように愛らしいわ。お顔を上げて見せて」

ゆっくりと双花を揉みしだく香菜子の声に、里奈は暗示をかけられたようになった。下腹部だけでなく、耳に入ってくる声が心地よい。春の陽射しの下でまどろんでいるような気持ちだ。

仰向けた里奈の額に、香菜子のきれいな唇が押しつけられた。

「痛いの治った？　もう痛くないでしょ？」

子宮の底で生まれたゆったりとしたうねりが、里奈の吐く息を熱くしていった。

第四章　白昼の宴

I

「はあ……お姉さま……」

若奥様とは呼べず、香菜子さんとも呼べず、ひとまわりも年上の美しい未亡人を、エクスタシー間近の里奈はそう呼んだ。

「お姉さまあ……」

香菜子は白いなめらかな指で、ぷっくりした花びらと肉芽を揉みしだきながら、たった今妹になったばかりの愛《いと》しい女の頬に唇をつけた。

「花びらも躰も熱いわ。もうすぐイク？　気持ちがいいの？」

母親にしがみつく子供のような格好で、里奈は躰を震わせて、鼻から湿った喘ぎを洩らした。

「もうすぐ……ああ、お姉さま」

背中にまわった里奈の腕が、痛いほど香菜子を締めつけた。

「おい、まだか。あと小一時間で荒巻《あらまき》様がいらっしゃるんだぞ」

唐突にドアを開けた大介に、ふたりは慌てて躰を離した。

「ふふ、よほどの好きものらしいな」

ふたりを交互に見つめ、大介がニヤリとした。

「お義父さまが背中を流してやれとおっしゃったから……」

「聡明な若奥様が、背中とアソコの区別もつかんはずはないだろ。あと十分で上がれよ」

鼻で笑った大介は顔を引っ込め、ドアを閉めた。

もう少しで法悦を極められるというときに侵入者が現れ、里奈の躰は半端に火照っていた。続きをしてほしいという思いもあるが、たゆたっていた夢から覚めてみると、香菜子の顔を見るのさえ恥ずかしくなった。

香菜子は里奈の秘芯から離した指を、腰のあたりでギュッと握り締めていた。

甘やかな時間が鋭敏なナイフで切り取られてしまった不自然さに、何か言葉を出さなければ、このまま身動きがとれない気がした。

「背中……流します」

里奈は洗い場に落ちているタオルを取った。

香菜子が背中を向けた。白いシルクのような肌に、里奈は溜息をついた。やわらかな乳房の感触と、指先のやさしさが恋しい。そっと腕をまわして乳房に触れたかった。

動かない里奈に、どうしたの？　と言うように、香菜子が振り向いた。うなじに落ちたほつれ毛も、長い睫毛の影の落ちている横顔も息を呑むほど艶やかだ。

里奈は香菜子の背中でタオルを動かした。

湯船に浸かってもなお、里奈の躰は、弾けようとする寸前で阻《はば》まれてしまった半端なくすぶりを残していた。

時間がない。そろそろ、また大介が呼びに来るかもしれない。

「お姉さま……」

里奈は切なそうに言った。

「もうすぐだったのに……そうでしょう？」

里奈は頬を赤らめた。

「あとで。ね」

四六時中監視されている。いつ、ふたりきりの時間が持てるかわからない。里奈は今、香菜子のやさしい指で法悦を極めたかった。荒々しい男たちから受けた仕打ちを癒してほしかった。

「あとでよ。さあ、上がりましょう」

あとの時間など考えられない。風呂から上がれば、里奈は香菜子と離され、片品に弄ばれるだろう。食卓をいっしょに囲むことができても、そのあとはまた離され、夜になれば片品とひとつ床に入ることになるはずだ。

今、ここでのひとときの悦びは諦めるとしても、何とか救いの手を差し伸べてほしい。

「お姉さま、私を助けて。あの人たちに恥ずかしいことをされるのはいや。恐いこともされるわ。お願い。助けて」

香菜子も片品に弄ばれているらしいが、名前だけの若奥様であっても、ここの人間である以上、里奈とは比べものにならないほど自由なはずだ。

「できるならそうしてあげたいわ……でも、無理なの。どう頑張っても無理なのよ。このお屋敷に入った以上、お義父さまに従うしかないのよ」

「いやいやいや！」

里奈は駄々っ子のように総身を揺すった。

脱衣場で物音がした。

「出ましょう。お仕置きされたらいやでしょう？」

先に湯船を出た香菜子は、自分を呼ぶ大介の声に、泣きそうな顔をしている里奈に背を向けて湯殿を出ていった。

2

すっきりとした縞模様をあしらった光沢のある白い夏大島《なつおおしま》に、淡い紅色の生紬《きつむぎ》の染め帯の香菜子がやってきたとき、荒巻昭徳《あきのり》の肉茎はグイと持ち上がった。

瞼《まぶた》のあたりが、恥じらいにぼうと染まっているようで、ただでさえ色っぽい香菜子をいっそう美しく見せている。

「お久しぶりでございます」

香菜子は畳に三つ指をついて挨拶した。三カ月ぶりにやってきた荒巻は、片品の横で香菜子に好色な視線を向けていた。

大企業〈イーグル電気化学〉取締役社長の荒巻は、五十半ばの小柄な男だ。だが、胸を張り、人の心の奥底を見透かすような鋭い視線を向けるとき、その躰は、ひとまわりもふたまわりも大きく見えた。

バブル崩壊後の不景気がなかなか回復しないなか、荒巻の会社は電子応用部品の需要を順調に伸ばし、会社に危機感はない。

「高価なお着物をありがとうございました」

「ん？　そうか、その大島だったか」

春にやってきたとき、荒巻は反物《たんもの》を置いていった。それを仕立てたのが、いま香菜子の着ているものだ。

「軽くて肌触りがよくて、躰とひとつになっている感じがします」

「ほう、それはよかった。だが、着物とひとつになるより、私とひとつになってもらった方が嬉しいんだが」

「ゆうべからそのことばかり考えて、股の間がウズウズしておったんだろう」

唇の端を歪めた片品が、片手でビールを注《つ》ごうとした。頬を朱に染めている香菜子は、慌てて片品の横にいざり寄った。

「風呂場であのガキと乳くりあっていたと聞いたぞ」

「そんなこと、嘘です……背中を流していただけです」

「あいつのオ××コに指を突っ込んでおったそうじゃな」

「そんなことありません。大介さんの言葉などお信じにならないで。私はただ背中を流していただけなんです。本当です」

香菜子は躍起になって訴えた。

「ずいぶんとムキになるじゃないか。そんなにムキになるところをみると……」

何を言ってもはじまらないと、香菜子は唇を閉じた。だが、ビールを注ぐ手が震えた。

「またいい女が見つかりましたか」

好奇の目をした荒巻が尋ねた。

「いや、まだ小娘だ。処女ではなかったが、いまどきの十八歳にしては、まだまだネンネのようでな。まあ、これからが楽しみな娘というところだ。一カ月はここから出さんつもりだから、少しは色っぽい女になるだろうが」

助けてと哀願した里奈の声が、香菜子の耳に残っていた。香菜子の胸が痛んだ。

「十八というと……高校生」

「いや、親元を離れている女子大生だ。熟した躰もいいが、たまにはピチピチしたのもいいもんだ」

男同士が目を合わせ、下卑た笑いを浮かべた。

「そのネンネを拝見させていただくわけにはいきませんかね」

「きのう来たばかりの娘だ。まだ触らせるわけにはいかん。だが……」

そこで片品は、面白いことを思いついたというふうに手を叩いた。

「まあ、そのネンネが今後どう変わるか、成長前の姿を見せておこう」

「お義父さま、何をなさるおつもり？」

香菜子は胸騒ぎがした。この屋敷にいる以上、里奈はあらゆる辱めを受けるだろう。だが、いまここでとなると、風呂であれほど愛らしかっただけに心が痛む。

「大介、いるか」

「はい」

すぐに廊下の方から返事があった。

「里奈を連れて来い」

「お義父さま、あの子をこのまま帰しておあげになって。お願いです」

虚《むな》しい願いだとわかっていながら、香菜子は片品の腕に縋った。

「せっかく連れてきた娘を、ネンネのまま帰せるか。ウブな娘がどう変わるか、それを見るのがわしの生き甲斐だ」

やがて、ピンクや紅《あか》い花びらのはらはらとこぼれる風情を描いた萌葱色《もえぎいろ》の浴衣姿の里奈が、大介に伴われてやってきた。

客がいるのに気づいた里奈は、ここでは片品もおかしなことはできないだろうと思った。だが、落ち着きのない香菜子に気づき、急に不安な気持ちになった。

はじめて入った部屋の床の間には山水の掛け軸が掛かり、七、八十センチはあろうかとも思える見事な象牙が、刀のように飾られている。庭に面して雪見障子があり、ふた間続きの和室の襖は閉まっていた。

「挨拶もできんのか」

立ったままの里奈に、片品の目が鋭く光った。

里奈は膝をついたものの、何と言えばいいのか迷った。いらっしゃいませ、なのか、はじめまして、なのか。昨日やってきたばかりというだけでなく、監禁されているような立場だ。その自分に一体どんな挨拶をしろと言うのだろう。

「こんにちは……あの……お車ですか」

里奈はここから出ることだけを考え、口を開いた。

「うん？」

「お車でいらっしゃったのですか？」

「ああ」

「それなら、お帰りになるとき、私もいっしょに乗せていって下さい。本当は昨日のうちに帰るつもりだったんですけど」

「ひと月はここにいると聞いたばかりだが」

荒巻は里奈が必死なだけに、からかってみたくなった。

「いいえ。きょう帰るんです。だからいっしょに乗せていって下さい」

「しかし、この未亡人と仲がよくて、普通じゃない関係だとも聞いている。いやらしいことをするような関係なら、少しでも長くいっしょにいたいんじゃないのか」

　喉を鳴らした里奈は、唇をグッと嚙みしめた。

「そうだ、香菜子といっしょにいたいなら、ずっといていいんだぞ。風呂で乳くりあっていたそうだな。いい声を出していたそうじゃないか」

「そんなことありません」

　片品の言葉に薄い笑いを浮かべている客に、里奈は男が味方にはならないことを悟った。

片品は、失望にうつむく里奈に種を明かすように、

「こちらは荒巻さんと言って香菜子に首ったけのお人だ。その夏大島も荒巻さんからのプレゼントでな。で、これから香菜子相手に大人の時間を過ごすというわけだが、大人になるにはどんなことをすればいいのか、おまえにここで見学させてやることにした」

　総毛立った里奈の唇がワナワナと震えた。

　香菜子には予想できる事態だった。だが、はっきりと片品に言われてしまうと、アブノーマルな性をまだ知らないはずの里奈に、破廉恥な姿を見られてしまうのが恥ずかしくてならない。お姉さまと呼んだ里奈が、いったいどんな目で自分を見るようになるのか、考えると切なかった。

大介が次の間に通じる襖を開けると、光沢のある真っ赤な掛け布団のかかった布団に、二つの枕が並んでいた。

荒巻は黒いボストンバッグを床の脇に運び、ネクタイをはずした。

「ぬる燗《かん》を頼む。香菜子をほんのりと酔わせたい。ぬるま湯もな」

大介が出ていった。うつむいている香菜子を、荒巻は八畳の寝間に誘った。

「わしはあんたのプレイを肴《さかな》に、冷えたビールでも呑みながら見物させてもらおう。おい、じっとしてないで、わしの横でビールを注《つ》いだらどうだ。おまえも呑め。少しぐらい酒も覚えるようにしろ」

片品が里奈の手首を握って引き寄せた。香菜子と荒巻のプレイを見物するらしい。未亡人とはいえ、息子の嫁だった女を自分の前で他人に抱かせる片品の神経が里奈には理解できない。人前で平気で男女の行為ができる荒巻にも、里奈は唖然とするしかなかった。

里奈は、恥じらいにうつむいている香菜子が気の毒でならなかった。

「さて、きれいなオッパイを見せてもらおうか」

着物の胸元に荒々しく右手を入れた荒巻は、その手をグイッと右にずらした。白くまろやかな肩先が現れた。そのまま荒巻の手が香菜子の肘《ひじ》のあたりまで下りたとき、白磁のような乳房が弾《はず》むようにまろび出た。

「かんにん……」

里奈を意識している香菜子は、白い乳房を隠そうとした。その手を払い、左の手を懐に入れた荒巻は、残る乳房も剝き出しにした。そして、わざと里奈たちのいる方に向かせ、背後から両の乳房を絞りあげた。

イヤイヤと首を振りながら、必死に荒巻の腕から逃れようとしている香菜子の歪んだ表情は、里奈から見ても艶やかすぎた。美しいだけに痛々しい。

里奈は荒巻だけでなく、ビールを呑みながら見物している片品も許せなかった。何か口にしたい。だが、その言葉が見つからない。

「いつも、つきたての餅のようにやわらかくていい感触だ。このオッパイをあの娘《こ》に触らせたのか」

「そんなこと……ありません……ああ、いや」

がっしりと膨らみをつかんだ手に丸く揉みしだかれながら、人差し指と中指の間に乳首を挟まれ、上下から鋏《はさみ》のように動かされると、たちまち総身に疼きが走り、腕を払いのけようとしていた香菜子の力が急速に萎えた。

里奈にも荒巻が乳房を揉みしだいているだけでなく、乳首を指で責めているのがわかった。里奈のものより少し色づいた、それでもきれいなピンク色の乳首が、心なしか大きくなってきたように見えた。

「あああ……かんにん」

眉間に皺を寄せながら里奈にちらりと視線をやった香菜子は、すぐに里奈を避けるように右肩の方に顔をよじった。そのとき、左耳から下の白い首筋が、息を呑むほど色めきたった。

ひとつひとつのしぐさが香菜子を美しく引き立たせるのを見て、里奈はいっそう香菜子が愛しくなった。そして、哀れでならなかった。

「やめて……小父さま、ほかの部屋に行きましょう。小父さま……」

目の前で香菜子が辱められるのを見なくてすむのなら、片品に別の部屋で弄ばれた方がいい。今ならすすんで片品の辱めを受けられる気がした。

「早くきのうのようなことがしたいんだろうが、こうやって見物するのも勉強だ。オ××コがウズウズするのか。だったら、あとでいじってやる。さあ、少し呑め」

呑みかけのグラスを里奈の口元に押しつけ、一気に傾けた。

「うぐ……」

唇を閉じてイヤイヤをした里奈の口元から、そのままビールがしたたり落ち、浴衣の胸元と膝のあたりをぐっしょりと濡らした。

「せっかくわしが呑ませてやろうとしたのに、全部こぼしおったな。濡れたものは脱げ。みっともなかろう」

乱暴な呑ませ方というより、こぼれて当然といったグラスの傾け方をした片品は、最初から浴衣を脱がせるために企んだのだ。それを察した里奈は、両手を交差させ、胸元をギュッと押さえた。

3

大きめのふたつの徳利と杯、水差しに入れたぬるま湯を運んできた大介が、ひとつの徳利とふたつの杯を里奈のいる座卓に、残りを盆ごと荒巻のそばに置いた。

「おい、こいつの浴衣を剝いで洗濯だ。ビールをこぼしおった。行儀の悪い娘だ」

「いやっ！」

しっかりと胸元を押さえている里奈は、大介に力ずくで脱がされては勝ち目がないと、廊下に飛び出そうとした。

「遠慮するな、ここで脱げ」

片品に浴衣の裾を引っ張られ、里奈は転びそうになった。空を掻いて危うく躰を立て直したとき、大介が傍らにいた。

「いやっ！　いやっ！」

「やめてっ」

総身で抗っている里奈を見て、香菜子も叫んだ。

「お義父さま、やめて下さい！　かんにんしてあげて！」

里奈の方に駆け寄ろうとした香菜子は、立ち上がる前に背後の荒巻に羽交《はが》い締めにされていた。

「わずかな目を盗んで乳くりあっただけあって、小娘を人に触らせたくないのか。心配するな。濡れた浴衣を脱がせてやろうというだけだ」

里奈を庇《かば》おうとする香菜子を見やり、片品は小気味よく笑った。

そのとき、ビリッと音がした。浴衣の袖が身頃から離れそうだ。袖付けの糸がほつれたのではなく、布地が裂けていた。

「仕立てたばかりの浴衣を台無しにしおったな」

布が裂ける音を聞いたときはハッとした里奈だったが、大介の行為を拒むためには、そんなことをかまっていられなかった。

「折檻しなくてはならんが、それはあとだ。素っ裸にして括りつけろ」

「いやっ！」

「うん？　素っ裸になりたくないのか。そうか、恥ずかしいのか。よし、それならわしの褌を貸してやる」

片品は辰を呼び、シワのよった褌を持ってこさせた。新品がいくらでもあるのを、片品は故意に何度か使用したものを持ってこさせたのだ。

褌というだけでとても恥ずかしい。そのうえ、未使用ではないとわかるだけに、里奈は辰の持ってきたものを見て顔を背けた。

里奈がいくら抗っても、腕力のあるふたりにかかってこられては身動きがとれない。袖のとれかかった浴衣が剝ぎ取られ、素っ裸の腰に褌の紐がまわり、豊臀から垂れている細長い晒しがうしろから股間を通り、腰の紐をくぐって前に垂れ下がった。

「ああ、いや……」

里奈は羞恥に身悶えた。

「おう、わしの褌がぴったりじゃないか。褌にとってはマラのないのが不満だろうがな」

片品は悦に入っていた。

里奈の破廉恥な姿を見るに忍びないというふうに、香菜子は白い喉を見せながら首を振った。

「欄間に吊り下げろ。できるだけ近くから見物させてやりたい」

うしろ手にいましめをされた里奈は、足指がかろうじてつく格好で、欄間の真ん中に吊り下げられた。

「おうおう、褌をしたメスの蓑虫《みのむし》のうしろ姿というのは、なかなかかわいくて見ごたえがあるわい」

香菜子たちの方に正面を向けて吊り下げられた里奈は、あまりの恥ずかしさに躰をよじった。だが、皮肉にもふたりの視線がしっかりと合わさった。たちまち里奈の耳たぶが真っ赤に染まった。香菜子の頬にも朱が走った。

「いいオッパイだ。蓑虫にしておくのはもったいないな」

里奈に褌をさせた片品の悪戯《いたずら》を笑いながら、荒巻は頬を赤らめてうつむいている香菜子に徳利を持たせ、片品に注《つ》げと顎をしゃくった。

香菜子は正面の里奈を見ないようにしながら、部屋の端を通って片品の横に行った。

「お義父さま、後生です。かんにんしてあげて」

「無駄口は叩くな。それだけそいつの蓑虫姿が長くなるだけだ」

杯を差し出した片品に、香菜子は落胆の息をつきながら酒を注いだ。

「あとは手酌《てじやく》でいい。戻れ」

イヤイヤと言いながら総身をくねらせている里奈のうしろ姿が哀れで、香菜子は泣きたいほど切なかった。

「これから楽しいことが待っているというのに、哀しい顔をしてるじゃないか。酒でも呑んで楽しくやれ」

戻ってきた香菜子に、荒巻は杯を差し出した。香菜子は首を振った。酒でも呑んで酔わなければいたたまれない。だが、呑む気にもなれない。今は、水さえ喉を通らない気分だ。

「呑みたくないのか。さあ、ぐっといったらどうだ」

「こんな早い時間からいただけません」

香菜子は首を振った。

「口で呑めないなら別のところから呑ませるだけだ。その方が楽しめる」

びくりとした香菜子は喉を鳴らした。

「ふふ、わかってるようじゃないか。そうだ、アルコール浣腸をしてやろう。どうせそのために、ぬるま湯を持ってこさせたんだからな」

「かんにんして下さい。いただきますから」

香菜子は慌てて杯を差し出した。

「いや、下の方から呑んでもらいたくなった。もう杯は必要ない。せっかくだから、蓑虫に顔を向けて四つん這いになるんだな」

　荒巻の言葉を聞いているだけで、里奈は恥ずかしくてならなかった。

「かんにん……ね、きょうはかんにんして下さい」

「じゃあ、代わりに蓑虫のケツに呑ませることにするか。片品さん、かまいませんかね」

「香菜子がイヤと言うからには、まあ、仕方なかろう」

「待って！」

　香菜子の反応を予想して、ふたりは意地の悪いやり取りを楽しんでいる。それがわかっていても、香菜子は罠に堕《お》ちるしかなかった。

「どうぞ私にお浣腸して下さいませ」

　うなだれた香菜子に、荒巻は股間を硬くした。ボストンバッグを開け、辰の腕ほどの太さもあるガラス浣腸器を取り出した。

「この酒は何度ぐらいだ」

「辛口の十五、六度です」

「ということは、すくなくとも四分の一には薄めないとまずいということか」

　荒巻はまず酒を五十cc、次に、ぬるま湯を百五十cc吸い上げた。

「里奈、おまえにもそのうちアルコール浣腸をしてやる。腸は吸収力が強い。そのまま酒を入れては急性アルコール中毒になってしまう。命にかかわることになる。そこで薄めて入れるわけだ。体質にもよるが、まあ安全圏は四パーセント前後と考えておく方がいい」

片品は酒をチビチビ呑みながら、里奈のうしろ姿に向かって、アルコール浣腸の説明をした。破廉恥で恐ろしい行為に、里奈は眩暈がしそうだった。

香菜子はガラスシリンダーいっぱいになっていく液体に顔を覆った。

「上等の大島は脱いでもらおう」

荒巻の言葉に、香菜子は諦めて帯を解いた。

「よし、可愛い蓑虫にいい顔を見せてやれ」

太い注射筒を手にした荒巻に白い足裏を震わせて、透けた夏物の長襦袢姿の香菜子は四つん這いになった。下を向いていても、里奈の足元に垂れた襷が視野に入る。香菜子は目を閉じた。

長襦袢の裾を、荒巻は湯文字ごと背中の方にまくり上げた。いかにも甘い汁のしたたりそうな豊臀だ。開発された菊蕾とはいえ、淡い桜の色をしてすぼまっている。

「たっぷり呑めよ」

ガラスの嘴が蕾に刺さった。

「あう……」

じんわりと生あたたかい薄い酒が注入されていく。畳についた指を曲げ、香菜子は、掌と指先だけを強く押しつけていた。

最後まで注入し終えた荒巻は、四つん這いの香菜子を引き寄せ、口元に杯を差し出した。拒めばまた里奈の名を出されるだろうと、香菜子はそれを受けた。

「下の口で呑むのとどっちがうまい？　どんどんいけ」

「かんにんして下さい。あまりいただけないのはご存じのはずなのに……」

小さい杯とはいえ、立て続けに四、五杯も呑まされていた。アルコール浣腸されたこともあり、すぐに全身が熱くなってくるだろう。そして、腹部の痛みも襲ってくるだろう。これ以上、酒を呑みたくはなかった。

「酔い潰れたんじゃ困るからな。このくらいでいいだろう。尺八をしてもらおうか」

下腹部が熱くなってきた。わずかずつ腹部も痛みだした。

香菜子は荒巻のズボンを脱がせ、ブリーフを下ろした。

「ご奉仕させていただきます」

黒い恥毛のなかから立ち上がっている太い肉根を両手で包み、口いっぱいにそれを含んだ。

「下だけ脱がせたみっともない格好でサービスするつもりか」

胡座をかいている荒巻は、まだワイシャツを身につけている。

香菜子はいつもならそんな失態はしない。だが、排泄の欲求だけでなく、里奈に見られているという意識が、香菜子を焦《あせ》らせていた。

慌ててワイシャツを脱がせた香菜子は、すぐにまた肉茎を掌で包んだ。そして、上品な唇にそれを咥え、顔を沈めていった。

胸が裂かれるような痛みに苛まれたが、香菜子の動きは淫らで美しかった。里奈の胸が疼いた。

毎日竹刀《しない》を振って躰を鍛えているというだけあって、荒巻には無駄な肉がない。年より十歳以上若く見える。まだまだ精力もあり余っている。

荒巻には生活費の面倒を見て囲っている女が三人いる。そのほかにも金にものをいわせて頻繁にほかの女を抱いている。だが、どの女も香菜子には劣る。香菜子を身請けしたいと片品に言ったことがある。だが、たとえ億の金を積まれても香菜子だけは駄目だと言われ、こうして年に何度か片品邸にやってくる。

香菜子は安っぽい娼婦ではないから金で売るわけにはいかないと言われ、荒巻はときおり高価な物を届けている。百万円単位の着物でも、香菜子が着るのなら安いものだ。香菜子を抱けると思えばなおさら安い。それと同時に片品への贈り物も忘れない。

香菜子は半身を丸め、顔を前後に動かした。白いなめらかな指で皺袋《しわぶくろ》を揉みしだいた。鈴口を舌先で舐め、チロチロとカリの部分をなぞった。荒巻が口技で簡単に昇天する男ではないのはわかっていた。だが、精いっぱい奉仕しなければ、どんな罰が待っているとも限らない。やがて、腹痛に加えて軽い酔いを感じてきた。頭を動かせば動かすほど酔いが急速に回ってくる。

「かんにんして下さい……あとでどんなことでもいたします。どうかおトイレに……」

香菜子は額だけでなく、首筋にもねっとりと汗を浮かべていた。

「よかろう。長襦袢だけで戻ってこい」

荒巻に許され、香菜子はよたよたと廊下に出ていった。

「さて、香菜子を何で責めたものか。それにしても、褌をしたかわいい蓑虫に見物させるというのも、なかなか面白い」

荒巻の笑いに、里奈は唇をきつく嚙んで鼻をすすった。欄間から伸びている縄が軋《きし》んだ音をたてた。

4

瞼や頬をほんのり染めた香菜子が、シャワーを浴びて戻ってきた。荒巻に命じられたとおり、湯文字と肌襦袢をつけず、絽の長襦袢だけだ。胸の膨らみと豊臀の谷間の陰が、透けた布地の下でひときわ妖しく息づいている。

下腹部を見つめた荒巻は、片品に向かって、わざとらしく溜息をついてみせた。

「オケケがあった方が色っぽいのに、どうしてこう剃ってしまうんです。透けた衣服の下に、ぼおっと黒く映るものがあった方がゾクゾクするじゃありませんか」

「毎回イヤだとごねるから、つい剃り落としたくなってな」

「この次は元通りにしておいて下さいよ」

「生えはじめるとチクチクしていかん。一度剃ったら、ついまた剃ることになる」

「オケケの影もなしか」

荒巻は長襦袢の裾をまくり上げ、子供のような花園を見つめると、また溜息をついた。それからボストンバッグをあけ、赤い縄の束を取り出した。

香菜子はそのわずかな隙を見て、裾を閉じ、こめかみに落ちている髪を、指先と手の甲でしっとりと搔き上げた。

「チクチクするのがイヤなら、毛先を焼けばいいでしょう」

荒巻はまだ翳りにこだわっていた。

「蛋白質《たんぱくしつ》の匂いは感心せんな」

「そのうち、私がやりますよ。一本いっぽん焼くのも、なかなかそそるものでしてね」

荒巻は香菜子の腕を背中にまわし、重なった両手首にいましめをした。それから乳房を上下から絞り上げ、胸縄をほどこした。

それだけで縄掛けはやめ、長襦袢の胸に手を入れて大きく左右に割った。ふたたびやわやわとした乳房がまろび出た。しどけなく乱れた姿が、香菜子をいっそう妖しく彩《いろど》った。

「それで終わりか？　きょうはやけにおとなしい縛りだな」

片品は手酌で酒を注《つ》いだ。

「かわいい蓑虫を今から恐がらせたんじゃ、これからの調教に障《さわ》るかと思いましてね。プレイのたびに萎縮されたんじゃ、興醒《きょうざ》めでしょう？」

「なに、そのときは、たっぷりアルコール浣腸でもして、麻酔がわりに酔わせてやれば済むことだ。聞いてるか、里奈」

「解いて。もう解いて！」

踵《かかと》が畳についていない里奈は、自分の名前を呼ばれたのをきっかけに、激しく肩先をくねらせた。うしろ手にいましめられている腕が痛い。

「見物してるだけじゃ、退屈か」

片品は欄間にまわっている縄を大介にはずさせた。

踵がついてほっとした里奈だったが、胸縄の息苦しさから解放されたわけではなかった。額に脂汗が滲んでいた。

「解いて。苦しいから解いて」

片品はいったん解いてやることにした。

胸や腕についた縄の痕を、里奈は揉みさすった。

「ついでに褌もはずしてくれませんか。香菜子にないオケケを見せてくれたっていいでしょう？　浴衣をひん剝いて褌をつけるとき、こっちからはオケケが見えなかったんですよ」

「そんなに見たいなら拝ませてやるか」

褌に手を掛けた片品に、里奈は激しく抗った。だが、暴れる里奈の腕を、大介がすぐさまうしろ手にしてつかんだ。

「はずしたくないところを見ると、褌が気に入ったのか」

片品は臍のあたりの布地をつかんで、クイクイと引っ張り上げた。

「あぅう、いや……いや……あん」

柔肉とうしろのすぼまりに食い込む布に、里奈は腰をくねらせ、両足を交互に爪先立てた。破廉恥なことをされている里奈を目の前にしながら、いましめをされた躰では自由に動くこともできず、香菜子はやりきれない思いに唇を嚙みしめ、眉根を寄せた。

「お姉さま、助けてっ！　ああ、いやっ！」

味方は香菜子しかいない。その香菜子が身動きできないとわかっていても、里奈は香菜子に助けを求めるしかなかった。

「ほう、お姉さまか。いつから妹になったんだ」

褌をいやらしく引き上げていた片品が、その手を止めた。

こたえない里奈に、片品は褌を大きく片側に引き寄せた。

「あっ！」

隠れていた漆黒の翳りが剝き出しになった。

「どうだ、こんなオケケだが」

荒巻にというより、里奈を思いやって白い乳房を喘がせている香菜子に見せつけるため、片品はグイッと褌を横に引っ張った。

下穿《したば》きの用をなさなくなった布地は、なまじ腰に残っているだけ、より猥褻な景色をつくった。

「おう、いい形だ。やや濃いめか。いや、ちょうどいい。黒々として艶がある。片品さん、やっぱり陰毛ってやつは、あるべきところにあった方がバランスがとれていいじゃありませんか」

片寄せられた褌から剝き出しになっている翳りを見つめ、荒巻は舌なめずりした。

「おやめになって！　お義父さま！」

破廉恥な里奈の格好を見るに忍びず、香菜子はいましめを受けた躰で、片品の方にいざり寄った。ほんのりした酔いが、急激に醒《さ》めていった。

「風呂場で乳くりあった相手が何をされるか心配でたまらんのか」

片品は褌を毟《むし》り取った。

「いやあ！」

素っ裸にされることより、これから何をされるかわからない恐怖や嫌悪感の方が大きかった。里奈は肩先を激しく揺すって、背後で腕をつかんでいる大介から逃れようとした。

生まれたままの姿で抗う里奈の、日焼けから取り残された下着の跡が男心をそそった。ストレートの黒髪が、プルプル揺れる乳房を隠すように揺れ乱れた。

「やめてっ！　放してっ！　いやっ！」

広い屋敷の外にまで聞こえるのではないかと思われるほど、里奈は大きな声をあげた。

5

「元気がよすぎて、色気も何もあったもんじゃないな。いつになったら色っぽくイヤと言えるようになるんだ。煩《うるさ》くてかなわん。猿轡《さるぐつわ》をしろ。縄も用意しろ」

頭を振りたくる里奈の唇に、辰が松葉模様の手拭《てぬぐい》を嚙ませ、後頭部で結んだ。

「ぐぐぐ……」

目尻に涙が滲んだ。背後で大介の指が、肌に食い込むほどがっしりと里奈の腕をつかんでいる。

里奈は言葉にならないくぐもった声を出すことしかできなくなった。

「こいつは喚《わめ》くだけでなく、暴れ馬のように足癖も悪い。困ったお嬢さんでな」

辰は片品の言葉を受け、里奈の両足を握った。

「癖の悪いアンヨだが、カモシカみたいにきれいなアンヨだ」

長い脚をふたつに折って太腿とふくらはぎをくっつけた片品は、二重にした縄を、右膝から二十センチほど離れたところで幾重にも巻きあげた。そこでいったん結び、残りの縄を背中をとおして左脚に持っていった。縄をグイと引っ張っておき、そこでふたつに折った左脚の膝下を、右脚と同じだけ巻きあげていった。

開脚棒なしでも、Mの字になった里奈の脚は閉じられなくなった。だが、小さめの花びらはまだ閉じている。ねっとりした汗が鼠蹊部で銀色に光った。

「うぐぐ……」

破廉恥に股間を丸出しにした里奈は、脚を閉じようとした。だが、脚を閉じようとすると縄がピンと張って腰を押し、背骨に食い込むだけだ。

「さて、オテテも邪魔だの」

香菜子の使っていた薄紫色の帯揚げを拾い、うしろ手に手首を括った。

「ぐぐ……」

喋れないとわかっていながら声を出そうとする里奈に、早くも手拭が唾液を含んできた。

「どうだ、ケツまでよく見えるだろう。まだうしろは処女で、たかだか一センチの太さのアナル棒しか咥えておらん。むろん、一カ月でバージンを卒業させるつもりだが、この堅い蕾がいつになったらひらいてくれるか楽しみでな」

片品が顎をしゃくっただけで、大介がさっとワセリンの瓶を差し出した。

「うぐぐ……」

イヤと言ったつもりが言葉にならず、溢れた唾液が猿轡に染みを広げていった。これから何がはじまるのかわかるだけに、全身が火照り、新たな汗が噴き出した。

「お義父さま、かんにんしてあげて」

脚を閉じようともがきながら首を振りたくっている里奈の哀れな姿に、香菜子はいたたまれずに哀願した。

里奈を思う香菜子にも胸縄がまわり、左右に剝かれた長襦袢の胸元から、真っ白な乳房がこぼれている。

香菜子は寝間から、片品たちのいる部屋に、にじり寄った。

「お義父さま、もうかんにんしてあげて」

「まだわしは何もしとらんぞ。それにな、こいつはうしろの感度がいいようだ。こうやって嫌がっているように見えて、なに、じきにオツユをタラタラこぼしはじめる」

薄いサックを被せた指でたっぷり掬ったワセリンを菊皺に伸ばした片品は、菊口の周囲から中心に向かって、ゆっくりと揉みしだいていった。

「くううう……ぐ……」

片品の指から逃れようと、汗でねっとりとした豊臀が右に左にくねった。だが、確実に指は中心に向かっている。

乳房が波打ち、菊蕾がひくついた。怯えた目がいっそう恐怖におののいた。

「ぐっ！」

菊壺に指が入り込んだとき、キュッと中心がすぼんだ。その堅い蕾の内側に、ワセリンが丁寧に塗り込められていった。

菊襞の入口近くで微妙に動く指に、子宮の奥がズクズクと疼いてくる。気色悪い感触とは裏腹に、きのうのように、また妖しく躰が火照りはじめるのを、里奈はどうすることもできなかった。

閉じていた花びらがわずかに左右にひらき、その合わせ目から銀色に光るものがかすかに滲んできた。

「んぐ……んんんん」

溢れた里奈の蜜液が会陰の方にしたたろうとするのを見てとった片品は、荒巻と香菜子にちらりと視線を向けた。

「このとおり。こいつは、うしろをいじると、ジュースをトロトロこぼす」

「なるほど」

「だが、まだこんな細いやつからスタートしたばかりで、たよりないがな」

きのうより五ミリだけ太くなったアナル棒を突き出して見せた。

「それなら、香菜子がお手本を見せれば、受け入れるのも早くなるだろう」

含み笑いした荒巻は、香菜子を抱き寄せ、剝かれた乳房を揉みしだき、その先端の薄く色づいた果実を口に含み、舌先で転がした。

「あはあ」

人形のように弄ばれる香菜子は、細い首をのけぞらせて喘いだ。

乳首がしこってきたのを舌で確かめた荒巻の手は、剃毛された丘を辿って秘裂を過ぎ、一気にうしろのすぼまりまで伸びた。一瞬、香菜子の総身が硬直した。

香菜子は乳首を転がされ、吸い上げられ、甘嚙《あまが》みされ、しめやかな喘ぎを洩らした。そうしながら、自分と同じように菊蕾を指でいじりまわされ、猿轡の下でくぐもった声をあげてイヤイヤをしている里奈に視線をやった。

こんな状況にありながら、里奈はまだ香菜子に救いを求めるような目を向けている。

ふたりの女が視線を合わせているのを見た片品は、涎でベトベトの猿轡を大介にはずさせた。

「お姉さま！　ああああ……いやっ」

香菜子を呼ぶ里奈の口辺には、般若《はんにゃ》のような赤い猿轡の跡がついている。その口から、次には、喘ぎを伴った声が洩れた。

きのう知ったばかりの危うい刺激を菊蕾に受けて、冷や汗とも脂汗ともつかないものが皮膚という皮膚をねっとりと覆いつくしている。

菊蕾をいたぶりはじめた黒い棒は、ほんの五ミリ太くなっただけとはいえ、引き出されるときの内臓ごと引っぱり出されるような感覚が不気味だ。排泄行為にしか使われていなかった器官だけに、押し入れられるのが不自然で、つい息を止めてしまう。

「押し込むときは息を吐くもんだ。何度言ったらわかる。ケツが裂けてもいいのか」

里奈が息を止めるたびに、片品は罵声《ばせい》を浴びせた。

荒巻の方は、香菜子の首筋や耳たぶを舐めまわしながら、菊蕾を丁寧に揉みほぐしていた。

通うたびに艶やかさの増す女だ。小鼻をふくらませ、熱い息を噴きこぼしながら喘いでいる。めくれた長襦袢の裾から片方のふくらはぎが覗き、薄いピンクのペディキュアを塗った足指の爪が、並んだ桜貝のように光っている。

ときおり荒巻は里奈の方にも目をやった。熟しきった香菜子とちがい、里奈はいかにも青い果実だ。片品はアナル拡張というより、たんにお遊びで細い棒を出し入れしているだけだとわかる。本気で拡張するつもりなら、もう少し太いものから使うはずだ。

「ほれ、どうだ、痛いはずはないぞ。オツユが出ているからな」

片品が秘芯に指を突っ込むと、すぐにグチュグチュと破廉恥な音がした。

世間に恐いものなしと言われている片品だが、新しいオモチャでも手に入れたつもりで里奈を弄び、童心にかえっているのではないかと、荒巻はおかしかった。

「あは……あああ……」

剝かれた肩先を荒巻に預けるようにして、菊皺を揉みしだかれ続けていた香菜子が、酔ったようにゆらりと揺れた。

香菜子の菊皺は湿りはじめている。丁寧に菊蕾を愛撫してやると、愛液のようなものが分泌され、しっとりとしてくる。

やがて潤滑クリームなしでも男を受け入れられるほどにそこは花ひらき、やわらかくねっとりとしてきた。香菜子の菊花は、まるでヴァギナのようだ。

「ネンネに見本を見せてやるぞ。尻を掲げろ。顔をネンネに向けるんだ」

肉杭にコンドームを被せた荒巻は、香菜子をうつぶせにして腰を掬い上げた。うしろ手にいましめをされている香菜子は、肩先を布団につけた。

「おい、よく見ておけよ。香菜子の上品な尻でも男を受け入れることができるんだ。おまえはうしろが好きそうだから、じきに咥え込めるようになるはずだ」

片品の言葉のあとで、荒巻は香菜子の菊花に剛直をあてがい、ゆっくりと沈めていった。

香菜子はゆっくりと息を吐いた。

幾度となくアナルコイタスをしてきたため、痛みはない。それでも、毎回、太いものが菊花を押し広げて入り込むたびに、どうしても声をあげてしまう。

香菜子の菊壺に沈んでいく荒巻の太い肉根に、里奈は口を半びらきにして目を見張った。

そんなものを受け入れられるはずがない。気色悪い細い棒を菊口に出し入れされながら、つい今までそう思っていた。それが、香菜子の菊花に、確かに太い剛棒がゆっくりと沈んでいった……。

布団に頭をつけた香菜子の顔は里奈の方を向いているが、その視線は里奈の躰を突き抜け、はるか遠くに向いているようだ。白い歯を見せて声をあげている香菜子が哀れだ。だが、それが痛みを訴える声でないのは里奈にもわかる。

肩先と頭が布団についているだけに、豊臀は恥ずかしいほど高く掲げられている。囚《とら》われ人が美しいだけに、その残酷な姿は男を奮い立たせた。

「おお、いい具合だ。香菜子の菊壺は天下一だ。前もうしろもいい女はそうざらにはいないからな」

根元まで肉茎を沈めた荒巻は、里奈が大きく目を見ひらいて啞然としているさまを見て、ニヤリとした。そして、ゆるゆると肉根を浮かしていき、交わっている部分をことさら強調して見せた。

「ひと月後には、おまえも香菜子のようないい女になっているわけだ」

心臓が飛び出さんばかりになっていた里奈の乳房は、いっそう大きく波打ちはじめた。鼻と口から荒々しい息がこぼれた。

「はあああ……ああ……かんにん……かんにんして」

香菜子は甘い声で言った。

菊口付近を太いもので擦られるたびに、子宮に疼きが走り、手足の指先にまで快感が駆け抜けていく。菊花ではアナル独特の持続性のある快感を味わうことができる。

荒巻以外に誰もいないなら、突かれるままにその身を委《ゆだ》ねていればいい。だが、里奈がまばたきさえ忘れたような目で見つめている。こんな世界を知らなかった可愛い娘に、アブノーマルな行為を見られていることは苦痛だ。

丸く伸びた紅梅色の菊皺が、肉根の浮き沈みのたびに山をつくり谷をなす。菊花がすっぱり抉り取られるのではないかと思えるほどだ。

「おう……このまま続けると無様にイッてしまいそうだ。香菜子のうしろは最高だ。しかし、あとのために力を蓄えておかないと」

荒巻は抽送をやめ、肉棒を抜いてコンドームをはずした。

「何度味わっても香菜子のうしろは絶品だ」

片品はなおも里奈の菊蕾をいじり続けながら、嫁というより愛奴に堕ちた女が絶賛されるのを、満足そうな表情を浮かべて聞いていた。

ほつれ毛をゆらりと揺らし、香菜子は半身を起こした。白い肌がうっすら汗ばみ、淡いピンクに染まっている。香菜子は里奈に背を向けてうつむいたまま一言も発しない。

「香菜子のうしろに沈んだあんたのマラを見ていたら、里奈の菊壺にも今すぐ太いものを入れたくなった。その上等の象牙で突いてみたいが、どのくらいまで入ると思う？」

床の間の巨大な象牙に視線をやった片品が、荒巻に尋ねた。

「オ××コになら、無理をすれば十センチ、うしろなら、せいぜい先っちょが二センチというところでしょう」

そう言って荒巻はククッと笑った。

6

「わしは五センチに賭ける。大介、そいつを持ってこい」

長さ七、八十センチもある象牙に、里奈は悲鳴を迸らせた。うしろ手にいましめられた哀れな姿で必死に足掻いた。

「お義父さま、ダメッ！　そんなことはおやめになって！　そんな惨《むご》いこと。無理です！」

香菜子は片品にいざり寄って唇を震わせた。

「無理かどうか、やってみないことにはわからんだろう」

「いやいやいやっ！　お姉さまぁ！」

太腿をひらいた破廉恥な格好のまま、里奈は香菜子に怯えた目を向け、しゃくるような荒い息をした。波打つ乳房と、何とか逃れようとして躍起になって総身を動かす姿に、片品も荒巻も嗜虐の血を滾《たぎ》らせた。

辰が里奈を膝に乗せ、背後から抱えこんだ。

太い象牙の根元を大介が持つと、片品が菊蕾に牙の先をつけた。

「いやあああっ！」

喉を裂くような叫びが広がった。

「お義父さま、おやめになって！　後生です。私が何でも、何でもいたしますから」

いましめの胸を突き出すようにして、香菜子が哀願した。

「何でもするなら、この女を悦ばせることができるか。十五分だけ時間をやる。その間にイカせることができるなら、やめてやってもいいぞ。だが、できなかったら、この白い牙を堅い蕾に沈めるからな」

片品は菊芯に触れていた白い牙を引いた。里奈はよほど恐ろしかったのか、子供のように泣きじゃくっている。

辰が膝から里奈を下ろした。仰向けの里奈がしゃくり上げるたびに、乳房がグッとせり上がり、開脚縛りされている膝が揺れた。

「お義父さま、いましめを解いて下さい」

「こいつのいましめなら解かんぞ。このままでしろ」

「それなら、私のいましめを解いて下さい」

「それをわしに頼むのか」

片品の言いたいことがわかり、香菜子は自分にいましめをほどこした荒巻に、解いて欲しいと訴えた。

「手が使えなくても何の不自由もなかろう」

「お願いです」

「達者な口があるだろう」

荒巻はいましめを解こうとしなかった。

「そういうことなら諦めるんだな。これから十五分だぞ」

片品はゴールドの懐中時計を出して時間を確かめた。いましめを解いてもらうのは諦めるしかない。香菜子は、大きくひらかれている里奈の柔肉を見つめた。

翳りが汗で光っている。小さめのピンクの花びらが、わずかにひらいている。その下で、ワセリンを塗り込められて弄ばれていた菊蕾が、わずかに赤くなってひくついている。

「いやいやいや。見ないで」

これから十五分以内にエクスタシーを迎えなければ、恐ろしい牙で菊壺を犯される。それがわかっていても、里奈は美しい香菜子に、こんな恥ずかしい姿のまま、女の部分を見られたくなかった。

寝返りを打つこともできない。香菜子からほんの少しでも股間を隠したいと、里奈は腰をよじった。

すぐに秘芯に口をつけて昇りつめさせようとした香菜子だが、里奈が自分の姿を恥じ、花園を隠そうとしているのがわかり、いきなりそこに口をつけるのは酷な気がした。

香菜子は不自由ないましめのまま、里奈の足下から頭の方にいざっていった。

里奈は傍らに来た香菜子を見つめ、しゃくり上げながら、イヤイヤをした。

「大丈夫……大丈夫よ。泣かないで」

香菜子は子供をあやすような口調で言った。それから、上体を倒し、目尻を伝っている涙を唇で辿った。すべすべした若い肌から、搾りたての果汁が溢れてきそうだ。

こめかみから耳に流れている涙を辿った香菜子は、耳たぶにやさしく息を吹きかけた。

「あはっ……」

生あたたかい息は外耳に流れこみ、里奈の総身を粟立たせた。

「あん……」

粟立ちが治まらないうちに耳たぶを甘噛みされ、里奈はむずがるように頭を動かした。

「お風呂の続きよ……約束したでしょう？　あとでって」

香菜子は息を吹きかけているように見せかけながら、片品たちに聞こえないように囁いた。

里奈の心を少しでもほぐしてやりたかった。

可憐な唇を塞ぎ、少しだけ舌を差し入れた。里奈は拒まなかったが、進んで受け入れようともしない。ときどきしゃくり上げながら、かすかに口をひらき、されるがままになっている。

だが、香菜子の舌が唇と歯茎の間を舌先でなぞったとき、里奈の鼻から喘ぎの混じった熱い息が洩れ出した。

「んん……」

たまらないというように尻をもじつかせる里奈の秘芯から、銀色のうるみが溢れ出した。

里奈の悦楽の壺を探し出した香菜子は、そこを執拗になぞった。

「んんんん……くっ」

喘ぐ里奈は、やはり自分の舌を動かそうとはしない。それでも、香菜子が少し顔を離すと、それだけ顔を近づけてくる。

香菜子は唇を離し、汗の味のする首筋を滑り、しこっている乳首を口に含んだ。

「あぁん……」

のけぞった里奈の乳房が、かすかに浮き上がった。

ピンクの果実を吸い上げ、舌で撫でまわし、唇で挟んだ。

「ああん、お姉さま、いやん。いや……あああ……」

空に浮いている里奈の足指が反り返っては、曲がる。溢れた蜜液はとどまっていることができず、会陰をゆっくりとしたたりはじめた。

乳首の先を執拗につつくと、里奈は肩先をくねらせ、喘ぎを洩らした。

「ああああ……お姉さま……あああああ……いや。もうそこはいや」

肉のマメが脈打ちはじめている。女芯に太いものが欲しい。思いきり突いてほしい。今なら大介や辰を嫌がらずに受け入れられるかもしれない。

「欲しいのね？」

「ああ、お姉さま……」

「オクチで花びらのところを触ってほしい？」

里奈は鼻をすすりながらコクリと頷いた。

香菜子は大きくくつろげられた太腿の間に躰を入れた。光る蜜が涙のように流れている。それを、下から上にそっと舐め上げた。

咲きひらこうとしている小さな双花の、やわやわとした肉の合わせ目に濡れ光るパールピンクの粘膜は、無垢《むく》な里奈の心の色のようだ。細長い帽子を被った肉の芽も、恥じらうようにちょこんと顔を出している。

これまで見たどの女のものよりかわいい秘園だ。そんな里奈が破廉恥ないましめを受けて太腿を大きくくつろげられていることに、香菜子は切なさを感じた。

まだ男を知らない菊の蕾を、太い象牙で犯させるわけにはいかない。香菜子は秘口から舌を差し入れ、女壺の縁《ふち》をなぞった。

「はあああ……」

秘口がひくついた。

白い絹地のような鼠蹊部を舐め、また会陰から女壺へ向かって舌を滑らせた。花びらを吸い上げ、唇で甘噛みし、小さな真珠の粒に口づけた。

「ああ……お、お姉さま……イ、イク……ああっ！」

呆気ないほど短い時間で、絶頂の波が駆け抜けていった。繰り返し襲ってくる熱い波に、里奈は口を大きくあけ、頭をのけぞらせた。

「約束の時間まであと一分あるぞ。褒美に、オ××コの方にアレを入れてみるか」

香菜子を荒巻の方に押しやった片品は、絶頂の余韻にひくつく里奈の秘芯に、大介の手を借りて、太い牙の先をズブリと押し入れた。

「ヒイイッ！」

冷たい異物が粘膜に触れた瞬間、里奈は恐怖の声を迸らせた。

第五章　未知の刺戟

I

「いやっ！　そんなふうにしないで！」

里奈の寝起きしている八畳間にやってきた片品は、秘部の石膏型を座卓の中央に並べはじめた。里奈は耳たぶを真っ赤にしてイヤイヤをした。

片品邸に連れてこられた日から、夜になると毎日欠かさず採られてきた里奈自身の秘園の型だ。すでに十個ほどになっている。絵心のある板前の元治によって、うっすら色づけまでされている。

「同じオ××コでありながら、微妙に姿がちがうのう。見ろ、このぷっちりしたオマメを。このなかでいちばんでかい。どうしてこのオマメがほかのよりでかいかわかってるな」

全部を並べ終えたあと、片品はひとつの石膏型を取って、にやにやしながら里奈の目の前に突き出して見せた。

小さめの花びらも、ほかの型よりわずかながら肉厚に見える。その花びらの合わせ目のところで、肉芽が包皮からちょこんと顔を出している。

「日に日に元治の腕も冴えてくる。大介、そう思わんか」

「はい、日頃から元治は、料理はまず目で食べさせるものだと言っています。それだけに、このオ××コもなかなかいい色合いで、見ているだけでムスコが起きあがってきそうです」

「しかし、いくらうまそうとはいえ、石膏のマン型じゃ、ムスコをぶち込むわけにはいかんな。朝から本物にぶち込んでみるか」

「いやっ！　だめっ！」

破廉恥なふたりのやり取りを聞いていた里奈は、片品が自分を大介に抱かせるのではないかと危惧し、浴衣の裾を両手でギュッと押さえた。

「いつまでたっても、いやだの、だめだの言いおって、まったくおまえという女は、男心をそそるのがうまいのう。まちがっても、はい、どうぞと、笑いながらオマタをおっぴろげたりするんじゃないぞ。恥じらいのない女など、何の価値もないからな」

淡いピンクの彩色を施されている石膏型の肉芽を、片品は人差し指の先で、ことさら卑猥に撫でまわした。

「おうおうそんなに気持ちがいいか。ますます膨らんでくるみたいだのう。このスケベなオマメめ。ほれ、どうだ。こうするともっといいじゃろ」

石膏型を指でいじくりまわしている片品を見ていると、直接躰に触れられているような気がして、里奈は思わず内腿を合わせていた。

「オマメをいじくりまわされると、おまえは確実にイク。女は子宮で感じるようにならんと一人前じゃないぞ。そこで、これから、Gスポットの開発だ。Gスポット、わかるか」

聞いたことはあるような気がするが、里奈には詳しいことはわからない。

「Gスポットの存在が公にされたのは、たかだか四半世紀ほど前だ。最初に確認したドイツの産婦人科の医者、エルンスト・グレーフェンベルクの姓から取ったGだ。どうだ、ちっとは勉強になったか」

ドイツ語とはほど遠い発音でドクターの名前を口にした片品だが、目を細めてひとり悦に入っている。

「このGスポットというのは、膣の浅い部分、ほんの四、五センチぐらい奥のところにあってな。膣の上の方の壁だ。ここを擦られると、女はいい気持ちになって潮を吹く。ただし、セックスの経験が浅いとなかなか思うようにいかん。まあ、時間をかけて開発していけばいいがな。第一関節か第二関節あたりまで指を突っ込んで、オマメに向かってくすぐってみれば、そのあたりにあるはずだ。そのうち、オマメや花びらじゃなく、Gスポットをいじってオナニーするようになるかもしれんな」

薄い唇を歪めた片品は、鈴を振って辰を呼んだ。

「ネンネのGスポ開発だ、オムツを持ってこい」

オムツと聞いた里奈は汗ばんだ。この歳になってオムツをされるはずがない。けれど、オムツを持ってこいと片品が言った以上、それを使うということだ。Gスポットの開発と言っているが、それとオムツとどういう関係があるのだろう。ただ辱めるだけかもしれない。里奈はまた逃げ出したくなった。

「座卓に仰向けになって股ぐらをひらけ」

里奈は眉根を寄せ、尻でゆっくりあとじさっていった。だが、じきに背中が襖に当たった。

「隣の部屋の方がいいのか。隣でもかまわないんだぞ」

片品が言うと、大介がさっと襖を開けた。そこに寄りかかっていた里奈は、よろけて倒れそうになった。

隣室には、黒光りしている漆《うるし》の座卓が置いてある。

「ほれ、さっさと仰向けにならんかい」

「小父さまひとりでないといや……」

里奈は畳の上で、浴衣にくるんだ膝を抱え込んだ。

片品とふたりきりなら、たいていのことには従うつもりだ。けれど、毎日辱めを受けているにもかかわらず、複数の者に傍らで見られることにはどうしても慣れることができない。

「逃げたくなったか？　たとえ庭に飛び出したとしても、金剛がおるからな」

片品がふふと笑ったとき、辰が大人用のオムツを手に戻ってきた。

「尻に敷いておかんことには、派手に洩らしよるかもしれんからな。おい、里奈、存分に洩らしていいから、さっさと座卓に乗って、そのいやらしいオマタをひらいてみろ」

首を振り立てて尻であとじさっていく里奈を、大介がうしろから羽交い締めにし、あっというまに抱き上げた。

子供のように足をばたつかせる里奈を、大介が座卓に下ろした。だが、往生際の悪い里奈は躰を反転させ、座卓から逃げようとする。

「こないだ、荒巻が来たときのように、アンヨを鴨居から吊るすか。うん？　よし、それがいいようだの」

片品が顎をしゃくった。

大介が里奈を座卓に押さえつけ、辰が右膝のやや上に二重のロープを三回まわした。もう一本のロープが、左膝の上にも三回まわった。

ロープの縄尻が鴨居にまわり、グイグイと下半身だけが引っ張り上げられていく。

「しないでっ！」

左右同時に持ち上げられていく脚に、里奈は両手で空を掻くようにして起き上がろうと躍起になってもがいた。

腰から下の浴衣の身頃が大きく割りひらかれ、敷物同然になっている。腰に何もつけていないので、翳りも秘園もあらわだ。

「このくらいでよろしいですか」

爪先が座卓にかろうじてついている状態だ。

「もっと高くしろ。高くなればなるほど、オ××コだけでなく、ケツの穴もよく見えるようになる。Gスポットをいじりまわしたあとにケツの調教もできる」

「いやあ！」

叫んでも、どうなるものでもなかった。

「股ぐらも、もっと広げろ。おお、そうだ。いいぞ。なかなかいい眺めだ」

片品はMの字になった里奈の脚を、満足げに眺めた。尻肉も座卓から浮き上がっている。

里奈はその尻をクネクネと動かしているが、脚を吊り上げたロープが動くだけで、破廉恥な状態には何の変化もなかった。

2

大人用のオムツが里奈の尻にあてがわれた。

恥ずかしい姿にされていることで、とうに汗ばんでいる里奈だったが、オシメを当てられた瞬間、新たな汗がこぼれた。

「よし、これからGスポット開発のためのオ××コいじりをはじめるぞ」

座卓の縁ぎりぎりに置かれた里奈の豊臀の前に進んだ片品は、よいしょと胡座をかいた。

片品を蹴るように脚を動かした里奈だが、骨ばった肩先に触れることすらできなかった。

ゼリー菓子のような外性器が、足をばたつかせるたびにプルップルッとかわいく揺れた。

片品は菊蕾に指をつけた。

「ヒッ！」

尻肉をヒクッと緊張させた里奈は、足の動きをとめた。

「おとなしくしないと、浣腸しないまま、すぐにケツの拡張からはじめるぞ」

里奈は総身をくねらせ、全身でイヤイヤをした。浣腸は今も恥ずかしい。だが、洗浄しないままの菊蕾を触られ、菊壺に指や異物を入れられるのは、さらに屈辱的だ。

「片品様、アナル拡張からになさいますか」

荒い息を吐いている里奈が口をひらかないのを見てとって、大介が横から口を出した。

「い、いやっ！　前にして！」

息を弾ませながら里奈は叫んだ。

「ふん、前だと？　味も素っ気もない単語だ。まあいい、オ××コと恥じらいもなく言うようになったらおしまいだからな」

震えているようなピンクの小さな花びらのあわいに左右の親指を置いた片品は、グイッとそれを引き離した。

「あ……」

里奈は尻をもじつかせた。

くつろげられた双花は唇のようで、何かを訴えているようだ。

（しないで……）

（いや……）

（だめ……）

指をかすかに動かすだけで、かわいい花びらも動き、そんなことを言っているように見える。

秘口もひらき、ぬらぬらと光るパールピンクの粘膜が美しい輝きを放っている。

花びらをくつろげ、秘部を見ているだけで、蜜液が少しずつ滲み出した。

「見ないで……」

里奈の声が掠れた。破廉恥な行為をされるのも恥ずかしいが、広げられた躰を正視されるのはなお恥ずかしい。

両膝を近づけようとした里奈に、片品は会陰から肉のマメに向かって蜜を掬うように舐め上げた。

「んんっ！」

縄がきしんでMの字に割られた脚が大きく揺れた。

腹部と乳房が、交互に激しく波打った。

「もっと力を抜かんかい。オ××コをいじられるときはリラックスするもんだ」

片品の二本の指がズブリと秘花にねじこまれていった。

「んん……いや」

上向きに挿入された人差し指と中指は、いったん奥まで押し込まれ、膣襞を探るようにグヌグヌと動いた。それから少し引き出され、肉襞の上の方をいじりはじめた。

大介と辰は、片品の指先を透視するかのように、立ったまま里奈の下腹部を凝視《ぎょうし》した。

柔肉のあわいに指を押し込まれている里奈は、男たちの視線に晒されたまま破廉恥な格好を崩すことができず、口をかすかにひらき、顔を歪めていた。それでも、指を挿入されて動かされることに苦痛はない。むしろ、じんわりとした快感が躰の隅々にまで広がっていく。触れられていない乳首も、いつしかコリッと立ち上がっていた。

「ふふ、このあたり、感じるはずだぞ」

膣の浅い部分に狙いをつけた片品が、その上壁を集中的に擦りはじめた。

重い肉の扉を押されている感じだ。ズーンとする甘やかな感触に、手足の指先がジンジンしてくる。

これまで、その部分だけを責められた記憶はない。狭い女壺のはずだが、まだ自分でも知らない部分が残っていたことは意外だ。

だが、妖しい感覚は、たちまち尿意へと変わっていった。膀胱を押されているような感じがして、このままその行為を続けられては洩らしてしまいそうだ。

「あうっ！　いやっ！　だめっ！　しないでっ！」

せっぱ詰まった感覚のなかで、里奈は小鼻を膨らませ、荒い息を吐き、乳房を波打たせせた。

腹部もいっそう大きな山をつくってはへこみ、また盛り上がった。

翳りを載せた肉饅頭の膨らみに、ねっとりした銀色の汗が光っている。

「ううん、おトイレ……おトイレに行かせて！」

排泄の危機に、里奈は尻肉だけでなく、細い肩先もくねらせた。

「そろそろだ。上等の座卓にションベンを掛けられんようにしろよ」

片品のひとことで、辰と大介が座卓の左右から手を出し、広がっているオムツの翼部分を腹部に持っていって腰を包み込んだ。

片品も秘壺に指を突っ込んだまま、股間に当てる部分を腹部にまわし、自分の手といっしょに包み込んだ。

「ほれ、オムツが必要だろうが。ここをいじられるとオシッコがしたくなる。香菜子はオシッコではなく、ちゃんと潮を吹くが、おまえはまだしばらくはオシッコを洩らすのが関の山だろう。ほれほれ、洩らすならさっさと洩らせ。遠慮するな」

いっそう強くその部分を指先で刺激する片品に、里奈の内腿は汗でベトベトになっていった。洩らすまいと聖水口を閉じるつもりで秘口やアヌスにキュッと力を入れるが、尿意は近づいてくるばかりだ。

「いやあ！　ああっ……」

ついに聖水が噴き出した。オムツのなかで、片品の手はびっしょりと濡れた。

里奈は魂を抜かれたように、トロンとした目をしていた。

香菜子を呼んだ片品は、濡れた里奈の秘部を拭い清めるように命じた。

大きくMの字に開かれて吊るされた里奈を見て、香菜子は顔を背けた。重くなったオムツが尻の下にそのまま敷かれている。

「すぐにタオルを持って参りますから……」

香菜子は急いで廊下を引き返していった。

不可抗力だったとはいえ、大介や辰の手でオムツにくるまれ、片品の思いどおりに粗相《そそう》してしまった屈辱に、我に返った里奈は薄く染まった鼻をすすりあげた。

「少しは気持ちよかったか？　そのうち、オシッコではなく、潮を吹くようになるぞ。そうなれば随喜の涙も流れるんだ」

片品はふふと笑ったあと、わざと手の匂いを嗅いで眉を寄せてみせた。

濡れたタオルを数枚手にして戻ってきた香菜子は、グレイの綿紬《めんつむぎ》に白い秋草が染めぬかれたあっさりした浴衣を着ている。山吹色の麻の小袋帯との色合いが落ち着いていた。

香菜子は傍らにタオルを置き、今まで片品のいた太腿の間に入った。

「いや……」

里奈は香菜子の前では屈辱の姿を晒したくなかった。自分にはない香菜子の大人の匂い。貶められても上品であり続ける香菜子。そんな香菜子に魅せられ、慕っているからこそ、こんな姿は見られたくなかった。

「すぐに終わるわ……ね、動かないで」

尻をくねらす里奈に、香菜子が諭《さと》すように言った。

小水はオムツに吸い取られてしまっているので、座卓を濡らしてはいない。豊臀はやや浮き上がった状態なので、容易にオムツははずれた。

香菜子は最初のタオルでまず臀部を拭き、次のタオルで翳りのあたりを拭いた。里奈の腹部が激しく波打った。

動かないでと言ったにもかかわらず、里奈は喘ぎながら尻をよじろうとする。

三枚目のタオルで、蜜でぬるりとしている花びらのあわいや会陰を、香菜子は丁寧に拭いていった。

「あん……」

湯で濡らして絞ったあたたかいタオルの感触に、里奈の足指に妖しい疼きが走っていった。

香菜子とふたりきりなら……と、里奈は切なかった。男たちが周囲で見つめているのが辛い。

「あら……」

仕上げにと、菊蕾周辺を拭き清めていた香菜子の手が止まった。

「どうした」

「はじまったみたいですわ……」

「うん？」

里奈の秘園を覗き込んだ片品は、清めたばかりの里奈の秘口から、ツツッと薔薇《ばら》のように鮮やかなものがしたたっているのを知った。

「Gスポットを触られてオシッコを洩らしたあとはメンスか。もう一度いじるつもりだったのに、Gスポ開発は数日中止か」

こんな姿にされているときに生理が始まってしまい、里奈は消え入りたいほど恥ずかしかった。だが、数日中止という片品の言葉を聞いて、緊張の糸がほぐれていくような気がした。

「生理が終わるまではオ××コのかわりにケツの調教をやるぞ」

目を細めて里奈を見つめる片品は、つかのまの里奈の安堵《あんど》をあざ笑っているようだ。

里奈の唇が震えた。肩先が喘いだ。

「香菜子、おまえがネンネのケツを拡張しろ。その前に、辰、タンポンを押し込んでやれ」

軽く会釈して出て行った辰が、指で挿入するタイプのタンポンを持ってきた。花びらを菱形にくつろげ、手慣れたふうにタンポンを挿入した。里奈は屈辱に唇を嚙んだ。

次は、香菜子から菊蕾の調教を受けるばんだ。

いましめを解かれないまま、香菜子の白い指で菊座にワセリンをたっぷりと塗り込められていった。

「いやいやいや……嫌い……くううう……お姉さまぁ……いやいやいや。嫌い」

片品の命令に背くことができないとわかってはいるが、こんな状況で香菜子におとなしく身をまかせるのは耐えがたい。羞恥を紛らすためには何か口にするしかない。

「入れるから力を抜いてちょうだい……」

片品に渡された黒いアナル棒を、香菜子はひくつくすぼまりにそっと押し込んでいった。

「んんんん、嫌い……うくくっ」

片品の屋敷に来て、何回、菊蕾にこの恥ずかしい棒を挿入されたことだろう。棒は少しずつ太くなっているというのに、確実に咥え込んでいく。そして、いつしか秘芯とは異なった感覚にも目覚めてしまった。

香菜子がアナル棒を持った白い指を、ゆっくりと前後させはじめた。

「はあああああっ」

黒い棒の抜き差しに、声が洩れる。総身の皮膚がざわめきはじめる。すぼまりから指先や子宮に向かって、ゾクゾクしたものが駆け抜けていく。

(お姉さまに恥ずかしいことをされてるの……お姉さまに……お姉さまだけしかいないの)

目を閉じた里奈は、香菜子とふたりきりでいるのだと自分に言い聞かせた。

「ケツをいじられていい声をあげるようになりおって、おまえはオ××コよりうしろの方が感度がいいのかもしれんぞ。拡張はひと休みだ。休んでいる間に、Gスポットを刺激されるとどうなるか、香菜子に手本を見せてもらえ。香菜子、相手は大介だ」

3

名前を呼ばれた大介は、すぐに作務衣を脱ぎ始めた。

辰は布団を敷き、敷布の上に、さらに厚いバスタオルを二枚敷いた。それから、里奈の背後にまわり、これからはじまる香菜子と大介の行為がよく見えるようにと、火照っている半身を起こし、がっしりと体を支えた。

里奈は破廉恥に秘芯を晒した格好から解放されないのを知っただけでなく、愛しい香菜子が大介と交わる姿を見なければならないことを知り、激しくかぶりを振った。

「里奈さんの脚のいましめを解いておあげになって……」

香菜子は片品にすがるような目を向けた。

「おまえがGスポットで気をやって潮を吹くのを見せたら解いてやる。さっさと大介のマラの先をGスポットにつけて腰を動かすことだな」

片品が他人の言葉に簡単に耳を傾けるはずがないのはわかっているが、香菜子は思わず溜息をついた。すぐに山吹色の帯を解き、浴衣を落としていった。

布団に筋骨逞しい体を乗せた大介は、里奈に背を向け、そのまま上半身を倒して仰向けになった。大介がその姿勢をとることで、騎乗位の香菜子の方は里奈と向き合うことになる。

透けるように白い肌をした香菜子は、布団に膝をつき、大介を見つめた。それから両手をついた。

「ご奉仕させていただきます」

軽く頭を下げた香菜子の美しさがガラス細工のように儚《はかな》げなだけ、里奈は切なかった。

すでに反り返っている太い剛棒を掌に包んだ香菜子は、二、三度ゆっくりとしごき、上品な唇を軽く亀頭に当てた。そして、側面に唇をつけて滑らせ、皺袋にも口づけた。それから、ようやく肉柱を唇のあわいに沈めていった。

頭を上下に動かす香菜子の唇がねっとり光っている。だが、気品に満ちた妖しい淫らさに、里奈は自分の立場を忘れて見入っていた。

香菜子に奉仕される男は誰もが満足するだろう。香菜子との時間は男にとって夢のような時間のはずだ。そして、里奈にとっても……。

「尺八はもういい。ネンネにGスポットのよさを見せてやれ」

横槍を入れた片品に、剛棒からやわやわとした唇を離した香菜子は、大介の腹をそっと跨いだ。

そのとき、香菜子がふっと視線を上げた。里奈と目が合うと、香菜子は慌ててうつむいた。

里奈は恥じらいながらも抗えない香菜子に、自分を重ね合わせ鼻孔の奥が熱くなった。

腹を叩くほど勢いよく反り返っている剛棒を、香菜子は左手でつかんだ。それから腰を浮かせ、自分で柔肉の合わせ目に導き、そっと豊臀を落としていった。

「はああっ……」

顎を持ち上げ、花びらのように淡くやさしい唇をひらいた香菜子は、逞しいものを女壺に受け入れた快感を、顔いっぱいに表していた。苦痛ではなく、とろけるような肉の悦びを刻んでいる眉間の皺。甘い喘ぎ声……。

それだけで、里奈は、自分がまだ感じ取ることができない深い女の悦びを香菜子は知っているのだと思った。

根元まで剛直を沈めた香菜子の腰に、大介が両手を置いた。

香菜子は大介の躰に対して四十度から六十度という角度で、軽く上半身を倒し、両手を大介の胸につけた。それから、腰を微妙にずらしていった。

「あ……」

すぐに甘い声が洩れ、香菜子の動きがぴたりとやんだ。

「今、香菜子のGスポットに大介のマラがぶち当たったんだ」

片品は断定的に言ったが、里奈にはどういうことかわからなかった。

香菜子の腰をつかんでいる大介が、下からゆっくりと腰を突き上げた。

「ああっ……」

甘く掠れた声が香菜子の唇から洩れた。コリッとしこり立ったきれいな乳首を載せた乳房が、プルッと揺れた。薄く目を閉じた香菜子の瞼が、ピンクのアイシャドーを塗ったように、ほんのり色づいている。

大介は逞しい腕で香菜子の腰を支えながら、規則正しい突き上げ運動を繰り返した。疲れを知らない大介のエネルギッシュな腰の動きに、香菜子は穿たれるたびに、ああっ、と短い喘ぎを洩らした。

さほど時間がたたないうちに、香菜子は小鼻を膨らませて熱い息をこぼしながら、イヤイヤをした。

大介の突き上げが一気にスピードを増した。

「あああ……だめ……だめ……だめ」

激しい香菜子の息づかいと髪の乱れが、里奈の躰まで熱くした。

「んんん……ああっ！」

大きく口をあけた香菜子が、閉じていた目をあけ、首をのけぞらせて打ち震えた。

大介の突き上げはやまなかった。次々とエクスタシーに襲われている香菜子は、人というより、華麗なイソギンチャクのように揺らぎ続けた。

「里奈を連れてこい」

片品の命令に、辰が素早く里奈の膝のいましめを解いて鴨居から下ろし、交わっているふたりの傍らに押しやった。

大介の腹部は濡れていた。小水としか思えない大量の液体が脇へとしたたり、バスタオルをびっしょり濡らしている。

「Gスポットで気をやると、こうやって潮を吹く。オ××コではなく尿道から多量に噴き出すが、オシッコじゃないぞ。匂いを嗅げばわかる。そして、すぐに乾く」

片品は里奈の首根っこをつかみ、ふたりの交わっている部分に力ずくで押しつけた。

「くくっ」

口と鼻が大介の黒々とした茂みごしに腹部に押しつけられ、里奈は窒息しそうになってもがいた。アンモニアの匂いはしなかった。

「おまえも早くGスポットの快感を覚えて、潮を吹くようになれ。メンスが終わったらGスポットの開発を続けるからな。オシッコを洩らすたびにケツをひっぱたくぞ。十日もすれば大事な知り合いたちがやってくる。遊び慣れた男たちだ。大人の相手ができるように、毎日みっちり仕込んでやるからな。香菜子はよがっていて使いものにならん。今度はわしがケツの拡張の続きをしてやる」

辰がアナル棒をさっと片品に渡した。さっき香菜子が使ったものより、さらに五ミリ太くなっている。

里奈は鼻で荒い息をした。

「もうじきケツで繋がることもできるぞ。嬉しいか」

イヤイヤと首を振ってみたが、諦めるしかない。

香菜子は打ち続く絶頂の波に総身を紅く染め、喘ぎながらゆらゆらと揺れている。

「あああ……大介さん……はあああっ」

大介の名を呼ぶ香菜子を、里奈ははじめて聞いた。それは、いかに香菜子の肉体が法悦に浸っているかという証だ。

里奈は、本当の肉の悦びを知っている女に対する羨望と同時に、大介への嫉妬と、香菜子に取り残されたような哀しみでいっぱいになった。

「さっさとケツを向けろ。メンスのときはケツの調教に決まってるだろうが」

片品の言葉に、里奈は唇を噛み、四つん這いになって尻を掲げた。

「小父さま、里奈のお尻を犯してください」

横で揺れている香菜子のことを忘れたいと、里奈は無理にそう口にした。涙が溢れそうになった。

「おうおう、尻を犯してくれとな。おまえもずいぶんいい子になったじゃないか」

機嫌よく顔をほころばせた片品は、白いタンポンの紐が揺れている股間ににじり寄り、片品邸に来た最初の日とは比べられないほどやわらかくなっている里奈のすぼまりを、色の悪い舌でつついて舐め上げた。

「ああぁっ！　小父さま、やさしくして。やさしく入れて」

香菜子の喘ぎ声を掻き消そうと、里奈は鼻をすすりながら必死に声を出した。

4

生ぬるい風は、広い敷地の樹木をくぐり抜ける間に、涼風に生まれ変わる。連日の猛暑にもかかわらず、片品邸の夜は過ごしやすい。里奈に与えられている八畳間も例外ではなかった。

夕食が終わり、里奈は自室に戻っていた。片品に自由にしろと解放されたところだが、ひとりになると、どうやって時間を過ごせばいいのかわからない。

夜は長い。このまま何もない朝が迎えられるとは思っていない。

里奈は地袋《じぶくろ》をあけ、ボストンバッグを出した。住み込みのアルバイトという約束で来たので、着替えや洗面用具、本やレポート用紙などが詰め込まれている。だが、片品邸に来てから、持ってきた下着一枚さえ手つかずのままだ。

便箋も封筒も、忘れられたようにボストンバッグの底にあった。アメリカの卓に手紙を書くゆとりさえなかった。

片品邸に来て三週間近い。いまさら、どんな顔をして恋人に会えるだろう。辰にも大介にも抱かれてしまった。そして、アブノーマルな行為さえ教え込まれている。卓との距離は開いていくばかりだ。

封筒を取り出した里奈は、卓の名前とニューヨークの住所を書いた。だが、便箋には何も書けないまま時間が過ぎていった。

「入ってもいいかしら」

香菜子の声に里奈は我に返った。

膝をついて両手で襖をあけた香菜子は、すっきりした藍色の縦縞《たてじま》の着物に紅型《びんがた》の帯を締めている。

「邪魔してごめんなさい。あら、手紙を書いていたの？」

香菜子はいち早く、テーブルの便箋と封筒に視線をやった。

宛名を見られまいと、里奈は慌ててそれを座卓の下に隠した。

「お義父さまは珍しく大介さんと囲碁をおはじめになったわ」

「囲碁？」

「ええ、時間がかかるから、今夜は私にあなたの相手をしろって」

相手という言葉に、香菜子との恥ずかしい行為を思い浮かべた里奈は、瞼のあたりをぽっと染めた。

「お手紙書いたら？　邪魔しないわ。大事な人にでしょう？」

思いやりのある香菜子の言葉だったが、里奈は最後のひとことに、刺されるような痛みを感じた。

脇谷卓と知り合って一年。脇谷によって女になり、脇谷のことを考えるだけで幸せだった。

そんな日々はもう戻ってこないだろう。

「いまさらどうして手紙なんか書けるんです。何と言い訳すればいいんですか。彼には二度と会えないわ！」

喋っているうちに里奈は昂ってきた。

ふいに激高した里奈に臆することもなく、香菜子は里奈の傍らに静かに腰を下ろした。

「大事な人には何も言わなくていいのよ。戻りたいなら、黙って元の時間に戻ればいいのよ。でも、あなたがここからいなくなると思うと、私は淋しいわ」

香菜子は里奈の長いストレートの髪を撫でた。

肌の匂いとも髪油の匂いともつかない甘ったるい香菜子の香りが、里奈の鼻孔をくすぐった。

卓に合わせる顔がないと、怒りや哀しみをぶつけた里奈だったが、香菜子と会えなくなると思うと、卓に対する感情とは別の、胸を塞がれたような切なさを感じた。

「私がここを出るとき、お姉さまもいっしょにここを出て、ね、いっしょにどこかに行きましょう」

たった今、強い言葉を投げつけたことも忘れ、里奈は香菜子の胸に顔を埋めた。

「私はここの人間なの……ここが私の家なのよ」

「いや。いっしょに行くの。いっしょに。私といっしょに。ね、私といっしょに」

香菜子にしがみつき、白い喉を見せて繰り返す里奈は、幼女のように無垢な目を向けた。

何かを訴えるようにかすかにひらいている唇のあわいから、白い歯がちらりと覗いた。

「抱いて……お姉さま、キスして」

香菜子の総身から漂ってくる妖しい匂いと透けるような頬の白さに、里奈は噎せるようだった。

香菜子は里奈の両頬を掌ではさんだ。そして、唇を近づけた。

やわやわとした唇が合わさったとき、里奈は一瞬のうちに汗ばんだ。耳や肩や腰や手足の先が、火のようにたぎった。

紅い唇のあわいに入り込んだ香菜子の舌が、ねっとりと絡んでくる。体温を持った蛇が這いまわっているように、執拗に隅々まで動きまわり、唾液を絡めとった。

「くっ……」

唇だけでなく、触れられていない秘芯が脈打ちはじめた。

(触って……触って……お姉さま)

早くも花園から蜜がしたたりはじめ、里奈は腰をもじつかせた。若々しい茜色《あかねいろ》の浴衣の下に、下穿きはつけていない。

横座りしていた里奈は、唇を塞がれたまま、しどけなく脚を伸ばした。

香菜子の腕がゆるんだ刹那《せつな》、その手を取って浴衣越しに秘園に導いた。

顔を離した香菜子は、熱に浮かされたような顔をしている里奈を見つめた。

「恥ずかしいことが好きなのね？」

やさしい香菜子のまなざしの奥に、淫猥な光が宿っている。

里奈は、そう、と言おうとしたが、首を振った。

「好きなはずよ。そうでしょう？」

また里奈は首を振った。

「じゃあ、ここを触られるのも嫌いなはずよ」

浴衣越しの秘園に置かれた手を離した香菜子に、里奈は泣きそうな顔をした。

「やっぱりお手紙を書くといいわ。邪魔しないから」

香菜子は里奈から離れ、向かいの席に移った。

こんな意地悪をされたのははじめてだ。里奈は恨《うら》めしげに香菜子を見つめた。ふたりきりになれる機会はめったにない。一分さえ惜しい。秘芯の疼きも半端なままだ。

「ここにいちゃ、お手紙書けない？　いない方がいい？」

わかっているくせにと、里奈は歯ぎしりしたくなった。

「嫌い……嫌い……お姉さまなんか嫌い！　大嫌い！　嫌い！　出てって！」

口惜しくてたまらず、里奈はくるりと背を向けた。

「そう、大嫌いな人がここにいるのはいやでしょう？　わかったわ」

立ち上がる気配を背中に感じ、里奈はギュッと拳を握った。

「出てったら……もっと嫌いになるから。もっともっと嫌いになるから」

肩越しに顔だけ香菜子に向けた里奈は、今にも涙がこぼれそうになった。

「じゃあ、本当のことを言ってくれるの？」

黙っていれば、香菜子はそのまま出て行ってしまいそうだ。

「好き……恥ずかしいことが好き……だからここにいて」

そう言うと、里奈は顔を戻して背中をまるめた。

「そうよ、恥ずかしいことが好きだから、あなたはお義父さまに触られて濡れるのよ。イヤと言いながら、感じているのよ。前を触られてもうしろを触られても濡れてしまうのよ。お義父さまのオユビやオクチで触られるのが大好きなのよ。お義父さまもあなたのことが大好きなの。大介さんたちもあなたのことが大好きなのよ」

香菜子は里奈の傍らに戻ってきた。いつものやさしい口調だが、これまでの香菜子とどこかしらちがう。

「小父さまたちが私を好きなはずはないわ。私も好きじゃない。だって……いやらしいことばかりするから」

「恥ずかしいことが好きだって言ったくせに」

香菜子はふふっと笑った。

「うしろのお花なら触ってあげるわ。さあ、どうしたらいいの？」

　里奈は意地の悪い今夜の香菜子に拗《す》ねた目を向けた。けれど、香菜子が動かないのを見て取ると、下唇を嚙んだ。

　浴衣の裾をほんの少しだけたくし上げ、四つん這いになった。躰を支える手足が震えた。

　背中の方にすっかり浴衣をまくり上げ、隠れている尻たぼを剝き出しにした香菜子は、愛らしい里奈の菊蕾がひくつきながら指を待っているのを見つめた。

　白桃のような双丘のくぼみで堅くすぼんでいるだけだった紅梅色の蕾が、今では見た目にもやわらかく変化している。

「明日、お客様がいらっしゃるの。ここを可愛がってくださるわ。もう、殿方のものを受け入れられるはずよ。私のオユビやいつもの道具よりいいでしょう？」

　香菜子の言葉に、里奈の総身が硬直した。

「いやっいやいやいや！」

　躰を起こした里奈は、香菜子にしがみついて泣きじゃくった。

5

「さあ、起きてちょうだい」

香菜子の声に、里奈は目をあけた。瞼が重い。見知らぬ誰かに菊蕾を犯されるかもしれないと知ったとき、酷《ひど》く泣いたせいだ。泣きながら香菜子に甘えていた。

『ここにキスして』

『いや、もっと』

『ここをオユビでさわって』

『オクチでして』

里奈はそう言いながら、すすり泣いていた。ただ香菜子に甘えたくて泣いていた。不幸な身の上に泣いていたのではなかった。香菜子に寄り添って眠りにつけることが夢のようだった。

いつから起きているのか、香菜子はすでに髪を整え、里奈のはじめて目にする着物に着替えている。

黒地の絽の着物は、前身頃《まえみごろ》に白い桔梗《ききょう》、左肩にわずかばかりの白い秋草が描かれただけの、粋な付けさげだ。近寄りがたいほど美しく輝いている。

「これは、あなたにお義父さまからのプレゼントよ。お風呂に入ったら着せてあげるわ。きれいでしょう？」

乱れ箱に入った着物を香菜子が広げた。黄色に近い若草色の絽の着物に撫子《なでしこ》の花模様。塩《しお》瀬《ぜ》絽《ろ》の帯は朱色だ。

「そんなもの……いらない」

里奈はわざと顔を背けた。

「ふふ、拗ねるととってもかわいいのね。殿方にそんなお顔を見せてごらんなさい。喜んでもらえるわ」

香菜子はなぜこんな意地悪なことを口にするようになったのだろう。哀れみの言葉をかけてほしいのに、口調がおっとりとやさしいだけ、里奈は口惜しかった。

片品がやってこないのも不思議だ。屋敷は静まり返っている。朝の身体検査もしないいつもりだろうか。そういえば、昨夜は恥ずかしい秘部の型も採られずにすんだ。片品邸に来てはじめてのことだ。

風呂から上がると、香菜子が里奈の着付けを手伝った。髪型はダウンヘア。後頭部に着物の色に合わせた黄色い花のコサージュをつけた。

「かわいいわ。ステキな着物ね。お義父さまが反物を選んでくださったのよ」

「いやらしい小父さまなんて大嫌い」

香菜子の言うように素晴らしい着物だ。そして、口紅を塗ってもらったせいか、いつものより女っぽく見える。着物の似合う自分にうっとりした。だが、里奈はまた頰を膨らませ、鏡に映っている自分を一瞥するそぶりをして、プイと顔を背けた。

「ふふ、いつからかわいく拗ねることを覚えたの？　みんなにもそんなふうにして見せるといいわ」

スツールに腰を下ろしている里奈の両肩に手を置いた香菜子はそう言って笑ったあと、ギュッとうしろから里奈を抱きしめた。

「とってもかわいいわ……みんなが恥ずかしいことをしたがるのは……あなたがかわいいからよ……殿方にはうんと甘えるといいのよ」

これまでの香菜子がふいに戻ってきたようだった。耳元にかかる香菜子の熱い息に、里奈は昨夜のように思いきり甘えたくなった。

廊下で足音がした。香菜子が躰を離した。

「おう、黄色いだけに本物のヒヨッコみたいだな」

半日ぶりに現れた片品が、鏡に映っている里奈を見て目を細めた。

「朝まで香菜子と乳くりあって、目ン玉まで黄色くなってるんじゃないか？」

白い能登上布に黒い角帯の片品は里奈のうしろに立つと、ゆったりと着付けられた胸元に手を入れ、膨らみをグイッとつかんだ。

「あう」

里奈は眉根を寄せた。

「お義父さま……これからお食事ですわ」

「おう、わかっておる。十分だけだ。おまえは先にテーブルについておけ」

香菜子を追いやった片品は、鏡に映っている里奈の表情を眺めながら、ゆっくりと乳房を揉みしだきはじめた。すぐにぷっちりと立ち上がってきた中央の果実を、人指し指でねっとりと責めたてた。

「ああ……小父さま、いや……あはっ」

鏡には、泣きそうな顔をした里奈が映っている。にやけた顔でそれを見つめる片品も映っていた。

懐に伸びた皺びた片品の手首を、里奈は右手で握った。だが、それを引き出そうとはしなかった。揺れようとする躰を支えるため、いっそう強く片品の手首を握りしめた。

乳首から広がっていく快感は、秘芯にもどかしい疼きをもたらしている。こうやって何度片品に焦れったい思いをさせられただろう。

膣壁の奥がむず痒くなり、思わず腰が動いてしまう。蜜液が溢れ、蟻の門渡りをしたたり落ちていく。脚を大きく広げたくなる。晒された秘所をいたぶられたくなる。

「いや……小父さま」

鏡の中の片品に向かって、里奈はすがるような目を向けた。

ほんの少しこうやって触られただけで、総身が疼き、我慢できなくなる。香菜子に、片品など嫌いだと言ったのは、つい今し方のことだ。それが、逃げようともせず、破廉恥な指の動きに耐えている。耐えているどころか、次の行為を待っている。

小鼻を膨らませて熱い息を吐く里奈は、下ろしたての真っ白い足袋《たび》にくるまれた足指を畳に押しつけた。

「ああ、小父さま……」

「オ××コが濡れてるんだろう。今から腰巻に染みをつけるなよ。着物を捲ってみろ」

片品は乳房を鷲づかみにしたままグイと持ち上げた。

短い声をあげた里奈の躰が、鏡台のスツールから浮いた。

「ほれ、さっさと捲れ。それとも、飯にするか」

片品は唇を歪めた。

半端な火照りのまま朝食などとれるはずがない。里奈はそろりと裾をまくり上げた。

『恥ずかしいことが好きだから、あなたはお義父さまに触られて濡れるのよ……お義父さまのオユビやオクチで触られるのが大好きなのよ。お義父さまもあなたのことが大好きだわ』

昨夜の香菜子の言葉が脳裏をよぎった。

(嫌い……こんな破廉恥な小父さまなんて大嫌い……絶対に嫌い)

そう思いながら、黒い翳りを見せるのにためらいを覚えながらも、里奈は一枚ずつ裾を捲り上げていった。

「アンヨをひらけ。もっとだ。おお、よし、いいぞ」

スツールを引っ張り寄せて腰を下ろした片品は、里奈の手からもぎ取った裾を帯に挟み、陰唇のあわいに鼻をめりこませた。風呂上がりの里奈の秘部が、石鹸とは別の女肉の匂いを漂わせている。

里奈は卑猥な片品の姿を見下ろしながら、骨と皮だけのようなゴツゴツした肩に手を置いた。そして、卑猥な舌が動き出すのを待った。

秘園から顔を離した片品は、手を使わず、生あたたかい舌先で花びらを左右にめくった。

里奈はひくりと内腿を硬直させた。やわらかな粘膜を舌がかすかに嬲っただけで、肉襞だけでなく手足の先まで痺れてくる。

ピチョッ。蜜に濡れた秘肉を舐め上げる破廉恥な音がした。太腿をブルッと震わせた里奈は、腰をわずかに突き出した。胸を波打たせ、片品の肩に指を食い込ませた。

「はあっ……いや……」

記号でしかないイヤという言葉の語尾が、切なげに掠れて消えた。

ピチョピチョピチョッ。チョピッ。

花びらをなぶり、秘口を舐め上げては肉のマメをこねまわす舌は、確実に里奈を絶頂へと導いていった。

「小父さま……イッちゃう……あああ……イッちゃう」

舌先の動きをとめた片品は、充血して膨らんだ真珠玉をチュルッと吸い上げた。

「ああっ！」

細い首をのけぞらせた里奈が、激しく打ち震えた。立っていることができなくなり、崩れ落ち、片品の胸に倒れ込んでいった。

6

朝食を終えて二時間ほど休息したあと、やってきた客たちの前に引っ張り出された里奈は、ひとりひとりの顔を見る余裕もなく、硬くなってうつむいていた。

「片品さんの調教はたいしたものだ」

三週間前、真っ赤なミニスカートを穿いていた里奈がしっとりした着物姿で現れたのを見て、梶原は目を見張った。家庭教師のアルバイトということで面接し、そのあと、知り合いの年寄りの世話をしてくれと、里奈を片品邸に連れてきた男だ。

自分を騙した男も来ているとわかり、里奈は動揺した。

池のある庭に面した広い和室に、梶原とイーグル電気化学取締役社長の荒巻、ほかに里奈の知らない三人の男と大介、辰、香菜子がいた。

里奈がはじめて見る三人の男たちも、荒巻のように社会的に責任ある地位につき、金銭的に恵まれていることは、仕立てのいい背広やネクタイだけでなく、その雰囲気から見て取れた。

「褌をつけたかわいい蓑虫というのはこの女のことか。ネンネと聞いていたが、想像していたより色っぽいじゃないか」

六十歳をとうに過ぎているにしてはつややかな肌をした恰幅のいい丹波《たんば》が、うつむいた里奈を観察しながら言った。

「いや、褌をつけると、もっともっと色っぽくなりますよ」

いたずらっぽい荒巻の言葉に、里奈は肩先を喘がせた。いつかのように裸に剝かれ、片品の褌をつけられるようなことにはなりたくない。客たちにビールを注《つ》いでまわる香菜子に、救いを求める目を向けた。

「褌をつけるのもいいが、きょうはこれのもうひとつの処女を散らせる大事な日。まずは全員でビールで乾杯したい」

昨夜からうしろを犯されるらしいとわかっていたが、片品の言葉に里奈の皮膚はそそけだった。

「私たちは口で呑むが、お嬢さんには処女地で呑んでもらうんでしょうな」

「むろん、それが道理だろう。尊い処女地は、汚《けが》れないように清めたうえで頂戴するものだ」

「処女地に分け入る私たちの方が水垢離《みずごり》でもとるべきじゃないんですか」

丹波にこたえた片品に荒巻がチャチャを入れると、笑いがおこった。

男たちの言葉だけで汗ばんだ里奈は、どうやって逃げるか考えた。だが、辰と大介の敏捷さも強力な腕力もわかっている。ふたりが控えているだけでなく、ほかに五人の男がいる。逃げられるはずがなかった。

怯えた目をして荒い息をしている里奈を、男たちは舐めるような視線で見つめ、面白がっている。

「おい、里奈の酒の用意はできているだろうな」

大介と辰に顔を向けた片品に、ふたりは軽く頷いた。

「すぐに持って参ります」

大介が部屋から出ていった。

「みんなにはまだ話していなかったが、これにはアメリカに好きな男がおってな」

里奈はハッとした。

「ニューヨークにＹＨ工業の支社があって、会社のアパートに住んでおるらしい。里奈の部屋にこれが落ちておった。男の名は脇谷卓」

昨夜、里奈が宛名書きだけした封筒を懐から出した片品は、ヒラヒラと顔の前で振って見せた。

座卓の下に隠したつもりだった封筒を、里奈はすっかり忘れていた。

「このべっぴんをものにしたＹＨ工業ニューヨーク支社にいるエリートの顔が見たい人もおるじゃろう？」

片品は丹波の顔を見てニヤリとした。丹波の眉がかすかに動いた。

「もう言わないで！　いやっ！」

男たちの前で、なぜ卓の名を口にする必要があるのだろう。里奈は顔を歪めて叫んだ。

「お待たせしました」

やがて、白い覆いを被せたものを捧げ持ってきた大介が、

「どうぞ、一本ずつお取り下さい」

まずはいちばん身近にいる梶原の前に置き、覆いをはずした。

「あ……」

里奈の総身から汗が噴き出した。

銀色のトレイに、液体を満たした二百ccのガラス浣腸器が五本載っている。客の人数と同じ数だ。

「では、順に処女の器に酒を注《つ》いでいただきますかな」

「いやあ！」

逃げ出そうとする里奈を、たちまち辰が押さえこんだ。

「お姉さまっ！　助けてっ！」

たったひとりの味方にちがいない香菜子に向かって、里奈は叫び声をあげた。

「いっぺんに五合半も呑ませたんじゃ、大トラになってしまうんじゃないか」

まわってきたトレイから浣腸器を一本取った小柄な乾《いぬい》が、薄い口元をゆるめた。

「ぬかりはない。ほろ酔いするように薄めてある。そのまま呑ませたんじゃ、たちまち急性アル中だ」

わかりきったことだろう、というような片品の口調だ。

「お姉さまっ！　お姉さまっ！」

辰の膝に押さえつけられて悶え乱れている里奈の傍らに静かに近づいた香菜子が、耳元に口を寄せた。

「大丈夫よ。何度もされたことでしょう？　お浣腸されるの、大好きになってるくせに。きのうも今朝も言ったでしょう？　あなたはとってもかわいいわ。だから、みんなが恥ずかしいことをしたがるの。みんな、あなたをかわいがってあげたいだけなの……ね、逃げられないんだからおとなしくして、殿方に甘えてちょうだい。甘えればいいの。ね……」

香菜子には心を乱す里奈がわかっていた。だから、昨夜から何度も繰り返して言い聞かせてきたつもりだった。片品に頼み、二人だけの時間をつくってもらいもした。だが、そんなことで里奈が簡単に納得するはずがなかった。

「嫌い！　お姉さまなんて嫌い！　いやっ！」

汗みどろになって辰から逃れようとしている里奈に、男たちは目を細め、嗜虐の血を滾らせた。

「諦めの悪い女だ。香菜子を外の樹に吊るせ。嫌いな女が吊るされるのを見たら、里奈の機嫌が直るかもしれんからな」

歪んだ笑みを浮かべた片品が、大介に顎をしゃくった。

「吊るすなら私にも手伝わせてくれ」

精力的な太い鼻を持った森元《もりもと》が、ネクタイをはずしながら立ち上がった。

帯だけ解かれた香菜子は、黒い粋な着物の上にいましめがまわっていくのをおとなしく受けていた。

それを強引に見せられる里奈は、眉間を寄せて荒い息を吐いた。

うしろ手胸縄だけで、香菜子の美しさが際立った。いましめを受けると香菜子の表情が変わる。肌がぼうっと桜色に染まり、恥じらいと哀しみに満ちた目がオスの本能をくすぐって誘惑する。

「未亡人の縄酔いは何度見ても格別ですな」

縄酔いという丹波の言葉は、目の前の香菜子にぴったりだ。里奈は自分の身の上をひととき忘れた。

手慣れた森元の縄が、背中に余っている縄尻を左右に分け、胸の横の二の腕を三巻きずつして背中で結んだ。

新たな縄が胴を三回まわった。吊り下げたとき体重で縄がゆるまないように、胴縄と胸縄は背中で強固に三度ばかり絡められていった。

庭に引き出された香菜子は、枝振りのいい正面の老松の太い枝に、背中の縄を引っかけて吊るし上げられていった。

足が地面からわずかに浮いた状態で、引き上げはやんだ。

うつむき加減に、くの字になってぶら下がった香菜子を里奈は痛々しく見つめた。二の腕が背中にひねり上げられているように見える。数本の黒髪がほつれ、わずかな風になぶられていた。

「乾さん、鞭を使いたくてウズウズしてるんじゃありませんか」

梶原が目を輝かせている乾に尋ねた。

「おお、あんたの鞭は芸術だ。香菜子をぞんぶんにかわいがってくれ」

乾が口をひらく前に、片品が鞭を勧めた。

六条鞭を持った乾が喜々として庭に出た。

「鞭でも酔わせてやるからな」

正面から太腿あたりを狙って、鞭が唸った。

「あっ」

香菜子と里奈が同時に声をあげた。

うしろにまわった乾は、尻たぼを打擲しはじめた。鞭が肌に届く刹那、達者な鞭の使い手は、紙一枚の隙間をつくるような感覚で鞭を止める。そのため、鞭を振り下ろすたびに縄はキリキリとしなったが、香菜子の躰はさほど揺れなかった。

美しい弓形の眉を歪め、紅を塗った唇のあわいから掠れた声を洩らす香菜子は、無力な生贄となって客たちの好奇の視線を浴びていた。

「素っ裸にひん剝いて吊るしなおすか。柔肌に食い込む縄も乙なものだ」

片品の言葉に里奈は喉を鳴らした。

「お姉さまをいじめないで。下ろして……もうぶたないで」

被虐の悦びを識《し》っている香菜子にとって、鞭さえ法悦を極めるための道具になることを知らず、里奈は片品にすがった。

「失神するまで続けてもらうつもりだ」

「いや。お姉さまを下ろして……お願い」

「それなら、みんなから祝い酒を受けるか」

唇を震わせながらコクリと頷いた里奈に、片品は細い目をいっそう細めた。

「尻を突き出すたびに、祝い酒を頂戴いたします、と挨拶することだな。礼も忘れるな」

あまりの屈辱に、里奈の唇はからからに乾いた。

第六章　里奈からの手紙

I

老松の枝から下ろされた香菜子が、いましめを解かれ、和室に戻ってきた。

泣き出しそうな里奈の顔にちらりと視線をやると、香菜子は唇だけで無理に笑った。それから、縄の食い込んでいた腕をそっとさすった。

ところどころ髪がほつれている。前身頃と左肩だけに描かれた白い桔梗と秋草のように、香菜子は儚げに見えた。

「おまえの願いどおり、香菜子は下ろしてやったぞ。だが、ぐずぐずしていると、また吊るす。二度とお願いは聞いてやらんぞ」

片品は冷淡に言い放った。

「祝い酒を……頂戴いたします」

いちばん間近にいる梶原に向かって、里奈は震える声で言った。

「それは尻を出してからだろう？　そのままじゃ、祝い酒などもらえんぞ。いちいち面倒なことを言わせるな。それから、全部呑み干すまでトイレには行かせせんからな」

片品に叱責《しっせき》された里奈の目は、みるみるうちに潤んでいった。しかし、それを眺める男たちは、憐憫より、妖しい昂りをつのらせていった。

立ったまま裾をまくり上げることができず、里奈は軽く片膝ついた。そして、胸を喘がせながら、撫子の花模様のついた着物の裾をまくり上げた。その裾を左手で持つと、次に、右手で遠慮がちに長襦袢をまくり上げた。

片品は傍らにいる辰に顎をしゃくった。

斜めうしろから里奈の手にしている着物の裾を奪った辰は、湯文字をグイッと帯のところまでまくり上げた。

「裾をからげてくれる助っ人がいるんだ。さあ、祝い酒を受けろ」

まわりからの視線が肌に痛い。里奈の鼓動は、部屋中に聞こえそうなほど激しく打ち叩かれていた。

大介や辰や丹波や荒巻……。香菜子以外に八人もの男たちがいる。そんななかで、ひとりだけ下半身を剝かれている。消え入りたいほど恥ずかしい。これから何をしなければならないか。これから何をされるのか。それを考えただけで、総身の血が逆流していくようだ。

斜めうしろの辰が、早くしろというように、軽く里奈の背を押した。

「祝い酒を頂戴いたします」

里奈はやっとのことでふたたびその言葉を口にすると、固く目を閉じて梶原に尻を向け、四つん這いになった。低い尻が揺れ、躰を支える腕が震えた。

恥じらっている里奈を、男たちは好色な目で眺め、これからはじまる破廉恥な儀式を見守った。

「やっとワンちゃんになってくれたか」

梶原は里奈を引き寄せ、うつぶせのまま膝に乗せた。着物から手を離した辰は、梶原に里奈を預けた。

尻たぼを撫でまわす梶原に、里奈は拳を握りしめた。そうされることも、そうされている自分を男たちに見られていることも、恥ずかしくてならない。

つるつるした尻肉の谷間が閉じている。里奈が力を入れているせいだ。それを指でくつろげると、すぼまりも堅く閉じ、まだ拡張前の蕾のようだ。

「ずいぶん堅いようですが、これで本当にこれから散らすことができますかね」

梶原は杯を傾けている片品に尋ねた。

「なあに、少し緊張してるだけだ。すぐに堅い蕾もほぐれてくる。まあ、すぐにわかる。祝い酒が冷えんうちにやってくれ」

大介がトレイからガラス浣腸器を一本取って、梶原に差し出した。

菊蕾に力を入れていた里奈は、その緊張を保ち続けることができず、ふっと力を抜いた。その一瞬を逃さず、梶原は菊口に嘴を突き刺した。

「くっ……」

また菊蕾がすぼまった。

生温かいものが腸壁に当たり、じわっと広がっていく。

「あう……」

何度も体験してきているが、液体が最初に腸に押し出されるとき、つい声が洩れてしまう。じきに痛みがやってくる。だが、しばらくすると、痛みはやわらいでくる。今は痛みに耐えるときだ。里奈は眉根を寄せた。

梶原はゆっくりとピストンを押していった。

香菜子は里奈に不安げな目を向け、同時に瞼を淡く染めた。

「おまえもあとで祝い酒をもらいたいんじゃないのか？」

いよいよはじまった儀式に機嫌をよくした片品は、香菜子にニヤリとした視線を向けた。

「よし、空になったぞ」

ガラスの嘴を抜いた梶原は、次の客への礼儀とでもいうように、まくれ上がっていた着物の裾を下ろした。

「ありがとうございました……」

片品に言われたことを忘れずに、里奈は下を向いたまま小さな声で礼を言った。それから、よろよろと這うようにして、隣の男の前に行った。

「祝い酒を……頂戴いたします」

急がなくてはならない。いっときも早く五人の男から恥ずかしい行為を受けてしまわなければ、途中で粗相してしまう。それだけは避けなければならない。

どんな姿勢をとればいいのか、里奈は男の気持ちがわからずに迷った。

「私は四つん這いでも膝の上でもなく、しっかりとかわいい顔を見ながら呑ませたい」

YH工業会長の丹波太三郎《たさぶろう》は、里奈に仰向けになれと命じた。

さっきから丹波は、里奈の恋人のことを考えていた。脇谷卓とはどんな男だろう。ともかく、自分の会社に勤務している男が、この女と関係があるということだ。

(ニューヨーク支社か……国内ならすぐに顔を見られるものを)

里奈がこの部屋に入ってきたときから、いたく興味を持った丹波は、片品が口にした脇谷の名を脳裏にチラチラ浮かべていた。

従業員は三千名以上いる。脇谷卓という名前さえ聞いたことはない。だが、ニューヨーク支社勤務なら、優秀な男だろう。片品邸を出たら、すぐに脇谷に関する書類に目を通してみたいと丹波は考えていた。

里奈は四つん這いは恥ずかしいと思っていた。けれど、ここでは仰向けの方がもっと恥ずかしいことに気づいた。何か言おうとして唇をひらいた里奈は、そんな時間がないと、裾を合わせて仰向けになった。

辰がすぐにその裾を大きくまくり上げた。あまり縮れのない漆黒の翳りがあらわになった。翳りさえ恥じらいに震えているようだ。

大介は生温かい湯と酒の満たされた二本めの浣腸器を丹波に渡した。

丹波は里奈の真横に移り、左手を膝の下に入れた。それを胸に着くほど持ち上げた。里奈はオムツを替えるときのような格好になった。またたくまに里奈の顔が赤く染まっていった。

その脚を、辰は丹波に代わって胸の上で押さえつけた。

「うしろだけじゃなく、メスの器官も丸見えだな。こんな小さな花びらを見ると、ラビアピアスをつけて引っ張ってみたくなる」

屈辱に耐えかね、今にも躰を起こしてしまいそうな里奈を見下ろしながら、丹波はこの女を自分のものにして、じっくりと嬲ってみたいものだと思った。

キュッと閉じている菊蕾を無視したまま、丹波はガラスの嘴を突き刺した。

「あう……」

眉間にいっそう深い皺を刻んだ里奈は、片品邸に来て数々の辱めを受けてきたが、丹波に与えられている今の時間がもっとも屈辱的ではないかと思った。

傍らに辰がいて、表情ひとつ変えず、折り曲げられた脚を太い腕で押さえつけている。辰の助けによって両手を自由に使える丹波は、里奈の目からひとときも視線を離さず、浣腸器のピストンをゆっくりと押していく。そして、周囲の男たちと香菜子の目……。

里奈は唇をわなわなと震わせながら、汗を噴きこぼした。臀部の両側に置かれている手で拳をつくり、固く握ってはゆるめ、また握りしめ、ゆるゆるとしか流れていかないもどかしい時間を耐えた。

ここにいる以上、自分に自由はなく、次々と辱めを受けるしかない。それがわかっていても、総身が震え、火照った。

何日もいっしょに暮らしてきた片品の相手ならまだしも、こうやって会ったばかりの男に辱めを受けなければならないのは辛い。

片品邸では人格のない性奴隷でしかありえないのだ。けれど、里奈はまだ自分を捨て去ることができない。大学に入学し、これから自分の人生を自由に羽ばたこうと思っていたときだけに、奴隷になることを納得できるはずがなかった。

耐えがたい時間に、里奈は目を閉じた。

「目を開けろ。私から目を逸らすな。でないと、これ以上ピストンは押さないぞ」

目を閉じる自由もないのかと、里奈は肩で激しく喘いだ。喉を鳴らしながら目をあけた。

里奈のうえに君臨している丹波の、勝ち誇った顔があった。ピストンが動きだした。

「いやあ！」

精神的な限界を越えた里奈は、不意に全身をブルブルと大きく震わせ、叫び声をあげた。

「いやあ！」

里奈が動き出さないように、辰が膝の裏だけでなく、肩先を押さえ込んだ。

慌てていざり寄ってきた香菜子が、里奈の髪を撫で上げた。

「大丈夫……もうすぐ終わるわ……いい子でいて……ね」

里奈は総身でイヤイヤをしながら、香菜子にすがろうとした。

「もうすぐよ……」

「いや。いや。ああう……お姉さま……キスして」

里奈は鼻をすすった。

香菜子は躰を曲げ、震えている里奈の唇に自分の口唇を押しつけた。恐ろしいほどの鼓動が香菜子の胸に伝わった。

丹波がピストンを押しきった。

恥ずかしい仰向けの格好から解放されると、次は、乾が四つん這いを命じた。

（あと三人……）

じわじわと迫ってくる排泄の危機に、里奈はつい先ほどまでとちがい、どんな格好になることも厭《いと》わない気持ちになった。

一刻も早く儀式を終えてもらい、痛みと排泄感から解放されたい。里奈は足指をこすり合わせ、手の指を畳に押しつけた。

着物を着たままなので熱い。帯が苦しい。皮膚がそそけだつ。直接腸壁から吸収されていくアルコールに、頭も朦朧となっていく。それでも耐えるしかなかった。

五本の浣腸器が空になったとき、里奈は眩暈がしそうだった。

「よし、トイレに行かせてやる。そのあと風呂でさっぱりしてこい。下ろしたての着物は脱いでいけよ」

部屋から出ていくことしか頭にない里奈に、片品が意地悪く言った。

香菜子が駆け寄り、またたくまに手慣れたしぐさで里奈の帯締めを解きはじめた。お太鼓が落ちるか落ちないかというときに、帯揚げも解かれ、朱色の塩瀬絽の帯がするすると解かれていった。若草色の絽の着物も長襦袢も、あっというまに里奈の傍らに落ちた。

「さあ、いらっしゃい。もう少しだけ我慢して」

「ああ……お姉さま……もうだめ」

苦痛に顔を歪ませた汗みどろの里奈を、香菜子が支えるようにして出ていった。そのあと、辰も出ていった。

2

「片品さん、あれの行く先はまだ決まってないんでしょう?」

ふたりの女がいなくなった部屋で、丹波が最初に口をひらいた。

「決まってないから、みんなにうしろの処女を散らしてもらおうと、楽しい宴をひらいたんだ。今後はどうしたものかの」

片品は丹波の里奈に対する執着をすでに見抜いていた。わざわざ脇谷卓の名を出したのも、丹波の反応を見るためだ。

片品には、とうに里奈の恋人が脇谷ということも、YH工業ニューヨーク支社勤務ということもわかっていた。

　里奈が来た最初の日、こっそりと荷物を調べ、手帳も隅々まで目を通した。人を使い、里奈のマンションの部屋も調べさせた。脇谷から里奈への熱い手紙の数々もコピーされ、片品に渡されている。

　いくら有能な男とはいえ、たかだか二十四歳の青二才。そんな男に里奈を自由にさせるつもりはない。里奈はまだまだ未熟だが、これから磨けば磨くほどいい女になっていく。磨くだけ無駄な女もいるが、里奈は宝石になれる。今は貴重な原石なのだ。

　脇谷などに渡してしまえば、里奈はいつまでたっても曇ったままの原石だ。平凡な女で終わってしまう。より美しい女、より妖しい女、より淫らで高貴な女になること。それが、片品の目にかなった女の宿命だ。

「片品さん、あれをぜひ私に譲っていただきたい。もし、このなかに、あれを欲しいという人がいれば、是が非でもというわけにはいかなくなるが」

「これから調教するにはなかなか楽しい女のようだ。私も欲しい。縄の似合う女のようだ」

　森元の言葉に、丹波は小さな溜息をついた。

「しかし、丹波さんがどうしてもとおっしゃるなら、今回は諦めましょう」

「私も欲しいと言いたいところだが、今回は諦めるしかないようだ」

鞭好きの乾もあっさりと引いた。

「何しろ、会長のところの社員があれの恋人とあっては」

「そうだ。そうでなければ競いたいところだが」

ここにいる男たちは、女の肉体以上に、心を弄ぶことに悦びを覚える。男たちが里奈を諦めたのは、里奈が丹波の女となり、愛した恋人を裏切らなければならなくなることに大きな意味があるからだ。

丹波に渡された里奈は、それが恋人の会社の会長であると知ったとき、どんなに煩悶《はんもん》するだろう。

片品もその可能性があるからこそ、きょうの客を選ぶとき、ＹＨ工業会長の丹波を入れた。たいていの男は里奈を欲しがるだろう。丹波が里奈を選ぶ確率は高いと思っていた。思っていた以上に丹波は執着を見せた。

「片品さん、あれをいただけますか」

ほかの男たちから譲られた格好になった丹波は、あとは片品に頷いてもらいさえすればよかった。

「みんなの異議がなければ、あんたに譲ろう。だが、高い買い物になるかもしれんぞ」

「覚悟しています」

「高く買ってもらっても、いつものように、わしが最後まで本当の持ち主。ときどき拝借するのはかまわんな」

「それはもちろん。片品さんだけでなく、みなさんにも、いつでもお貸しいたします。立派に磨きをかけておきましょう」

里奈が自分のものになったことで、丹波の心ははずんだ。すぐに連れ出すことができないのはわかっている。だが、その日は近いはずだ。

里奈はまだ大学生。これから卒業までは長い。望むなら大学院にも進ませ、あとはいろいろな稽古《けいこ》ごとをさせ、どこに出しても恥ずかしくない女に育てなければならない。それが片品から譲り受けた女に対する最低限の務めだ。

いつの日か、それなりに地位のある男の妻にするのも面白い。人妻になった自分の女を、何も知らない男に隠れて抱く悦びはこたえられないと、ここで会った男に聞いたことがある。

ともかく、ここにいる女を譲ってもらえたということは、片品に男として見込まれたということだ。片品に見込まれた以上、世の中に恐いものはない。

「丹波さん、脇谷卓に礼を言わなければなりませんな」

「そういうことになるな」

大介の注《つ》いだ酒を、丹波はうまそうに呑んだ。

「丹波さん、商談が終わったところで、その小僧を帰国させてほしいんだがの。理由など、どうにでもなるな？」

片品の言葉は相談というよりは、命令だった。

「里奈は学生だけに、いつまでもここに置いたままというわけにはいかん。ここにいるうちに、恋人を諦めさせようと思ってな。あんたも早いとこ、あれを連れて行きたいだろう？外に出しても必ず自分で戻ってくる女にしておかないとな。なに、簡単なことだ」

片品がどんな策略を練っているのか、まだ丹波にはわからない。ともかく、片品に従っていればまちがいはない。

「今夜にでも、脇谷に里奈からという手紙を出しておく。一週間後に帰国させてもらえるな？　それから十日の休暇をやって欲しい」

「十日の休暇……？　それは長い。さて、どんな口実をつくって呼び戻すか……会社の連中には何と言ったものか」

「あの女を手に入れるためなら、そんなこと、簡単なことでしょう？　どうせワンマンで通ってる丹波会長じゃありませんか」

乾がポンと肩を叩いた。

3

シャワーを浴び、乱れた髪もきれいに梳《と》かしてきた里奈は、総身を桜色に染めていた。五人の男に受けた屈辱と酔いのためだ。

香菜子だけでなく、辰にも付き添われて戻ってきた里奈は、誰の顔も見ることができなかった。

部屋に入るのをためらったとき、すかさず辰が背中を押した。

「こっちに来い」

片品は少しよろけている里奈を抱き寄せた。

「千ccは効いたか。よく粗相しなかったな。褒《ほ》めてやるぞ。これから本物でうしろを突いてもらえるんだ。もっと嬉しそうな顔をしろ。わしが菊の花をモミモミしてやるからな」

左手で背中を抱きかかえ、右手を太腿の間に入れた。指は器官のあわいを撫で、そのまま菊蕾に触れた。大量に浣腸されて排泄したあとだけに、菊皺が少し腫れぼったい。

里奈はほのかな酔いを感じていたが、まわりにいる男たちの視線が気になった。

「いや……」

くっつくほど近くにある片品の目を見ながら、里奈は掠れた声を出した。今はここにいる八人の男たちのなかで、片品だけが甘えられる相手のような気がしてきた。

「いや……」

こんどは甘えた声で言った。

「うん？　何がイヤだ。うしろも気持ちがいいのはわかってるんだぞ。ここを触られるとオ××コも濡れてくるんだ。浣腸されただけで、洩らしたように濡れてくるくせに、きょうはどうした。みんなからかわいがられるのがそんなに恥ずかしいか、うん？」

片品は機嫌がいい。片品の胸に顔を埋めた里奈は、仔犬のように頬をすりつけた。片品の匂いがする。ここに来た当時はおぞましいとしか思わなかった匂いだ。それが、きょうは心地よい。

さっきまで神経が昂っていたが、片品の匂いを嗅ぎながら、指で菊蕾を揉みほぐされていると、瞼が重くなり、夢心地になってくる。

「ああん……」

里奈は尻肉をくねりとさせながら強く頬を押しつけた。片品の胸に顔を埋めていると、周囲は何も見えない。いつもの夜のように、片品だけに恥ずかしいことをされているような気がしてくる。

菊皺を揉みしだいていた指が徐々に中心に向かい、やがて菊壺の縁を執拗に揉みしだきはじめた。

アナル棒での毎日の調教の甲斐あって、ずいぶんやわらかくなっている。それでも、これから実際の肉杭を挿入され、抽送されるとあっては、里奈もこたえるだろう。それも、五人の男たちから儀式を受けるのだ。

片品は丁寧に揉みほぐしていった。

「あは……あぁん」

甘えているような鼻にかかった里奈の声が片品は心地よかった。女芯もたっぷりと濡れてきた。うるみが蟻の門渡りを伝って菊蕾まで流れてくるので、秘芯をわざわざ触るまでもない。

「あぁん……」

尻をくねっとさせながら、里奈は足指をこすりあわせている。もっとして、と言うように、太腿を少しずつ開いてくる。頰をいっそう強く片品の胸に押しつけ、喘いでいる姿は、女というより、まるで赤子だ。

刃向かう女が従順になるまで調教するのが楽しみだが、こんな安心しきった女を見ると、満足すると同時に、新たな不満が生まれる。安心されては困る。恥じらい、屈辱に泣いてもらわなければ、男にとって何の悦びがあるだろう。

菊蕾から指を離した片品は、傍らにいる大介に手を差し出した。大介はその手に、さっと二連の指サックを被せた。産婦人科で使う内診用のサックで、中指と人差し指用だ。

大介がワセリンの瓶を差し出すと、片品はたっぷりと指先につけた。

片品は男たちに目配せした。男たちは襖を開けて隣室に行き、服を脱ぎはじめた。

「里奈、息を吐け。入れるぞ」

片品の二本の指が、ねじるように菊蕾に押し入った。

「あう……うくくっ」

夢心地だった里奈は、菊口を精いっぱい広げて押し入ってきた指に、眉間を寄せて喘いだ。どうしても口が大きく開いてしまう。唇が乾いてくる。

「指一本咥えるのも難儀したというのに、二本ぐらい簡単に入るようになったな。三本でも入るぞ。きばれよ。これだけ揉みほぐせば十分だな。五人の客人が立派なムスコでこの処女を散らしてくれる。お願いします、と言えるな？　終わったら礼も忘れるな。礼を忘れるような女には、痛い仕置きをするからな」

菊口に入れた指をえぐるように動かすと、里奈は、うぐっ、と内臓を押し出されるような声をあげた。

片品の胸でうっとりできたのは、ほんのひとときだった。うしろを犯されるときが、すぐそこまで近づいている。太い拡張棒を何度も入れられてきたとはいえ、いきり立った肉棒の方が、何倍も太く恐ろしいものに思えてならない。

「ああ……小父さま……いや……いや……うくっ」

里奈は胸に埋めていた顔を上げ、片品に哀れな目を向けた。鼻頭がピンク色に染まっている。今にも泣き出しそうだ。

この女を生かすも殺すも自分次第……。怯えている里奈を見ていると、片品はゾクゾクした。久しく勃起していない肉根がムクムクと頭をもたげてくるような感じさえする。

「いい顔だ。いつもそんな顔をしろ。男を満足させる女になれ。泣きわめいていいぞ。存分にかわいがってもらえ」

菊口から指を出した片品は、辰に顎をしゃくった。辰は軽々と里奈を抱え、五人の男の待っている隣室に運んだ。そこで、まず丹波に里奈を押しやった。

真っ白いシーツを敷いた布団が敷かれ、男たちがそれを囲んでいる。

「いや。小父さま……」

無駄とわかっていながら、里奈はこちらにやってくる片品に救いを求める目を向けた。だが、すでに里奈を見放した片品がいた。

次に里奈は、香菜子に目を向けた。どうすることもできないのよ……。そう言っているような、弱々しい目があった。

「バージンだから、楽な姿勢をとらせてやる。仰向けがいちばん楽だ」

丹波のものになったため、最初に彼に渡されたなど、里奈は知るよしもなかった。

膝を抱いた里奈は丸くなった。鼻をすすり、肩を震わせた。

「お願いしますも言えんのか！　ケツを出した格好で縛りつけて犯《や》られたいか。あれほどじっくりと揉みほぐしてやったのに、まだ不満か。里奈、我儘《わがまま》は許さんぞ。そうか、香菜子をいたぶってほしいのか。辰！　香菜子を素っ裸に剝いて股縄をして吊り下げろ。きつく股縄をして、しばらくオ××コが使いものにならんほど痛めつけろ」

「待って！　お姉さまを虐《いじ》めないで！　小父さま、悪い里奈を許してください。言うとおりにします。小父さま、ご免なさい。お姉さまを放して！」

辰に腕を摑《つか》まれた香菜子を見て、里奈は必死に哀願した。

「今夜はたっぷり仕置きしてやる。いいな、里奈」

片品が冷たく言い放つと、辰の手が香菜子から離れた。

「お願いします……」

片品の気が変わらないうちにと、里奈は丹波の前に両手をついて頭を下げた。その顎を丹波は掌で持ち上げた。

まだ香菜子のようにできあがってはいないが、十分に嗜虐の血を滾らせる女だ。片品が手を替え品を替え、里奈を脅し、泣かせ、安心させ、恥じらわせる。女は掌の上で、片品の思いどおりに感情まで操《あやつ》られてしまう。片品に操られる女を見ていると飽きない。

長い睫毛の下のこの怯えきった目。無垢な目。震える唇。この女が自分のものになる……。丹波の剛棒が疼いた。

大介がコンドームを差し出した。

「つけてもらおうか。おまえがつけないで誰がつける。まさか、この男につけてもらえと言うんじゃないだろうな？　それとも、自分でつけろと言うつもりか」

じっとしている里奈に、丹波が冷ややかに言った。

「アナルコイタスのときは、コンドームをつけるのが常識だ。覚えておけよ」

胡座をかいた片品も、辰に渡された杯を傾けながら言った。

大介の手からコンドームを取った里奈は、黒々と光っている剛直を見つめた。こんな太いもので菊蕾を犯されるのだと思うと、また涙がじんわりと溢れた。

コンドームを被せる前に、亀頭に口づけた。それから、エラの張った肉茎に薄いゴムを被せていった。

「お願いいたします……」

また里奈は両手をついた。溢れた涙が手の甲に落ちていった。

里奈が仰向けになると、大介がすかさず丹波にワセリンの瓶を差し出した。たっぷり掬い、菊口の内側まで塗り込めた丹波は、里奈の脚を肩に乗せ、腕を押さえつけた。

「怪我をしたくなかったら息を吐け」

菊蕾に剛棒の先がついたとき、里奈の胸が大きくうねった。

「ゆっくりと吐け」

太い肉棒が菊口をこじ開け、沈んでいった。

「くうううっ」

うしろを貫《つらぬ》かれた里奈の顔が汗でねっとりと光り、これまでにないほど美しく歪んだ。菊壺のなかで、丹波の肉根がヒクリと動いた。

4

懐かしい封筒の文字に、脇谷卓の心は躍った。ここひと月ばかり、里奈からぱたりと手紙が途絶え、心配していたところだった。

何度か国際電話をかけたが、いつも里奈は留守だった。

夏休みは東京に残ってアルバイトをするつもりだと聞いていたが、深夜もいないので気になっていた。

封筒を開けると、便箋にはワープロの文字が並んでいる。里奈はワープロを使うが、これまで、手紙は必ず手書きだったので意外だ。


『卓さん、お元気ですか。

夏休みになってから、私はずっと住み込みのアルバイトをしています。簡単な仕事の割にはバイト料がいいんです。でも、ここに来てから、一カ月の間、一歩もお屋敷からは出さないと言われました。

ちょっと外に出ようとすると、お屋敷の人に邪魔されてしまいます。監視されていて、電話も使えません。

この手紙は、ここのお手伝いさんにこっそり出してもらうつもりです。その人は天涯孤独の身とかで、お屋敷のご主人に逆らうことができないようです。この手紙のことも断られましたが、何度も頼み込んで、ようやく預かってもらえました。ちゃんとポストに入れてくれればいいのですが……。

こんなことを書いても、遠くにいる卓さんを心配させるだけですね。でも、もし夏休みに帰国できるようなことがあれば、迎えにきてほしいんです。会いたくて会いたくてたまりません』

だいたい、そんな内容で、電話番号はわからないと添え書きしてあり、片品家の住所が記されていた。

簡単な仕事の割にバイト料がいいというが、いったいどんな仕事なのか。電話をかけることも、屋敷から出ることも許されないというのは、どう考えても尋常ではない。

何度もワープロ文字に視線を這わせた卓は、遠すぎる国にいることがもどかしくてならなかった。

いないとわかっていながら、里奈のマンションに電話をかけた。やはり、何度もコール音が繰り返されるだけで、里奈は出ない。

そんなおり、卓にふいの帰国命令が出た。

『新製品開発のため、新規セクションを設けることになった。よって、急ぎ帰国すること』

そんな簡単な辞令だった。

ＹＨ工業ニューヨーク支社勤務だった卓は、半年余りの短いアメリカ生活を終え帰国した。

入社してたかだか二年の若造でしかない自分が、何やら重要な新製品開発のために協力せよと言われたことが、卓には不思議だった。

成田《なりた》から本社に直行すると、ゆっくり休養して仕事に備えるようにと言われ、翌日から、十日の有給休暇を与えられることになった。

市場調査の一員に加わることになりそうだが、帰国していきなり十日の休暇というのは異例だろう。夏期休暇の時期だが、これまで、一週間以上の休みがとれたことはなかった。

だが、里奈のことで頭がいっぱいの卓は、帰国した早々、里奈の願いを実行に移せることに感謝した。神がふたりに味方しているのだと心強かった。

会社を出た卓は、懐かしい里奈のマンションに向かった。合鍵は大事に持っている。

『私のお部屋は卓さんのお部屋なのよ。私がいないときでも自由に入っていいのよ』

里奈はそう言って、マンションを借りるとすぐに、卓に鍵を渡した。

渡米が決まったとき、いったん返そうとしたが、持っててほしいの、と、里奈は受け取らなかった。

卓は毎日、里奈の部屋の鍵を眺めて生活していた。たった一個の鍵でも、ふたりを強く結びつけていた。

半年ぶりに入る広めのワンルームの部屋は、ひっそりとしている。あまりにきれいに片づきすぎている。長期の旅行にでも出かけるために、きちんと片づけていったという感じだ。飲みかけのコーヒーカップでもテーブルにあれば、あるいは、キッチンに洗いかけの器でもあれば、ほんのりしたあたたかさがあるのだろうが、完璧に片づきすぎている。

もしかして、里奈はバイト先から戻っているかもしれないと、一抹の期待をしていた卓は、大きな溜息をついた。

帰国した卓のために、会社はすでに住まいも用意していた。だが、今夜はここに泊まり、明日から休暇の切れるギリギリまで、連れ戻した里奈とここで暮らすつもりだ。

風呂から上がった卓は、タンスから里奈のショーツを引き出した。透けるように薄いピンクのハイレグショーツだ。掌におさまってしまうこんな小さな布切れで、里奈のふくよかな腰を包めるのが不思議だ。

洗濯されたものとわかっていても、つい匂いを嗅いでしまう。舟底にたまった女の匂いを嗅ぐことができるなら……。

半年も里奈を抱いていない欲求不満と、帰国してもすぐに里奈に会えないもどかしさに、卓は大きな声をあげたい衝動に駆られた。

(明日は何度でも抱くからな。おまえのきれいなアソコがすり減るほど抱いてやる!)

荒い鼻息を吐きながら、卓はショーツを手に、シングルベッドに潜り込んだ。さらさらと気持ちのいいベッドだ。けれど、洗濯したてのシーツと薄い肌布団だけに、里奈の匂いがしない。

里奈がもっとだらしない女であれば、使用していたシーツをそのままにして、アルバイトに出かけたかもしれない。そうすれば、多少でも汗の匂いのするシーツに躰を横たえることができたのだ。

里奈の潔癖さと女らしさが、きょうはやけに恨めしかった。

「里奈……ほら、大きくなってるだろう？　おまえのアソコに入りたくてこんなになってるんだ。フェラチオしてくれ……」

縮れの少ない艶やかな黒い恥毛を載せた肉丘。控えめに見える小さな花びらと肉のマメ……。

毎日思い出していた里奈の秘園を脳裏に浮かべながら、卓はピンクのハイレグショーツを、いきりたった肉茎に巻きつけた。それを鷲づかみにしてしごいた。

「里奈、もっと強くしゃぶってくれ……ああう、里奈」

処女を捧げてくれた愛しい女から唇や舌で奉仕されている妄想を膨らませながら、やがて卓は、ピンクのショーツに濃い大量の精液を噴きこぼして果てた。

5

太陽が頭上でギラギラしている。

手紙にあった住所を手に、卓が郊外の広い邸宅に辿り着いたのは、午後になってからだった。

やたら長く続く塀を見て、卓は呆気にとられた。中の広さは想像もつかない。どっしりとした鏡戸が閉ざされて、聞こえてくるのは暑苦しい蟬の声だけだ。

訪問者はどうやって中に入るのか、鏡戸のあたりには訪問を告げるためのインターホンらしきものもない。中を覗こうにも、塀が高すぎる。

大きく息を吸い込んだ卓は、屋根のついた鏡戸を、ドンドンと思い切り叩いた。反応はない。

「チクショウ！」

ここに愛する里奈がいる。簡単なバイトなどと手紙に書かれていたが、それならなぜ、外出も許可しない監禁同様の扱いをしているのか。

卓は手紙を読んだときから、できるだけ最悪のことは考えまいと思ってきた。だが、びくともしない冷たく閉ざされた鏡戸を前にすると、胸騒ぎがしていたたまれなくなった。

「開けろ！　チクショウ！　出てこい！　開けろ！」

卓は叫びながら鏡戸を蹴り続けた。

やがて、鏡戸が開いた。

背の低い作務衣姿の男が立っている。男の後方に、屋敷に続く長いアプローチがあり、その両側に、青々とした松などの樹木が植えられているのが見えた。

「秋山里奈を迎えにきた。俺は里奈の婚約者だ。里奈がここにいるのはわかってるんだぞ」

怯《ひる》んでなるものかと、卓は使用人らしい男を睨みつけた。

「どうぞ」

男のひとことは身構えていた卓にとって、意外なほど呆気なかった。

卓は鏡戸をくぐった。

ふっと息を抜いて屋敷の方を眺めたとき、卓はうしろから口を塞がれた。薬品の匂いが鼻腔一杯に広がった。

卓はそのまま気を失った。


目をあけた卓は、頭の芯が重く、首を振った。

「あ……」

いつのまにか素っ裸にされている。それも、うしろ手に縛られ、両手の自由はない。畳敷きに、正面は堅固な一面の格子。まるで、時代劇に出てくる座敷牢のようだ。

仄暗《ほのぐら》い照明。いったいここがどんなところか想像もつかない。

屋敷の鏡戸を跨いでからの記憶がない。卓はあの男に麻酔を嗅がされ、気を失って閉じ込められたことを知った。

「チクショウ！」

こんなことになってしまったことを考えると、里奈も危険な目に遭っていると考えるしかない。

一刻も早くここから出なくてはならない。躰を起こし、格子の方へ動こうとした。だが、つんのめりそうになった。うしろ手に括られたうえ、そこから伸びている縄が、柱に括りつけられている。背後の壁の一メートルほど手前に、不自然な柱がある。そこからせいぜい一・五メートルほどしか動けない。

舌打ちした卓は、手首を動かして縄を解こうともがいた。だが、簡単に解けそうにない。

衣擦《きぬず》れの音がした。

ハッとして顔を上げると、鏡戸をあけた男がやってきた。そのうしろに、白っぽい着物を着た者がいる。

「ここから出せ！　里奈をどうした！」

男への苛立《いらだ》ちにそう叫んだ卓は、男の前に進み出た女の美しさに息を呑んだ。

狂気じみた屋敷や男の仕打ちからして、女はこの場に異質すぎる。美しいだけでなく、気品に満ちている。天女か天使かと思えるほどだ。

屈んで入らなければならない小さな出入り口を、男が手にしていた鍵であけた。

女が入ると、男はポットや湯呑みやタオルなどを載せた盆を中に入れ、鍵をかけてその場からいなくなった。

「香菜子と申します。これからあなたの身のまわりのお世話をさせていただきます」

両手をついて頭を下げた女に、これは現実ではなく、夢の続きなのだと卓は思った。

こんな状況にありながら、正座して頭を下げている女の前に突っ立っているのがやけに礼儀知らずに思え、卓は思わず腰を下ろしていた。

裸体で剝き出しの性器が気になるが、どうせ夢なのだと、卓は胡座をかいた。

「ここの主に、あなたを慰めてくるようにと言われて参りました」

香菜子はそう言うと、いきなり白く長い指を卓の股間に伸ばした。

「あ……」

予想外の動きに、卓の躰は硬直した。ねっとりした手に肉茎をつかまれると、みるみるうちに茎は硬く膨らんでいった。

「やめろ！」

奥ゆかしそうな女が、いきなりこんな破廉恥な行為をはじめたことで、ようやく卓は我に返った。

白い手のぬくもりは夢ではない。これは現実なのだ。この屋敷の住人は、みんな狂っているのかもしれない。

「やめろ！」

握った肉根をしごきあげようとする香菜子に、卓は腰を振った。両手の自由がないので、思うように動けない。香菜子の行為が尋常ではないとわかっていても、蹴上げることはできない。いかがわしいことをはじめた女にもかかわらず、香菜子は楚々として美しすぎる。しかし、妖しく肉根をしごきあげる香菜子に、卓は奥歯を嚙みしめ、尻であとじさった。すぐに柱に背中がぶつかった。

「するな……あう」

膝をしどけなく崩した香菜子が、片手で肉根をしごきたてながら、かすかに口を開け、卓を上目づかいに見つめた。

濡れたような瞳は、哀しみをたたえているようにも、淫らに光っているようにも見える。これまで見たこともない妖しい大人の視線に、卓は胸を波打たせ、鼻から荒々しい息をふきこぼした。

薄い紅を塗った唇も、何か言いたげに、かすかに震えているようだ。

肉根をしごく手を止めた香菜子は、コクッと喉を鳴らした。

「ご奉仕させていただきます」

掠れたような声で言った香菜子は、上品な唇を花びらのようにそっとほころばせ、肉茎を咥え込んだ。

「ううっ」

卓はすぐさま気をやってしまいそうになった。

しなやかな指よりさらにやわやわとした唇が、真綿のようにねっとりと肉棒を締めつけながら、側面を移動する。噴きこぼれそうになっている精液が、香菜子の唇の動きとともに亀頭に向かい、また皺袋の方に引き戻されていくような、息が止まりそうなほど妖しい感覚だ。

肉の幹を唇でしごきながら、香菜子は舌も動かしはじめた。舌というより、千や万の生き物が蠢いているようだ。皮膚という皮膚の細胞がざわざわと粟立っている。肉笠の裏や筋、鈴口のワレメを、生あたたかい舌は余すところなく触れていく。

あまりの快感に、卓は、このまま気をやってしまえば、二度とこの世に戻ってこれないような恐怖すら感じた。射精すると同時に魂がこなごなに砕け散ってしまうのではないか……。

「ううう……やめろ」

うしろ手に括られている手をギュッと握り締めて耐えながら、卓は夥しい脂汗を全身から噴き出した。

唇と舌の刺激だけでも耐えがたいというのに、香菜子の手が玉袋をやさしく握って揉みしだきはじめた。

「やめろ……ううっ、やめろ」

激しく胸を喘がせる卓は、朦朧とした。

里奈と知り合う前、何度か風俗に通ったことがある。男にサービスすることで金を得ているだけあって、女たちの手や口は巧みだった。

だが、香菜子はそんな女たちとは比較にならないほど性技に長《た》けている。皮膚や血管や、内臓や髪の毛さえもが、脈打ちながら疼いている。

「ううっ、やめろ……ああ、だめだ……イク……んんっ！」

もはや限界だった。剛直から頭の方に向かって、火のように熱い塊が押し出されていった。

卓は尻と太腿を痙攣させながら、精液をドクドクと香菜子の喉に向かって迸らせた。

香菜子は若い精を呑み干し、幹をしごいてきれいにしながら顔を離した。

胸で激しい息をする卓は、カラカラに乾いてしまった口をあけ、香菜子の動きをぼんやりと見つめた。

ポットの湯を湯呑みに注《つ》いで飲んだ香菜子は、次に三枚のタオルに湯を染みこませた。

それを持って戻ってくると、卓の顔を拭き、首や胸を拭いていった。卓には声を出す気力もなかった。三枚目で萎えた肉根を丁寧に拭き清めた。

「お風呂に入れてさしあげたいんですけど、しばらくはここで躰を拭くことしか許していただけません」

当分ここから出してもらえないのかもしれない。

(俺はどうなるんだ……)

里奈のことも考えようとしたが、あまりに強烈なエクスタシーのあとで、全身が怠い。今は横になって眠りたいだけだ。

香菜子は隅にあった長方形の木箱を卓の傍らに持ってきた。

「この蓋を開けるとトイレに使えます。不自由でしょうが、ここで大小の用を足して下さい。蓋をすれば匂いは外に洩れないようになっています。うしろ手を括られていても、蓋ぐらいお取りになれますね」

ぼんやりとしていた卓も、便器を見せられると、新たな汗をこぼして喉を鳴らした。

これでは動物以下の扱いだ。拘束されたうえ、排泄のたびに屈辱を味わわねばならない。誰かに……おそらく香菜子に排泄物を見られると思うと、水さえ飲むのを拒みたくなる。

「あとでお食事をお持ちします。それと、お布団がわりのバスタオルはすぐに」

この女が里奈の手紙にあった天涯孤独のお手伝いだろうか。いや、ただのお手伝いにしては気高すぎる。卓には香菜子が何者か、想像もつかなかった。

「辰さん、お願いします」

格子の外に向かって香菜子がそう言うと、さっきの男がバスタオルを数枚手にして顔を出した。

もしかして、香菜子に責められて気をやるところを男に覗かれていたのかもしれない。オナニーも女との交わりも他人に見られたことがない卓は、屈辱に火照った。

快い気怠《けだる》さがたちまち冷めていった。里奈を拘束し、今また自分をこんなところに閉じ込めようとしている屋敷の主に怒りがこみ上げた。

「服を返せ！　ここから出せ！　俺がここにきているのは何人もの友人が知ってるんだ。俺が戻らなければ警察に通報されるぞ。里奈と俺をおとなしく帰せ。後悔するぞ」

卓は男を脅すために嘘を言った。誰ひとり、卓がここにいることを知らない。

男は顔色ひとつ変えずに鍵をあけ、布団の代用品のバスタオルを差し入れた。それを香菜子は卓の傍らに置いた。そして、身を屈めて牢から出ていった。

6

片品は里奈から酒を注《つ》がれ、うまそうにチビチビと飲んだ。大介は部屋の隅に控えている。
「おまえもずいぶんいい女になってきたな。わしが認めた女は、金も地位もある男のものになるのが決まりだ。たいそうおまえを気に入ったお人が、ここを出たあとは面倒を見てくれることになっている。一生、贅沢しながら、安楽に暮らせるぞ」

里奈は何もこたえなかった。ここで反抗しても無駄なことだ。近々外に出られるのなら、いくらでも逃げ出す機会がある。ここを出たら、その日のうちにでも卓のいるニューヨークへ飛びたい。

片品に約束どおりのバイト代を払ってもらえるかどうかわからない。いや、卓を裏切ったそんな金を使って渡米する勇気はない。

(卓には会えない……もう会えないのよ……ほかの人に何度も抱かれ、そのたびに声をあげたんだもの……卓を裏切ったんだもの)

苦しいほどの切なさがこみあげてきた。

卓が愛しい。だが、もはや里奈の躰は、卓が抱いたウブな躰ではない。恥ずかしいことをされるたびに濡れ、心まで疼く。嫌だと思う気持ちと、破廉恥な行為を待ち望む気持ちがせめぎあっている。

昨日から卓がこの屋敷にいることを、里奈はまだ知らなかった。偽の手紙を卓に出されたことも、里奈を気に入った卓の会社の会長、丹波太三郎の一言で卓が帰国命令を受けたことも、知るはずがなかった。

「大介、わしはこれから用がある。おまえが里奈の相手をしろ。この酒をアソコに入れてオ××コ酒を呑むもよし、縛りあげていたぶるもよし、勝手にしろ」

「はっ」

大介はふたつの拳を畳につけ、軽く頭を下げた。

以前なら逃げようとした里奈だが、たちまち総身が燃えた。まだ三十歳そこそこの、がっしりした体軀《たいく》の大介の精力は強い。片品の片腕だけあって、性技にも長けている。

今では大介に抱かれると、身も心もとろけてしまいそうになる。卓を思う心とは別に、大介に肉という肉をただれるほどむさぼられ、法悦の波間をさまよい続けたいとさえ思う。

片品が消えると、大介は里奈の傍らに進み、徳利を持って自分で杯にたっぷりと注《つ》いだ。

口に運び、一気に杯を傾けると、片手でグイと里奈を引き寄せた。

「あ……」

反射的に躰を離そうとした里奈を、鋼鉄のように強い力でさらに引き寄せた大介は、唇をぴたりと塞いだ。

里奈の口に、大介の唾液と混ざった酒が注がれていった。息をとめていた里奈は、苦しさに鼻で息をすると、たまった酒をコクッと呑み込んだ。

大介はまた自分で酒を注ぎ、口に運んで里奈に口移しした。二度めから、里奈は薄い紅を塗った唇を自らひらき、大介の酒を受けた。

徳利が空になると、大介は作務衣を脱ぎ捨てた。厚い胸。濃い体毛。獣の匂いがプンプンしてくるようだ。エラの張った剛棒が、すでに里奈を犯そうとしている。

片品がいなくなってからも、大介はひとこともしゃべらない。黙したまま胡座をかいた。

里奈は大介に命じられなくても、自分から正面に進み出た。男が裸でその姿勢をとったときは、口で奉仕しろということだ。里奈は片品邸で暮らす間に、いつしかそういうことを、頭ではなく躰で覚えこんでいた。

太く硬いものを両手で包んだ里奈は、上体を倒して肉根を口に入れた。とたんに、大介の強い力で、押し退《の》けられた。

あっ、と短い声をあげて畳に倒れた里奈に、大介が鋭い視線を向けた。

言葉がなくても、里奈は大介の視線だけで、自分の失態を知った。じかに羽織っている白い浴衣の裾の乱れを慌てて直し、正座した。

「ご奉仕させていただきます」

里奈は手をついて頭を下げた。こんな初歩的なことをやり直さなければならない屈辱に、また汗が噴き出した。

片品がいないことで油断していた。片品がいるときは、片品に忠実な使用人でしかない大介も、ふたりきりになれば里奈の主人なのだ。ほんの些細《ささい》な失敗も許さないのは大介の性格というより、主人の片品にいかに忠実かということだ。

挨拶が済んでフェラチオをはじめた里奈を、大介は冷静に見下ろした。初めてフェラチオされたときに比べると、数段うまくなっている。

ほっそりした指で肉根をしめつけたり、幹を握ったり、皺袋を揉みしだいたり、里奈の手はけっしてじっとしていない。

そして、舌も動きつづけている。顔を前後に動かして唇で剛棒をしごきたてながら、舌はねっとりと幹を舐めまわし、筋裏や肉笠の裏、亀頭、鈴口までを丹念に辿っていく。

指と掌と唇と舌が一体になって、香菜子のような高度な性技に近づいてきた。これだけ巧みにやれば、普通の男はすぐに気をやってしまうはずだ。

里奈の腋を掬いあげた大介は、そのまま仰向けに倒した。浴衣の裾を左右にまくった。

里奈は恥ずかしさに、一瞬、顔を背けた。

「目を離すな」

初めて大介が口をひらいた。

コクッと喉を鳴らしながら、里奈は大介の目を見つめた。表情がないようでいて、心の底まで見透かしているようだ。それは、雇い主の片品にも似た目だった。

太腿をグイと両側にひらき、乱暴に鷲づかみにした大介は、膝を立てると、里奈を逆さ吊りにするほど高く臀部を持ち上げた。

柔肉のあわいから銀色の蜜がしたたっている。男に熱心に奉仕することによって濡れたのだ。奉仕したあと、自分も肉の悦びを得られることを知っている里奈は、いつからか、それを期待して蜜をこぼす女に変わっていた。

畳には里奈の頭と肩先しかついていない。空に浮いた秘口にぴたりと口をつけた大介は、じゅるっと音をたてて蜜をすすった。

「くううっ」

白い尻肉と太腿が、ぶるぶると震えた。

大介はやや塩辛い蜜を味わうと、ぬるぬるしている花びらを交互に吸い上げ、唇で甘嚙みし、肉のマメを舌でこねまわした。

「んんんっ！　ああっ！　くうっ！」

舌や唇を動かしながら、大介は里奈の目から視線を離さなかった。そんな大介を見つめながら、里奈は眉根を寄せ、大きく口をあけて喘いだ。

冷徹な目をしていながら、大介の舌や唇は里奈の総身を燃え立たせていく。ぺちょっ。じゅるっ。ときどき破廉恥な音がする。その猥褻な音さえ、里奈をいっそう昂らせた。

「ああああっ！　イクッ！　くうううっ！　イクう！　だめぇ！　んんんっ！」

法悦を極めた里奈の総身は、空で激しく打ち震えた。

高く掲げていた里奈の腰を下ろした大介は、血管の浮き出した逸物を、ぬめ光りながらひくついている女壺に、ズブリと突き刺した。

「ああっ！」

肉襞は妖しく蠢きながら、貪欲に屹立を締め上げた。

「うしろの方がいいんじゃないのか。えっ？」

丹波にアナルの処女を奪われ、次々とほかの四人の客にもうしろを犯されて以来、里奈の菊花は辰と大介の肉茎の餌食にもなっている。

あれほど恐ろしいと思っていたアナルコイタスにも慣れ、女壺とちがう快感に随喜の涙さえ流してしまうようになった。

四つん這いにされ、多量の湯を浣腸器で送り込まれるとき、もうじきうしろを犯されるのだと思うと、秘園が恥ずかしいほどに濡れてくる。

屋敷に連れてこられたときは恐怖や苦痛だったことが、今ではことごとく悦びになってしまった。恥ずかしい気持ちに変わりはないが、恥ずかしいと思ったとき、すでに躰より先に心で感じているのだ。

「どっちがいい。前か、うしろか。こたえろ！」

大介は内臓を突き破るほどの勢いで肉柱を突き立てた。

「ヒイッ！　ど、どちらも……」

里奈の声は掠れた。

「ふん、どっちもだと？　腰が立たなくなるまで両方とも突いてやる。音《ね》をあげても許さんからな」

里奈の脚を肩に担いだ大介は、まず浅い部分で抜き差しをはじめた。それから徐々に深く貫いていった。

ねっとりした膣襞の感触を味わうようにゆっくり腰を動かしながら、指でぬめついた肉のマメを揉みしだいた。

「はあああっ……」

身をくねらす里奈の目尻から、悦びの涙がツッとしたたり落ちていった。

第七章　地下牢の悪夢

I

片品は薄い唇をゆるめながら、屋根つきの廊下を渡り、屋敷の東側にある離れに向かった。八畳の座敷、四畳半の次の間は、のんびり過ごすにはもってこいの造りだ。専用の庭もついている。

その二部屋のさらに東側に、八畳ほどの板の間がある。

片品は座敷には目もくれず、板の間に入った。

漆塗《うるしぬ》りの文机《ふづくえ》、欅でできた商家の銭箱、いかにも頑丈そうな小型の船簞笥《ふなだんす》、屏風、壺や大皿などの骨董品が並んでいる。

壁には無数の木彫《きぼ》りの面《おもて》が掛かっていた。七福神、お多福、火男《ひょっとこ》、般若、天狗……。時を重ねて黒光りした面には、奇怪な魂が宿っているようだ。

片品が面の掛かった壁の腰板の桟《さん》に手をかけて軽く引き上げると、音もなく壁は動き、秘密の地下へ通じる階段が現れた。

里奈の恋人、脇谷卓の監禁されている地下牢は、離れの真下だ。監禁して五日になる。里奈は恋人が片品邸にいることに微塵も気づいていない。

監禁中の卓とちがい、里奈は拘束しなくても、もはや勝手に屋敷の外へ出ることはないだろう。

里奈をひとりで散歩させることもあるが、土佐犬の金剛がついてまわる。そうでなくても、ひと月近く調教され、男なしでは耐えられない躰になっているはずだ。

口や指による片品の猥褻なプレイ、精力的な大介や辰とのセックス。それらは里奈にとっては強烈な麻薬だ。何もない夜に耐えられるはずがない。

これまで幾人もの女を調教してきた片品は、里奈が麻薬なしで生きられなくなったことを確信していた。

階段を下りると、正面が板の間。その奥に卓のいる牢がある。階段から牢は見えず、中にいる卓からも見えない。

「あう……やめてくれ」

卓の声がした。拒否ではなく、喘ぎだ。

目を細めた片品は、忍び足で牢に近づき、息をひそめて中を覗き込んだ。

卓のうしろ手のいましめは、昨夜解かせた。かわりに、右手首に革の拘束具を嵌めた。鎖がついている。鎖の長さは二メートル。それは柱に繋がれているが、十分に動けるはずだ。

素っ裸の卓は仰向けになっていた。

透けた紹の長襦袢だけ羽織った香菜子は、卓に寄り添い、両肩に手を置いて胸を舐めまわしていた。

肩に置かれた手のやさしさに、卓は香菜子を押し退けることができなかった。押し退けるどころか、疼くような心地よさに、力が抜けている。

香菜子の甘やかな体臭と髪の匂いも、卓を夢見心地にしていた。

女のような膨らみを持たない卓の乳房でも、やわやわとした香菜子の唇と、生あたたかい舌で乳首を執拗になぞられると、全身がゾクゾクと粟立ってくる。

鼻から洩れる香菜子の息が、敏感になっている皮膚をくすぐった。

「やめてくれ……ああう」

この美しい年上の女、性技に長けた香菜子に触れられると、卓は片品邸にやってきた目的を忘れてしまいそうになる。

里奈の救出にやってきたつもりが、毎日毎日、香菜子にこうして奉仕されていると、外のことなど、どうでもよくなってくる。

何とか脱出しなければと思っていたのは、三日目ぐらいまでだった。きのうあたりから、香菜子のことばかり考えるようになった。

風呂に入れない卓のために、香菜子はぬるま湯で、日に二度も三度も足指の間まで拭き清める。そして、卓が目覚めているほとんどの時間を、牢でいっしょに過ごしていた。

香菜子との肉欲に溺《おぼ》れ、疲れ果て、卓は死んだように深い眠りにつく。時計のない、太陽の光もない、おとなしい人工光の射す牢で、いつしか卓は時間の感覚を失っていた。目が覚めるたびに、新しい一日がはじまったような気がしていた。

乳首から離れた香菜子は、口で肌をなぞりながら、ゆっくりと下腹部に移っていった。

大介に比べるとやわらかい縮れ毛が、剛棒を囲んで汗で光っている。

茎の根元を握ると鉄のように硬さを増した肉棒が、腹に向かってグイッと反り返った。

ぬらぬらしている唇をひらいた香菜子は、肉茎をねっとりと咥え込んだ。

「うう……」

それだけで卓は声をあげた。

香菜子の頭が沈んでは浮かぶ。万の淫らな虫たちが、肉茎や亀頭を這いずりまわっているようだ。

どんな女たちからも、里奈からでさえ得ることができなかった快感。この世のものとは思えぬ唇と舌の感触。薄く紅を塗ったやわやわとした二枚の肉の花びらが、もっとも敏感な部分を、あるときは強く、あるときは刷毛でやさしくなぞるように責めたてる。

卓は汗にまみれていた。

顔を離した香菜子は、軽く口をあけ、視点の定まらない目を天井に向けている卓を眺めた。

「香菜子と呼んでくださらないの？　ね……香菜子と呼んで」

人の声のような、そうではないような……。卓は夢の中をさまよっているようだった。

「香菜子と呼んで……」

また心地よいものが卓の耳に入ってきた。

「香菜子……」

「ああ、嬉しい……今度は何をしてさしあげたらいいの？　オクチでこのまま……それとも」

「香菜子のアソコを……見たい……アソコを」

卓はよろけるようにして半身を起こした。

長襦袢を脱いだ香菜子は、足袋だけになった足をひらいて、卓の前に立った。

一本残らず剃毛されたつるつるの恥丘。無毛ではなく、人工的に剃りあげられた丘。最初にこの丘を見たとき、卓は衝撃を受けた。

香菜子が自分でこんなことをするはずがない。誰かの手で剃毛されたのだと思うと、香菜子への憐憫や、破廉恥な行為をした者に対する怒りでいっぱいになった。

牢の外で香菜子がどんな扱いを受けているのか、それを考えると、里奈のことも不安になった。だが、徐々に牢の外のことなど考えなくなった。

今、目の前にいる香菜子と自分。ほとんど自分といっしょにいる香菜子。起きている間中、肉欲に溺れ、卓は夢のような時間のなかで、思考力を失《な》くしていった。

胸を喘がせながら、卓は香菜子の肉のあわいをくつろげた。

花びらが淫猥なぬめりで光っている。花びらの内側のピンクの粘膜もねっとりと光っている。真珠玉のように輝いている肉のマメは、食べてくださいというように、ぷっちりと顔を出していた。

「香菜子っ！」

卓は秘園に鼻を押しつけて息を吸い込んだ。その匂いにクラクラとなり、秘裂を舐め上げた。

「はああっ……」

卓の肩に置いていた手を、香菜子はギュッとつかんで喘いだ。

餌に食らいついた動物のように、卓は尽きることなく溢れてくる蜜液を味わった。

ひとしきり味わって顔を離した卓の唇は、蜜でテラテラと光っていた。

荒い息を吐いて喘ぐ卓は、今度はつるつるの秘丘に顔をつけ、唇だけでなく、鼻や頬を狂おしいほどに擦りつけた。

それから香菜子の躰を押し倒した。

わずか五日で香菜子の虜《とりこ》になった男を、片品は唇の端を歪めながら眺めていた。

2

ここ一週間、里奈は香菜子と顔を合わせる時間が少なくなった。さほど気にしていなかった里奈も、一週間も続くと不自然な気がしてきた。

「ねぇ、お姉さま……最近、何かしてるの？」

「何かって……？」

「だって……ちっとも私と遊んでくれないし……」

里奈は頰を染めながらうつむいた。

毎日、片品に恥ずかしいことをされ、大介や辰に抱かれていても、香菜子の口や指が恋しくなる。

女同士の妖しい時間。やさしすぎる感触。香菜子に愛されているときの、切ないほどの幸せ……。

　里奈は香菜子に愛されたくてたまらない。一週間も放って置かれると、大切なものを忘れているようで、もどかしい気がしてくる。

「離れにお客様なの？」

　自分の恋人が監禁されているのも知らずに、里奈は尋ねた。

「いいえ……どうして？」

「お姉さまが向こうに行くのを二、三度見たから」

「骨董品が置いてあるお部屋、いちど入ったことがあるでしょう？　あそこの整理をしたり、隣のお座敷でお昼寝したりしてたの」

「私もいっしょにお昼寝したいのに……意地悪」

　里奈は甘えるように言った。

　どうして誘ってくれないのだと焦れったい。離れでふたりで寄り添って過ごすことを考えるだけで心が騒ぐ。

「誘おうと思ったこともあったのよ。だけど、あなたはこのごろ大介さんといっしょのことが多いし、邪魔しちゃいけないと思って」

　大介に抱かれているところを、幾度も見られているのかもしれない。里奈の耳たぶが染まった。

「とってもきれいよ」

赤くなっている里奈を抱き寄せた香菜子は、そっと唇を合わせた。

里奈はゾクリとした。大介とも辰ともちがう、愛する卓ともちがう唇の感触だ。

香菜子に唇を塞がれると、それだけで里奈の秘芯からトロトロと蜜がしたたりはじめる。

総身の力が抜けていく。

「もうすぐお別れなのかしら。淋しいわね」

顔を離した香菜子が、ポツリと言った。

またたくまに里奈の目が潤んだ。

苦痛を伴った哀しみが満ちてきた。

「いや、……お姉さまと別れるのはいや、いや」

紗紬の着物を着た香菜子の胸に顔を埋め、里奈はすすり泣きはじめた。

里奈に姉妹はいない。けれど、たとえいたとしても、香菜子以上の絆《きずな》を感じることはないだろう。そう思えるほど、里奈にとって香菜子は親しい女になっていた。

香菜子は里奈の黒髪を撫でながら、片品から与えられた自分の使命を思い、唇を噛んだ。

里奈と卓は別れなければならない。里奈は卓の勤めるＹＨ工業会長の丹波太三郎の女になる。それは、片品の決めたことで、里奈は従うしかない。

この屋敷に一歩足を踏み入れたときから、女は片品の動かす駒のひとつでしかなくなる。

「私と会えなくなるのがそんなに哀しいの？　早くここから出たくてたまらなかったはずよ」

子供のようにしがみつき、肩を震わせている里奈の頭を、香菜子は繰り返し撫でた。

乱暴な足音が近づいてきた。

「香菜子！」

片品の眉間が険しい。

「すぐに参ります」

すすり泣いている里奈を引き離し、香菜子は慌てて立ち上がった。

「里奈、陰気臭い顔をしてどうした。香菜子とスケベなことができずに拗ねているのか。わしがいくらでもいじくりまわしてやる。機嫌を直せ」

険しかった顔をほころばせた片品は、香菜子に、行け、というように顎でしゃくり、里奈の浴衣の裾をまくり上げた。

太腿にチラリと視線をやった香菜子は、何か言いたげな里奈に背を向け、離れに向かった。

片品があの形相《ぎょうそう》で呼びに来たということは、卓が目覚めたということだ。監視している辰から連絡を受けたのだろう。

地下室の階段を下りると、辰が片品のように牢に向かって顎をしゃくった。

牢の鍵を持っているのは辰だ。

香菜子が情に流されて、卓を逃がすようなことがあってはならない。

辰が牢の鍵をあけた。

「どこに行ってたんだ！」

香菜子に駆け寄った卓の、手首の鎖がピンと張った。

目が覚めて一時間ほどになる。卓は恐ろしいほどの孤独に苛まれていた。

香菜子がいれば不安はない。だが、ひとりにされると、永久に香菜子は戻ってこないのではないかという気がしてくる。犬のように繋がれたまま、誰からも忘れられ、餓死する運命ではないかと思えてくる。

「香菜子！」

卓は香菜子の唇にむしゃぶりついた。

「うくっ……自由にして……あなたの自由にしてちょうだい」

里奈と会ってきたばかりの香菜子は、引き裂かれる里奈と卓の運命がわかっているだけに、心が痛んだ。その痛みを忘れたかった。

「私を自由にして……どんなことでもしてちょうだい」

掠れた声で囁く香菜子に、卓は薄芒《すすき》の描かれた帯を解き、紗紬の着物を剝ぎ取った。

「アソコもオユビの間も……全部、オクチできれいにして……ほかのところに行っていた私に、お仕置きしてもいいのよ……括ってもいいのよ」

長襦袢だけになった香菜子には、今にも壊れてしまいそうな危うさがある。

その危うい香菜子の口から、括ってもいいのよ、という異常な言葉を聞いた卓は、心を騒がせながら香菜子の伊達締めを解いた。

最初の三日間、卓はうしろ手にいましめられていた。それを思い出した。

抵抗しない香菜子の長襦袢を剝ぎ、伊達締めでうしろ手に括った。過去にそんなことをしたことがなかった卓は、香菜子が自由を失ったことで昂った。

鎖をつけられ、柱に拘束されている卓だが、半径二メートル以内なら自由に動ける。両手も使える。しかし、うしろ手に括られた香菜子は、卓が何をしようと押し退けることもできなくなった。

決して権力者ではなく、むしろ奉仕者だった香菜子。だが、これまでは卓にとって、自分とはかけ離れた存在だった。

それが、自由を奪ってしまうと、主導権を手にしたようで、躰の奥底から精気が漲《みなぎ》ってきた。

これまでは香菜子に奉仕されるとき、牙を抜かれた獣になっていた。香菜子を貫いて穿つときも、優位に立っているという意識はなかった。香菜子の下で幸福感に浸っている男だった。

だが、今、オスの本能が甦ろうとしている。

妖しげな唇をほんの少しひらいた香菜子は、膝を崩し、咎人《とがにん》のようにうつむいている。

まるで、存分に仕置きをしてください、と言っているようだ。

卓は嗜虐的な思いに駆られた。

乳房をグイとつかみ、乳首を吸い上げた。噎せるように熟した女の体臭が鼻孔を刺激した。

卓の全身は、ますます獣に近づいた。

指の痕がつくほど乳房を強くつかむと、香菜子は声をあげて肩を突き出した。

乳首を強く吸い上げ、歯を立てた。

「あう!」

顔を歪めた香菜子に、卓はいっそうそそられた。

押し倒し、太腿を大きく両側に割りひらいた。

裸身を晒しているとはいえ、香菜子は太腿を閉じようとする。卓は白い鼠蹊部がピンと張るまで脚を割った。

剃毛されている秘丘。もっこりとした外側の肉饅頭。その内側で、水槽に張り付いた鮑《あわび》を連想させるぷっくりした器官が光っている。

花びらの内側に走る秘裂。桜の花びらを重ねて光沢をつけたような粘膜の輝き。肉の帽子から顔を出している真珠玉のきらめき。

香菜子の器官はやさしい色をしているだけではなく、美しく整っている。美しいくせに、男を誘い込む淫らな肉の貝だ。食べずにはいられなくなる。

卓は二枚の花びらごと、肉の貝全体を口で覆った。そして、丸くひらいた唇にそって舌を動かした。

右の花びらから肉のマメへ。さらに、左の花びらから会陰へ……。

そうやってなぞったあと、秘口に舌をこじ入れた。舌先には酸味がかった味が、鼻孔には、もわっとした陰部の匂いが広がった。

「はああっ」

尻をもじつかせながら、香菜子がずり上がった。卓もついていきながら、ピチョピチョと破廉恥な音をさせて粘膜を舐めまわした。

「くうっ」

太腿を押し上げられている香菜子は、尻をくねらせながら、さらにずり上がっていった。

顔を離した卓は、たっぷりと蜜を溢れさせている秘口を、ふたたび舐め上げた。それから、中指と人差し指をねじ込んだ。

抜き差しすると、肉襞が巻きついてくる。真空のようだった壺の中が、すぐにネトネトしてきた。チュブッチュブッと恥ずかしい蜜の音もした。

「いや……」

首を振りながら、香菜子が恥じらいの声を洩らした。

しばらく抜き差しして指を抜く。蜜を舐め上げて味わう。また指を入れる。そうやって卓は憑《つ》かれたように同じ行為を繰り返した。

花びらと肉のマメがぼってりと充血してきた。

卓は反り返っている剛棒を、ズブリと肉壺に押し入れた。

「ああう……」

香菜子は顎を突き出した。白い歯がぬらりと光った。

根元まで剛棒を入れて掻きまわした卓は、それを抜くと、香菜子の顔を跨いだ。それから、蜜でべっとりとまぶされた肉茎を、唇のあわいに押し込んだ。

「くっ」

酸味がかったような塩辛いような蜜と、卓のカウパー氏腺液が混じり合った粘液の味が、香菜子の口いっぱいに広がっていった。

卓が腰を浮き沈みさせた。

うしろ手にいましめられている香菜子は頭を動かすことができず、肉根の側面をしごくために、唇を丸め、舌をチロチロと動かすことしかできなかった。

香菜子の口で側面が清められると、それを卓は女壺に深々と沈めた。そして、蜜まみれの肉茎を引き出しては、また香菜子の口に押し込んでいった。

それを四、五回繰り返したとき、

「痛い……手が痛いの」

背中の下になっている腕の痺れを香菜子が訴えた。

香菜子を起こそうとした卓は、気が変わって反転させた。

背中から腰にかけてのふくよかな線。尻肉の丸み。十八歳の里奈とはちがう熟れきった女の躰だ。

男を魅きつける甘やかな匂いを、全身から撒き散らしながら、香菜子はうつぶせのうしろ姿で卓を誘っていた。

卓はくびれた腰を掬い上げた。

腕で躰を支えることのできない香菜子は、右頬と右肩で上半身を支えた。

卓は高々と掬い上げた双丘の谷間に咲いている可憐な菊花と、いじりまわされてぼってりしている器官を、息を荒らげながら見つめた。

「見ないで……」

香菜子は尻を落とそうとした。そうなると、なおさら高く持ち上げて見つめていたくなる。

紅梅色の菊花が恥じらうようにひくついた。けれど、女壺は貪欲に濡れている。

卓は荒い息を吐きながら、苦しそうに躰を支えている香菜子の横顔や、尻を掲げた破廉恥な姿態、濡れた器官を交互に眺めた。

眺めるほどに息が荒くなり、呼吸が苦しくなってくる。

背中を丸めて菊花と秘芯を舐めまわした。

「んんん！　はあっ！　くううっ！」

汗ばんだ尻がブルブルと震えだした。舐めまわすほどに、ねばついた蜜が溢れ出してくる。

「香菜子っ！」

ついに卓はうしろから剛直を突き刺した。

熱い肉襞が肉杭を締めつけた。

「ああ、香菜子っ！　香菜子！　香菜子！」

荒々しい鼻息を噴きこぼしながら、卓は腰を打ちつけた。

3

片品によって素っ裸に剝かれ、うしろ手胸縄を施されて猿轡をされた里奈は、それがこれからはじまるプレイなのだと思った。

だが、大介が呼ばれ、両足首にも縄がまわり、抱きかかえられて東の離れに連れて行かれた。

骨董を置いた部屋に、地下へ続く階段があるのを知ったとき、このまま地下に監禁されるのではないかと、恐怖に震えた。

だが、地下には、牢があり、そこにはアメリカにいるはずの卓がいた。

（そんな……嘘！）

髪が逆立つようだった。

いつ帰国していたのか。どうしてここにいるのか。そして、香菜子もいっしょにいるのはなぜなのか。すでに心を許し合っているようなふたりの行為に、何をどう解釈したらいいのかわからない。恐ろしいほどの動悸がしていた。目の前の情景が現実だということを受け入れるだけで、里奈の脳は砕け散ってしまいそうだ。

うしろ手に括られた香菜子をいじりまわす卓が、ついに剛棒を突き刺したとき、里奈の衝撃は頂点に達した。

(なぜ……なぜ……なぜ……卓っ!)

声も出せず、自分の存在を知らせることができない残酷さに、里奈は首を振り立てた。大介と辰が、がっしりと里奈の肩先をつかんでいる。

「香菜子! 香菜子! 香菜子っ!」

卓はそう叫びながら、激しい抽送を繰り返した。

「ああっ! ひっ! くっ!」

突かれるたびに、香菜子は少しずつ頭の方に押し上げられていった。

「うっ!」

卓の動きがピタリと止まった。

気をやった卓の総身が硬直し、そのあと、二、三度痙攣した。

痙攣が治まると、卓は肉茎を抜いた。そして、うつぶせた香菜子の汗ばんだ背中を、愛しげに舐めはじめた。

顎をしゃくった片品とともに、大介は里奈を抱え地下をあとにした。辰が階段まで三人を見送った。

里奈は初めて離れの和室に連れ込まれ、猿轡をはずされた。

「どうして！　どうして！　いやっ！」

里奈はパニックに陥っていた。

「この下では脇谷卓と香菜子が楽しんでいるが、いくら声をあげても聞こえはせんぞ。聞いただろう。あいつは香菜子にぞっこんだ。香菜子の名前ばかり呼びおって、おまえの名前なんぞ、たったのいちども口にしなかった。あんな薄情な奴のどこがいい」

小気味よい笑いを浮かべた片品は、いましめで絞りあげられている乳房をつかんだ。

「いやっ！」

里奈は片品を拒んだ。

「おお、久しぶりに本気でイヤがっているようだな。そんなにいやか。だが、イヤと言いながら、どうせ、おまえはすぐに洩らしたようにオツユをこぼすんだ。どれ、アンヨをひらいてみろ」

足首のいましめを解き、片足を握った片品に、里奈は蹴上げるようにしてそれを引き離した。絶対的な拒否を示した里奈に、片品は唇を歪めた。

「あいつと香菜子の楽しんでいる牢の真上で、里奈のオ××コをおっ広げて晒すのも風情があると思わんか。大介、どうだ」

「はっ、なかなかのものかと」

「ふふ、すぐに鴨居に吊るせ。オ××コが裂けるほど脚を大きくひらいて、左右の柱に括りつけろ」

「片足だけ吊り上げるのも面白いかと」

「おうおう、それもいい。好きにしろ」

「いやあ！」

すでに上半身にいましめのまわっている里奈の二の腕をつかんだ大介は、暴れるのにかまわず、うつぶせにして押さえつけた。

左右に動きまわる尻に乗った大介は、背中の横縄に新しい縄を絡めて結んだ。

躰を逆に向けた大介は、別の縄を右足首に結びつけた。

「いやっ！　いやっ！　いやあ！」

総身を揺する里奈の躰を起こした大介は、最初の縄を鴨居にまわして結びつけた。そして、右足に結びつけた別の縄をグイと引いた。

「あう！」

左足を支えに残し、右足は敷居から離れていった。九十度よりさらに高く引き上げた大介は、縄を柱に巻きつけた。

胡座をかいて見物している片品に、里奈は顔を歪めてイヤイヤをした。

「隣から、こいつに合いそうな天狗を持ってこい」

大介が部屋から出て行くと、片品は里奈の前に行き、無防備に晒されている秘芯に指を伸ばした。

「くっ……いやっ」

里奈は躰を支えている左足に力を入れた。

「大介が戻って来るまでに濡れておいた方がいいぞ」

秘園の匂いを嗅いだ片品は、花びらと肉のマメを揉みしだき、秘壺に指を押し入れた。

「ああう」

片品の淫猥な指が動き出してはどうすることもできない。声をあげ、つい尻をクネクネと動かしてしまう。

「これでよろしいですか」
二、三分で大介は隣室から戻ってきた。木彫りの天狗の面《おもて》を手にしている。
目を吊り上げ、口をあけた素彫りの天狗の鼻は太く、二十センチばかりの長さで反り返っている。

「おお、上等だ。そいつをオ××コに突っ込んで悦ばせてやれ」

「やめてっ！　小父さま、いやっ！」

　里奈の声に心を弾ませながら、片品は蜜にまみれた指を口に入れて舐め上げた。そして、部屋の中央に戻って胡座をかいた。

「小父さま！　いやっ！　許して！」

　片品の命令である以上、天狗の面を持っている大介に頼んでも無意味だ。里奈は泣き声をあげた。

　男形の玩具《おもちゃ》は何度も女壺に入れて弄ばれているが、それは、性の道具として作られたものだ。肉棒の形をしていた。

　けれど、大介の手にしている天狗の面は、恐ろしい顔をしている。人の手で彫られたものとはいえ、邪悪な霊がこもっているようだ。

　その面の一部を、抵抗できない姿で晒されたまま秘壺に押し込まれるのは恐い。

　大介は秘園をまさぐった。

「少しは濡れてるようだな」

「しないで。いや」

「下の男のものより、こっちの方がよっぽどいいぞ」

「ヒイッ！」

天狗の鼻を秘口に押し込んだ大介に、里奈が悲鳴をあげた。

4

天狗の鼻は、片足を上げた破廉恥な格好で鴨居に吊られている里奈の女壺に、ゆっくりと押し込められては引き出され、また沈んでいった。

「いや……くうっ……いやあ」

地下牢で香菜子の名を呼びながら腰を動かしていた卓を思うと、胸が張り裂けそうになる。

卓が片品邸にいること自体、まだ理解できない。

けれど、天狗の鼻の抜き差しに、卓に対する思いが中断され、肉の疼きに、つい声が洩れてしまう。

太く反り返った天狗の鼻が、窮屈そうに柔肉を押し広げながら沈んでいく。

恐ろしいと思っていた木彫りの面が、早くも里奈にじんわりとしたせつない快楽をもたらしていた。

「んんんっ……はあああっ」

鼠蹊部を突っ張りながら、里奈は唇を震わせた。膣襞の奥が疼く。どんなスピードで出し入れすれば里奈を焦らすことができるか、大介はよく知っていた。わざとゆっくり挿入し、それ以上にゆるゆると引き出していく。

天狗の鼻は蜜でまぶされ、黒っぽく変色している。それでも、大人の玩具とちがい木彫りのため、水分を吸ってしまう。それだけ、スムーズな抽送とはいかない。それが里奈の肉を妖しく刺激していた。

「あっ……いや……いや」

もどかしい動きに、里奈は尻をくねらせた。

「そうか、いやか」

大介はわざと途中で動きをとめた。鼻が半分秘芯に沈んだ天狗の面は、なかなか動こうとしない。

里奈は尻を左右に振った。催促だった。

鼻は二、三度、一センチばかり上下に動いただけで、また止まった。

「ああ……」

落胆の声が洩れた。

「おい、天狗の鼻にこれを塗ってやれ」

紺の小千谷縮の着物の懐から、片品が小瓶を出した。

「いやっ！　いやっ！」

それがどんなものかわからないが、いかがわしい薬ということは想像できる。片品の笑いを見れば、尋ねるまでもない。

ねっとりとした秘裂から天狗の鼻を抜いた大介は、小瓶から白濁のクリームを掬い、面《おもて》の鼻先に塗りつけた。

うしろ手に括られ、鴨居にまわった縄で拘束され、右足を水平に上げている里奈は、全体重のかかった左足を動かすことができず、翳りを乗せた腰だけ振りたくった。

「大介、わしが代わる。おまえは例のものを持って、あとで来い」

天狗の面は片品に渡った。

大介が出て行った。

「こいつは高価な薬だ。オ××コが悦んでオツユを垂れ流すぞ。その格好でこいつを突っ込まれたら、ヒイヒイよがることまちがいなしだ。嬉しいか」

汗をこぼしながら、里奈は眉を寄せて腰を振った。水平に吊られた、右足をグイと引っ張った。鴨居の縄から逃れようと、肩先も躍起になって動かした。

「うん？　尻を振りたくりおって、催促か。よしよし、思いきりよがっていいぞ。気が散らんように、目隠ししてやる。脇谷卓とスケベなことをしていると思っていいぞ」

松葉模様の手ぬぐいを細長く折った片品は、首を振って逃れようとする里奈の目を覆《おお》った。

「小父さま、いや。しないで」

「ここがおっ立っとるぞ」

「ヒッ！」

しこった乳首をつねり上げた片品に、里奈は胸を突き出して悲鳴を上げた。

みずみずしい肉体には、片品邸にやってきたときの日焼けの名残《なごり》がある。丸い臍の窪みさえ、生き生きとしている。椀型につんと張りつめた乳房は縄で縛り上げられ、深い谷をつくっている。谷間の汗は玉になり、それが連なってしたたり落ちていた。

「さあて、もう一度こいつをオ××コにぶち込んでやろう。おまえのオ××コもスケベになったもんだ」

蜜と薬でテラテラ光っている天狗の鼻を、片品は柔肉のあわいに押し当てた。

「い、いやっ！」

左の内腿が硬直した。

片品はすぐに挿入せず、鼻頭で花びらや肉のマメに薬をなすりつけるようにして女園をなぶった。

すでに面を挿入されて抜き差しされた女壺だけに、まだ花びらがぼってりとしている。

「はあっ……いやっ……ああん」

片品の動きはいつもねちっこく淫猥だ。道具に片品の猥褻な魂が移ったかのようで、大介が使っていた天狗の面とは別物のようだ。

焦れったいようなくすぐったい責めに、里奈は腰をくねくねとさせた。片足で立っているのが辛い。

「あはあ……小父さま、解いて。ね、小父さま」

「大介が戻ってきたらな。そのアンヨを解いたとたんに蹴り上げられては、ショックで死んでしまうかもしれんからな。なんせ、わしは心臓が弱っとるからのう」

七十八歳という年齢からして、心臓が弱るのは当然かもしれない。だが、屋敷に来てからのことを振り返ってみると、そうやって脅しているだけとしか思えない。それでも、まんいちのことを考え、里奈は片品とふたりきりのときは、激しく抵抗するのが恐かった。

「ほれほれ、オマメや花びらにもたっぷり塗ってやる。スケベなオ××コも百倍スケベになるぞ」

天狗の鼻頭で女の器官を撫でまわされているだけで、里奈は法悦を迎えそうな気がした。

「ほうれ、入れてやるぞ。おまえは太いのが好きだからな。ほうれ、どうだ。よしよし、よく締まった上等のオ××コだ」

すっと入っていかない肉襞の抵抗を楽しみながら、片品は少し引いては、さらに奥に挿入していった。

「んん……」

木彫りの天狗の鼻は、水分を吸い取ってしまうのか、それとも、蜜が乾いてしまったのか、さっきより太い鼻が押し入っているようだ。里奈は口をあけて喘いだ。

「かわいい顔をしていながら、こんなスケベなものをこうやって呑み込んでしまう。女のオ××コというのは貪欲なもんだのう」

突き当たりまで押し込んだ片品は、ゆったりと抽送をはじめた。

そのころから、外性器がムズムズとしてきた。熱っぽいような気もする。指を当てたい。それができない。腰を振るしかない。

膣襞もムズムズとしてきた。

一匹の虫が徐々に増え、十匹になり、二十匹になり、やがて百匹にもなり、女壺や花園を這いまわっている……。そんな感じがして、里奈は滑稽なほど激しく尻を振りたくりはじめた。

「お、小父さま……くううっ……あああ、いや」

「天狗の鼻を出してやってもいいぞ。そのままおとなしく案山子《かかし》でいる方がいいか」

「いやっ。もっと速く……お願い、もっと速くして！　もっと！」

虫が千匹にも増えたような膣襞のむずつきに、里奈はそれを癒すことだけしか念頭になかった。

「もっと！　小父さまっ！」

「こんなふうにか」

フフと笑いを浮かべながら、片品は天狗の鼻の出し入れを速めた。

5

香菜子と恍惚の時間を過ごしていた卓は、辰と、見知らぬ大介の侵入によって牢内で組み伏せられ、うしろ手にいましめをされた。

「やめろっ！　チクショウ！　うぐ……」

猿轡をされ、言葉が消えた。

ふたりの腕力は並のものではなく、特に、辰の方は鋼《はがね》のようだ。

いましめられたあとでも抵抗しようとしている必死の形相の卓の傍らで、香菜子はただうつむいていた。

一週間ぶりに地下牢から出された卓は、ふたりの男によって左右からがっしりとつかまれ、上の部屋に移った。

破廉恥に右足を上げ、天狗の鼻を秘壺に出し入れされて声を上げている女がいる。目隠しされているが、卓にはすぐに里奈だとわかった。

香菜子のことしか念頭になかった卓は、忘れかけていたものを目の前に突き出され、頭を石で殴られたような衝撃を受けた。

「うっ……」

里奈を呼ぼうとしたが、痛いほど口を割っている猿轡に、言葉にならない。

破廉恥な姿が痛々しい。グロテスクな天狗の鼻で秘唇を貫かれているのが哀れだ。

「おう、大介戻ってきたか。金剛もいっしょか。おとなしくしておけよ」

卓の気配を悟られないように、片品はここにいない金剛の名を出した。

「里奈、このままがいいか。それとも、大介に抱いてもらうほうがいいか。おまえの好きにしろ」

汗を噴きこぼしている卓に向かって、片品は小気味よい笑いを浮かべた。

「ああう……解いて」

「そんなに大介に抱かれたいか。うん？」

「ああ、大介さん、抱いて下さい。大介さん、早くっ！」

肉壺を動きまわっている無数の虫たちを鎮《しず》めてもらうには、無防備な今の状態から解放され、大介の雄々しい肉杭で激しく貫かれるしかない。膣壁をこすられることでしか、楽になる方法はない。

「大介さん、早く！」

目の前に卓がいるとも知らず、里奈はまた大介の名を呼んだ。

尻をくねくねさせながら男の名を呼ぶ里奈に、卓は息が止まりそうになった。

『夏休みになってから、私はずっと住み込みのアルバイトをしています。簡単な仕事の割にはバイト料がいいんです』

わずか十日ほど前に届いた手紙には、そう書いてあった。

屋敷から出してもらえないと書いてあったが、こんなことになっているとは、ひとことも記されていなかった。この十日の間に状況が変わったというのか……。

卓は悪夢だと思いたかった。

「目隠しを取ったら、また吊すからな」

右足を水平にしている縄を柱から解きながら、大介は釘をさした。

鴨居にまわっている縄と両腕をいましめていた縄を解かれた里奈は、真っ先に秘芯に手を伸ばした。

「おっと、そのまえにムスコをしゃぶってもらおうか」

秘芯に行きつく前につかまれた手は、屹立した大介の剛直に添えられた。

跪いた里奈は尻を左右に振りたくりながら、

「ご奉仕させていただきます」

焦る口調で言った。

里奈の自発的な言葉に、卓の血が凍った。

パックリ肉根を咥えた里奈は、いっときも早く女壺を貫いてほしいと、総身に脂汗を滲ませながら、唇で側面をしごき、舌を絡ませた。顔を前後させながら、玉袋を揉みしだくことも忘れなかった。

熱心に奉仕しながら、虫が這いずりまわっているような肉壺に耐えきれず、太腿をこすり合わせて尻を振ってしまう。

卓は目の前の光景に啞然とするしかなかった。

わずか半年前は処女だった里奈。その里奈を女にして、数えるほどしか抱いていない。里奈を女にしてまもなく、アメリカに赴任した。里奈は半年前の女のままだと思っていた。

だが、大介に対するフェラチオは、かつて自分にしてくれた未熟な口技ではない。顔の動かし方、舌使い、玉袋まで揉みほぐしている手。そして、卑猥にくねる尻……。

（どうしたんだ！　何があったんだ！）

卓は愛する女に近づこうとした。辰が縄尻を引いた。

「オ××コに太いものを入れて下さいと言えるか」

ようやく貫いてもらえるのだと、里奈は肉根を口から出した。

「ああ、オ……オ××コに大介さんの太いものを入れて下さい」

いつもなら、なかなか口に出せない猥褻な言葉を、妖しい肉の疼きを癒すためとはいえ、簡単に口にしてしまったことで、里奈は恥ずかしさに顔を覆った。すでに目隠しされているものの、顔を覆わずにはいられなかった。

「よし、四つん這いになれ。スケベマ×コを突いてやる」

肉茎に媚薬がつかないように、大介はコンドームをつけた。それから、高く尻を掲げた里奈の腰をつかみ、透明な粘液でびっしょり濡れている肉壺に剛棒を突き刺した。

「はああっ……もっと」

里奈はより深く繋がろうと、いっそう尻を突き出した。

（やめろ……里奈……どうしてだ）

何もかもが卓には信じられなかった。

ウブだった里奈。半年前、初めて抱かれるとき、震えていた里奈。アメリカに発《た》つとき、目を潤ませていた里奈。その里奈が四つん這いになり、自ら高々と尻を掲げ、男にねだっている。

太い肉杭が根元まで沈んでいった。

剛棒で女壺の中を掻きまわした大介は、激しく腰を打ちつけた。

「くうっ！」

あまりの勢いに、里奈は躰を支えきれず、腕を折った。尻だけが大介の腰の高さに突き出されていた。

「どうだ、ケツも犯されたいんだろう。ケツを犯してくれと言わないのか。前にはイボイボのついたバイブを入れてやってもいいんだぞ。前とうしろといっしょに犯されるのが好きだろう。どうだ」

子宮を突き破るほど深く突き上げると、里奈は、ヒッと声を上げた。

大介の肉杭で女壺を責められるのもいいが、媚薬を使われている今、イボのついたバイブは魅惑的だ。

「うしろを……あうっ……うしろを犯して下さい」

里奈は思いどおりに操られていた。

肉壺から屹立を抜いた大介は、ワセリンを菊皺にこすりつけ、すぼまりの内側にまで塗り込めた。

反り返っている肉杭をわざとらしくしごきたてた大介は、卓に向かってニヤリとした。そして、菊花を軽く揉みほぐし、太い剛棒を突き立てた。

「あああっ」

里奈が声をあげた。だが、苦痛の声ではなかった。

卓は里奈のアヌスなど触ったこともなかった。だが、排泄器官でしかないと思っていた菊壺に確実に沈んでいく剛直に、卓の総身に脂汗が噴き出した。

「いいか」

根元まで肉茎が沈んだとき、大介が尋ねた。

「ああ、いい……」

「前にも入れてほしいんだな」

「はい」

里奈は泣きそうな声でこたえた。

うしろを貫いたまま、大介はイボつきのバイブを女壺にグイとねじ込んだ。

「んんんっ……」

前とうしろの肉口をいっぱいに押しひらかれ、里奈は恍惚となった。

「ほれ、しゃんとしろ。イボイボバイブはわしが動かしてやる」

ショックに目を見開いている卓ににんまりしながら、片品はくずおれている里奈をふたたび四つん這いにさせた。

片品がバイブを握ると、大介はゆっくりと抜き差しをはじめた。直腸が反転しないように、アナルコイタスでは、あまり激しい抽送はできない。

ゆっくりと腰を動かす大介に合わせ、片品は女壺のバイブを抜き差ししたり、掻《か》きまわしたりした。それから、入り口付近で浅い抽送をはじめた。

「んくっ……はあっ……ああう」

ふたりに責められ、子宮だけでなく、手足の先までジンジンした。ふたたび里奈は、上半身を支えていた腕を折った。

ここに来たときは堅くすぼんでいた菊蕾も、いまでは肉棒を受け入れるだけでなく、悦びを覚えるようにさえなってしまった。ゆっくりと抽送されると、菊口付近が切なく疼く。

グロテスクなバイブを抜き差しされている女壺も切ない。だが、この切なさが何とも言えず心地よい。泣きたくなる。ゆるま湯のような大海にプワプワと浮いているような気がする。

けれど、欲望は限りなく、もう少し強烈なものが欲しいと思う。だからなおさら、切ない。もう少しのところなのに手が届かないというもどかしさに躰が火照る。

「あああ……大介さん……ああう、小父さまァ……」

里奈はすすり泣くようにふたりを呼んだ。

「おお、いいか。おまえのオ××コとケツはよく感じるからな。両方いっしょに犯されて嬉しいか」

「ああ……はい……」

里奈は喘ぎながら波間を漂っていた。

「よし、もっと気持ちがいいところを触ってやるぞ」

片品は入り口付近を集中的にバイブの先でこすった。Gスポット攻撃だ。

「そ、そこは……くううっ……お、小父さまっ！　イキます……んんんんっ！」

法悦を極めた里奈の股間から、小水のように夥しい愛液が流れ、太腿をしたたり落ちていった。

菊口は大介の肉茎を食いちぎるほど、ギリギリと締めつけた。大介は、うっ、と声を上げて息を止めた。

抜き差しを続ける片品に、里奈の総身は細かく震え続けた。

片品がバイブを抜いて引き下がった。

菊壺から肉根を抜いてコンドームをはずした大介は、蜜で畳をびっしょり濡らしている里奈を仰向けにした。

たっぷりと血を吸ったように、花びらは丸々と太っている。肉のマメは包皮から飛び出し、採れたての真珠玉のようにぬめ輝いていた。外性器だけでなく、鼠蹊部や翳りもねばついたように光っている。

大介はトロトロになっている秘芯を剛棒で貫くと、すぐに里奈の足を肩に担ぎ、ラストスパートの抜き差しを開始した。

「どうだ、感じるか！　もういちどイケ！」

「くうっ！　ヒッ！　んんっ！　ま、また……ああっ！」

気をやって顎を突き出した里奈が、大きく口を開けて痙攣した。

結合を解いた大介は、里奈に悟られないように、辰とともに卓を地下に引き戻した。

6

「そろそろお客様がいらっしゃるわ」

やってきた香菜子に、里奈は顔を背けた。

卓と深い関係になった香菜子。卓が屋敷にいることを黙っていた香菜子。里奈は香菜子に怒りを覚えていた。香菜子に対するはじめての怒りだった。

卓に会って話したいが、何人もの男に抱かれてしまった今、どんな顔をして会えるだろう。香菜子を積極的に抱いていた卓へのこだわりもある。囚われ人としての互いの哀しみも感じていた。

「あなたにとって大切なお客様なのよ。薄い口紅ぐらい塗ってちょうだい」

「いや。誰にも会いません」

「脇谷卓さんの将来と深く関わる人だとしても？」

「どういうこと……？」

「丹波さん、覚えているわね？　あの方がお会いしたいってお見えになってるの。あなたを気に入ってらっしゃるの。お義父さまもそのことをご承知なのよ」

「卓さんがこのお屋敷にいるというのに、あの人に抱かれろなんて……お姉さま、そんなことを言いにきたんじゃないでしょう？　そんな酷《むご》いことを」

里奈の目が潤んだ。

「離れで大介さんがあなたを抱くとき、どうして目隠ししたかわかる？」

いったい香菜子は何を言いたいのだろう。里奈はこのままそっとしておいてほしかった。

「あなたが大介さんに抱かれているのを、地下室から連れ出された卓さんが見ていたのよ。卓さんは、猿轡をされていたわ。いましめも」

里奈の心臓がドクッと音をたてた。心がたちまち冷えていった。

なぜあのとき気づかなかったのだろう。なぜ不自然だと思わなかったのだろう。だが、あのとき、そんなことを考える余裕はなかった。

「酷《ひど》い……」

里奈は顔を覆って首を振り立てた。

ほかの男に抱かれているところを見られていたとわかっただけでも、辛く哀しい。

あのとき、大介に女壺だけでなく、菊花まで犯された。自分の触れたこともない菊花が太い肉茎を受け入れたことで、卓はどんなに衝撃を受けただろう。

里奈はいやがりもせず、むしろ自らすすんで大介に抱かれた。片品が使った媚薬による、もどかしいほどの疼きを癒したかった。

けれど、卓はそんなことを知るはずもない。ちがう女になってしまったことを見せつけられ、今ごろ、どんな気持ちでいるだろう。

「いやいやいや！」

涙が溢れた。

「丹波さんの名前は太三郎。名前を聞けばわかるかもしれないけれど、ＹＨ工業の会長さんなの」

泣きじゃくっていた里奈の躰が硬直した。

「卓さんの将来のことを、あなたとお話ししたいそうよ。泣くのをやめて口紅を塗ってちょうだい」

アメリカにいるはずの卓が片品邸にいることが不思議でならなかったが、丹波が卓の会社の会長とわかり、からくりがほんの少しだけ見えてきた。

「卓さんはどうなるの！　ね、どうなるの！」

里奈は香菜子の胸を揺すった。

「知りたければいらっしゃい。それしかないでしょう？　それしかないのよ」

香菜子は鏡台の前の口紅を取った。そして、震えている里奈の唇に、紅筆で薄く紅を塗った。

客間から片品と男の笑い声が聞こえてきた。

香菜子に促《うなが》され、里奈はうつむき加減に丹波の隣に座った。

「ますますいい女になったな」

　里奈の顎を持ち上げた丹波は、値踏みするように里奈を見つめた。里奈は顔を背けた。

「挨拶もできないのか、うん？」

「仕置きするなら、遠慮なくやってもらってかまわんぞ」

　丹波の言葉を受けて、片品が言った。

「好きな男が人質になっているのを知ったら、挨拶どころじゃない。そうだな？　よし、仕置きより、だいじな話をしよう。脇谷卓と別れるなら、彼の将来は約束してやる。それも、異例の出世をさせてやる」

「脇谷は最初の男かもしれんが、うしろを奪った最初の男は」

「いやっ！　言わないで！」

　片品の横槍に、里奈は総身でイヤイヤをした。

　菊蕾を最初に犯したのは丹波だ。それから、立て続けに数人の男からアナルコイタスの洗礼を受けた。

「あのときから、おまえは丹波会長の女になることに決まっていたんだ。イヤとは言わせんぞ。小僧のことなど忘れろ。でないと、小僧は会社にいられなくなる。それだけで済めばいいがな」

片品は意味深長な言葉を吐き、唇を歪めた。

「片品さん、かわいい娘をそう脅すもんじゃありません」

丹波が笑った。

「脇谷卓と会えなくなるのも辛いだろうが、二度とここに来れなくなるのも辛いんじゃないか？　私の女になれば、いつでも屋敷に出入りできる。だが、そうでなければ、ここを出て二度と誰かに会うわけにはいかなくなる。二度とな」

香菜子にチラリと視線をやった丹波は、里奈の反応を確かめた。

香菜子、卓、卓の将来……。一度にすべてが里奈の脳裏で渦巻《うずま》いた。

かつて夢みた卓との幸せな家庭……。だが、大介とのアナルコイタスまで見られてしまった。

ＹＨ工業で働いていることをプライドにしていた卓。その卓が退職に追いやられたとしたら、どんなに力を落とすだろう。

美しくやさしい香菜子。はじめて知った同性との時間。深い絆で結ばれてしまった香菜子と、二度と会えなくなったら……。

そんなことが、クルクルと脳裏を駆けまわった。

「私の女になってくれるだろうな？　ここを出たら、使用人をつけた別宅に住んでもらう」

「今は……何も考えられません……そんなこと……お返事できるはずがありません」

里奈の目が、また潤んでいった。

「考えなくていい。考える必要なんかないんだ。私の女になればすべて丸くおさまる。脇谷卓はすぐに異例の出世をする。そうすれば、それなりの女もつく。どこぞの取締役クラスの娘と結婚すれば、さらに未来が拓《ひら》けるというわけだ」

卓がほかの女と結婚する……。里奈は目の前が真っ暗になった。

「小僧が見ている前で、大介にケツを突かれてヒイヒイよがった女だ。いまさら小僧と元に戻れると思っているんじゃないだろうな？　それに、小僧は香菜子に夢中だ。ほかの男に抱かれてよがっているおまえを見たら、なおさら熱が冷めたようだ」

里奈はがっくりと肩を落とした。

熱が冷めたという片品の言葉を全面的に信じたわけではない。だが、ここでの時間を忘れてやり直せるほど、事態はなまやさしくはない。

同性でありながら、香菜子を深く愛してしまった。二度と会えなくなればどんなに辛いだろう。香菜子に会いたいと、血が出るほど屋敷の門を叩いても、決して片品が扉を開けることはないだろう。

連日、アブノーマルな行為を教えられ、里奈の躰も変わってしまった。

被虐の悦びに目覚め、ノーマルな性では満足できなくなった。

けれど、いくら香菜子を慕っていても、肉体が変わったとしても、愛し合っていた卓への想いは変わらない。

（どうしたらいいの……？　どうしろというの……？）

大介とのアブノーマルな行為まで見られてしまったいま、昔に戻れるはずもない。それでも、簡単に卓を諦めることができない。

「私の女になるな？　今すぐ返事を聞かせてもらうぞ。いやなら、脇谷はもうひと月ばかり、ここで若奥さんと楽しむことになる。そうなれば、長期無断欠勤でクビだ。いい返事をもらえるなら、彼は今夜中にも解放される」

丹波は冷酷に、考える時間を断ち切った。

「返事しだいでは卓さんの将来を……本当に将来を約束してくださるんですね……」

「一筆書いてもいいぞ」

丹波から確信を得た里奈は、片品に視線を移した。

「小父さま、お姉さまとはいつでも会わせていただけるんですね？」

「会わせてやる。だが、ここを出て、ひと月はだめだ。本当に会長の女になれるようなら、香菜子と会わせてやろう。さあ、どうする」

里奈は手をついて深々と頭を下げた。

「丹波さんのお世話になります」

手の甲に、ポタポタと涙が落ちた。

第八章　終わりなき饗宴

1

卓に与えられた十日間の特別休暇はきょうで終わる。

里奈と卓は、ようやく拘束されていない躰で対面した。だが、ふたりは視線を落とし、なかなか顔を合わせることができなかった。

「一時間だけだぞ。何をしようとかってだ。そっちの部屋に布団も敷いてある。里奈が悦ぶ道具も揃えてある」

唇を歪めた片品は、大介を置いて消えた。

大介は八畳の和室の次の間を開けた。布団には、けばけばしい赤い掛け布団が掛かっている。枕がふたつ。その横の乱れ箱に、浴衣ではなく、グロテスクな大小のバイブやコンドーム、ワセリンの小瓶、ロープなどが並んでいた。卓は喉を鳴らした。

「片品様がおっしゃったように、ふたりの時間は、これから一時間きっかりだ。そのあと、用意した車で脇谷氏を社宅まで送ることになっている」

大介は黒い漆塗りの座卓に、作務衣のポケットから出した懐中時計を載せた。

「出て行ってくれ」

貴重な時間を邪魔されたくないと、卓は大介に憎々しげな目を向けた。一昨日、里奈はこの男の名前を呼びながら、アブノーマルで破廉恥な行為に浸っていたのだ。

「ここにいるように主に命じられたからには、使用人としてここから出ていくわけにはいかない。無視してもらおう」

「無視できるか。目障《めざわ》りだ。出て行け」

こんな無駄な会話をしているうちにも、貴重な時が過ぎていく。卓は苛立った。

「大介さんはここにいるしかないのよ。小父さまの言いつけに従うしかないの」

片品の命令には絶対服従の大介とわかっているだけに、里奈がそれを代弁した。そして、またすぐにうつむいた。

「言いつけだと？　自分の男だからじゃないのか」

ここに来てから十日になる。卓の頭は混乱していた。だが、自分が女にし、愛しあった相手と、冷静に話をするつもりだった。どうしてこんなことになったのか聞かなければならない。里奈も同じ気持ちだと思っていた。それが、大介に味方するような言葉を口にされたことで怒りが湧《わ》いた。

目の前で展開された大介と里奈の破廉恥な行為が、鮮明に甦ってきた。

「里奈、おまえは、この男に抱いてと頼んだんだったな。商売女のようなフェラチオをして、卑猥な四文字まで口にして、太いものを入れてくれとせがんだんだ」

一昨日の光景を口にしているうちに、怒りは加速度的に膨らんでいった。

「それから、四つん這いの尻を突き出して……うしろまで犯してくれと言ったんだ。うしろをこいつに、前を年寄りのあいつの持ったオモチャで犯されながら」

卓は胸を喘がせ、鼻から荒々しい息をこぼしながら里奈を睨んだ。

これほどまでに恐ろしい卓の顔を見るのは初めてで、里奈は怯んだ。

「おまえは前とうしろを犯されて、嬉しいと言ったんだ。ちがうとは言わせないぞ」

卓に見られていたことをあとで知ったものの、こうして愛しい男の口から聞かされると、里奈は耳を覆いたかった。

あのときは……と口にしたい気持ちを断ち切った。

淫靡な薬を塗り込められた天狗の鼻を押し込まれたことを、卓は知らない。だが、そんなことは言い訳にはならない。大介と片品によって快感を得たのは確かだ。そういう躰になってしまったことも否めない。

それに、卓と別れなければならない運命なら、なまじ情を残すより、きっぱり断ち切ってもらった方がいい。今はそのチャンスなのだ。

「私は本当の女の悦びを知らなかったの……ここで大介さんや小父さまが、本当の悦びを教えてくれたの。もう卓さんじゃ、もの足りないの。卓さんと結婚するようなことになったら、私は一生、女の悦びを知らないままに終わることになったかもしれないわ。心も大事。でも……肉の悦びがどんなに大事なことかわかったの」

途中で泣き出してしまいそうだった。けれど、里奈は懸命に冷静を装った。

「セックス、セックス、セックス！　ただれるようなセックスさえしていればいいってわけか。あんな変態行為をしていれば幸せってわけか」

たった半年で変わってしまった里奈に、卓は絶望した。里奈と自分に腹が立った。純粋さをなくした里奈。そんな里奈を、ついいましがたまで信じていた自分。どちらにも腹が立ってしかたがなかった。

里奈が待っている。いつか里奈と楽しい家庭を築いていく。そんな思いがどんなに卓を強くしていたか。夢のある毎日にしていたか。だが、里奈の今の言葉で、すべてが消え失《う》せた。

「変態なんかじゃないわ。卓さんだって、そういうことをやってみれば、きっと人生が変わるわ。ヴァギナだけでなく、うしろでもセックスができるなんて知らなかったわ。ここにワセリンも用意してくれてるわ。してみる？　お布団も敷いてあるし。さっき……ちゃんとお浣腸もされたから、うしろだってきれいよ」

恥ずかしいことを口にした里奈は、次の間に視線をやって、奥歯をキリキリと嚙みしめた。

里奈が今いちばん欲しいのは、一寸先も見えない闇だった。たとえ涙を流しても、卓に顔を見られないための闇が欲しかった。

「そんなにうしろを突いてほしいのか。こいつがしたように」

顔色も変えずに傍らに座っている大介を睨みつけた卓は、次に、白い浴衣を着て正座している里奈に向かって声を荒げた。のこのこと屋敷に現れた自分を、ふたりが笑っているような気がした。

「うしろは前よりデリケートだ。十分にマッサージして入れることだ。クリームを忘れないようにすること。それと、絶対にコンドームを忘れないこと。激しすぎる抜き差しはタブーだ。腸が反転することがある。それがアナルコイタスのときの最低限の注意だ」

平然と言ってのけた大介に、卓はますます怒りをつのらせた。

ここで里奈を抱けば、大介も冷静ではいられなくなるだろう。自分の女が人前で抱かれることに動揺しないはずがない。大介は里奈が自分のものになったと認めさせるために、卓の前であの行為を見せつけたにちがいない。それなら、大介の前で里奈を辱めてやりたい。大介と里奈に対する腹いせだ。

里奈の二の腕をつかんだ卓は、乱暴に次の間に引っ張っていって押し倒した。

「あう！」

浴衣の裾が乱れた。それを直そうとする里奈の手を払い、卓は肩の横で押さえつけた。里奈は憎悪の目で見下ろす卓から顔を背けた。

「わざわざ俺を心配させるような手紙を出したのはなぜだ。一カ月の間、一歩も屋敷から出られない。監視されて電話も使えない。帰国できるなら迎えに来てほしい。そんな手紙を出したのは、俺にあいつを見せつけるための、手の込んだ誘いだったのか」

手紙など出せる状況ではない。里奈は意味がわからなかった。

(私じゃないわ……)

そう言おうとして、片品の陰謀にちがいないと思った。

「あなただって男。ここの香菜子さんに会えばどうなるか、試したかったの。思ったとおり、あなたはあの人を抱いたわ。私のことなんか忘れていたはずよ。見てたのよ。地下牢で、あなたが何度もあの人の名前を呼びながら抱いていたのを」

香菜子を愛さない男がいるはずがない。里奈は香菜子を抱いた卓を責めるつもりはなかった。ただ、今はそう言わなければならないのだ。

里奈だけを悪者にしていた卓は、はじめて怯んだ。時を忘れ、囚われの立場を忘れ、いつまでも香菜子といっしょにいたいと願っていたのは確かだ。里奈のことも忘れていた。地下牢がしだいに天国に思えてきた。財産も名誉も、何もいらないと思った。香菜子がいてくれるだけでよかった。

「おあいこね。私を責めることはできないはずよ」

片品に許された卓との一時間の逢瀬は、ふたりが別れるための儀式の時間だ。里奈にはそれがわかっている。片品のせめてもの情けだろう。だが、そんなことは卓にはわかるはずがなかった。

「おあいこだと？　おまえがこんな女になるとはな」

香菜子を抱いたことで、卓が里奈に対して罪の意識を持ったのは、ほんのひとときだった。かつての里奈とのあまりのちがいに、ふたたび怒りが湧いた。

乱暴に里奈の浴衣を剝ぐ卓に、袖がほころびていった。卓も服を脱ぎ捨てた。

形のいい乳房が波打っている。鷲づかみにした。愛撫する気はなかった。それでも、肉茎は反り返っていた。憎しみの肉槍だ。

花びらや肉のマメを指で触れることもなく、舌で愛撫してやることもなく、乳房を押さえつけたまま、卓は容赦なく肉杭を柔肉のあわいに押し込んだ。

「ヒイッ！」

潤いのない秘口に強引に分け入ってきた剛直に、里奈の器官はひりついた。見知らぬ男に強姦されているようだった。痛みと哀しみに、ついに涙が頬をしたたり落ちていった。

2

卓が屋敷を去って一週間になる。三日ほど泣きあかして腫れぼったくなっていた里奈の瞼も、元に戻っていた。

里奈が片品邸にやってきたのは七月末だった。すでに九月の上旬だ。老人の相手をする一カ月のバイトという約束でやってきたが、囚われ人となり、卓と別れ、卓の会社の会長、丹波太三郎の女になることになってしまった。この四十日足らずが、これまで生きてきた十八年より長かったような気がすることもあれば、一瞬だったように思えることもあった。

午後には丹波が里奈に迎えの車を寄越すことになっている。片品邸から逃げることだけを考えていた最初のころが夢のようだ。今では、香菜子がなぜここに居続けているのかがわかる。

「丹波さんからの贈り物に着替えてね。どれも立派な物だわ」

部屋にはシルクの下着から白いジャケットやスカート、靴、バッグ、アクセサリーに至るまで細々と並んでいる。

「お姉さま……行きたくないの……ここにいたいの」

大学生が身につけるには贅沢すぎるものを目にしても、里奈の心は弾まなかった。むしろ、屋敷を出て行くことが苦痛に思えてくる。

「あんなにここをいやがっていたあなたが」

薄い紅を塗った唇をゆるめた香菜子は、里奈の浴衣の帯を解いた。

「お姉さま、いや。行きたくないの。ね、行きたくないの」

我儘な訴えが通るはずはない。それでも香菜子を困らせたかった。

「ときどき戻ってくればいいのよ。私も遊びに行くわ」

「毎日来てくれるの？」

「そんな無理なことを言って」

笑みを浮かべた香菜子は、素裸になった里奈に白いシルクのハイレグカットのショーツを差し出した。里奈は立ったまま首を振った。

「穿かせてあげないとダメなの？　赤ちゃんになっちゃったの？　丹波さんをそうやって困らせてあげるといいわ。うんとかわいがって下さるわよ」

拗ねている里奈の柔肉をほっそりした指でくつろげた香菜子は、ねっとりと輝いているピンクの器官を感慨深げに眺めた。花びらの縁に交互に舌を這わせたあと、肉のマメをやさしく舐めまわした。

香菜子の肩をつかんだ里奈は、腰を突き出しながら熱い息を吐いた。愛撫もないまま乱暴に分け入ってきた卓のことがふっと思い出され、目頭が熱くなった。

何も知らない卓には、軽蔑され憎まれているだろう。だが、それで卓の将来が拓けるなら、それもよしとしなければならない。それに、卓と別れて一週間たってみると、卓にとっても自分にとっても、これが最善だったのだと思えてきた。卓の元に戻れば、ここへの未練に苛まれることになるだろう。

卓とここを天秤に掛ければ、今はここの方がわずかに重い。香菜子に対する思いだけでなく、自分を辱めた片品や大介、辰への未練さえつのってくる。

香菜子の舌は、聖水口の下方から肉のマメに向かって、繰り返しやさしく舐め上げている。ときどき、包皮ごと真珠玉を舌先で押さえてこねまわす。

「はあああっ……お姉さま……いい……それ、好き……ああ、お姉さまあ」

せつない疼きに総身の力が抜けそうになる。このまま何時間でも香菜子の舌や指で愛されていたい。香菜子の愛撫は大介が与えてくれる激しい快感とちがい、やわらかい陽射しのなかをゆらゆらと漂っているような感触だ。

とろとろと蜜が溢れ出す。微風のような快感も、やがて熱い塊になって、躰の奥底から激しい勢いで衝《つ》き上がってくる。

「んんんっ……お姉さま……くるわ……もうすぐ、もうすぐ……」

里奈は喘ぎながら、香菜子の肩に指を食い込ませた。足指を擦りあわせながら、畳をギュッと押した。

「くうっ！」

法悦を極めた里奈の豊臀が打ち震えた。内腿や鼠蹊部も恐ろしいほどに痙攣した。触れられていない乳首もしこり立っている。顎を突き出し、口を開けた里奈の顔に、大きな悦楽の印が刻まれていた。

「おお、さすがにスケベ女だけあって、最後までやっとるな」

片品がニヤニヤしながら入ってきた。

脚の力が抜けた里奈はその場にへたりこんだ。しかし、浴衣で秘園を隠すことは忘れなかった。

それを即座に引き剝がした片品は、脚の間に割って入り、充血している花びらと肉のマメを観察した。

「貪欲なオ××コになりおって」

したたっている蜜を舐め上げた。

「くうっ！」

生あたたかい舌の洗礼で、里奈はまた気をやって震えた。

「おまえもヒィヒィよがってすぐ気をやりおるようになったな。こんなスケベ女を近くに置く丹波の奴、呆れ返らんといいがな。これは約束のバイト代。それと、わしからの贈り物だ」

分厚い封筒と螺鈿《らでん》細工の箱を差し出した片品は、開けてみろと、窪んだ目の奥で笑った。

「あ……」

箱を開けた里奈は、ぽっと頰を染めた。夜になると欠かさず採られていた秘部の型だ。ふたつある。どちらも彩色されており、卑猥にぬめ光っているように見えた。

咲きひらいている花びら。包皮から飛び出している小さな肉の玉。蜜をしたたらせているような秘口……。

淡い桜色の微妙な濃淡のつけ方で、無機質の型がこれほど生々しくなるのだ。板前の元治の施した彩色だ。

「最初の夜と、昨日のできたてホヤホヤのものだ。どうだ、最高の贈り物だろう。金では買えんものだぞ。ここを出たら新しい主と、ふたつのちがいをじっくりと比べてみることだな。おまえがいなくなると、今晩から暇でしょうがないわい。もうすぐ迎えの車が来るぞ。さっさと着替えろ」

片品は光沢のあるシルクのスリップとショーツを手に取って眺めたあと、ポイと里奈に放って胡座をかいた。未練などないといった態度に、里奈は淋しくてならなかった。

体型にぴたりと合った白いスーツは、片品邸に来てから和服ばかり着せられていた里奈を別人のように見せた。

ミニのタイトスカートから、すらりとした脚が伸びている。それをさらに際立たせる赤いハイヒール。お揃いの色のルビーのイヤリングとペンダント。エキゾチックな顔によく合ったアクセサリーだ。

だが、着物に慣れてしまった里奈には、下着やスカートのベルトは窮屈だった。散歩では下駄や草履《ぞうり》ばかり履《は》いていたため、踵の高さがすぐには足に馴染まなかった。

「今の人は脚が長くてステキね。丹波さんはあなたのことがよくわかってらっしゃるわ。何が似合うか。何があなたを引き立たせてくれるか、よくわかってらっしゃるのよ。赤い宝石がとっても似合ってるわ」

いよいよ屋敷を出て行く里奈に、香菜子は嫁《とつ》がせる母親のような眼差しを向けた。

「車が参りました」

大介の知らせに、片品が立ち上がった。

「大介、荷物を運んでやれ」

大介はすぐに里奈の荷物を手に取った。

「小父さま、私をここに置いて下さい。どこにもやらないで」

香菜子だけでなく、ここの誰とも別れたくなかった。

辱めを受けた数々の部屋、広い庭、池、四阿……。そのすべてから離れがたかった。

「ふん、おまえがいなくなると少々退屈するかもしれんが、それは少しの間だけだ。またすぐに、おまえよりウブな女がきおるわ。そうなると、おまえは邪魔でな。さあ、さっさと車に乗れ」

片品が顎をしゃくると、片手に荷物、片手で里奈の腕をつかんだ大介が、脚を踏ん張る里奈を強引に引っ張っていった。

「小父さま、大介さんの女になれとおっしゃって。そしてここに置いて。小父さま！」

片品の命じるままに無表情に動く大介。だが、屋敷を去る今になって、里奈は香菜子だけでなく、大介に対してもある種の感情を抱きはじめていることを悟った。屋敷に残れるのなら、今は、片品や大介の命じるどんな恥ずかしい要求にも応えるだろう。

「大介さん！　小父さま！　お姉さま！　いやあ！」

玄関を出た里奈は、鏡戸へつづく長いアプローチに立っても、両足に体重をかけて動くまいとした。

「チッ、最後まで世話をかけさせやがる。荷物、頼んだぞ」

辰に荷物をまかせ、大介は里奈を抱きあげた。

「またいつでも来れるのよ……丹波さんがやさしくして下さるわ……お化粧が崩れたらおかしいわよ」

予想に反して屋敷を出たくないと駄々をこねる里奈に、香菜子は困惑した。

里奈が駄々をこねればこねるほど、このあと屋敷はひっそりと静まり返るだろう。

「わしを怒らせる気か。そんなことでは、ひと月たっても香菜子と会わせるわけにはいかなくなるぞ。屋敷にも二度と入れてやらんぞ」

片品の脅しに、里奈はピタリと抗いをやめた。大介が里奈を下ろした。

「車に乗る前に化粧を直せ。そんなみっともない顔のおまえをあいつに渡せるか。わしの恥だ。香菜子、恥ずかしくないように顔を直したら、車に乗るのを見届けろ。大介、わしは風呂に入る」

「はっ」

里奈と香菜子と辰を置いて、片品と大介が背を向けた。ふたりは振り返らずに屋敷に入っていった。

3

黒塗りのベンツに丹波は乗っていなかった。無口な運転手が車を止めたのは、白亜の高級マンションの地下駐車場だった。高級車がずらりと並んでいる。

腰の低い五十半ばの男が、運転手の携帯電話によって、駐車場で里奈を待っていた。

「お待ちしておりました。古川《ふるかわ》と申します。ご用がありましたら、今後、何なりとお申しつけください」

荷物を持った古川は、地下に止まっていたエレベーターに里奈を乗せた。

赤いカーペットの敷かれたエレベーターは、最上階で止まった。

「このマンションは丹波様の持ち物で、このフロアは丹波様専用でございます」

エレベーターの前から部屋の前まで、手入れの行き届いた種々の観葉植物が、青々とした生気を放っている。

「丹波様は多忙なお方ですが、つい先ほどお見えになりまして、お嬢様を待っていらっしゃいます」

ドアが開くと、そこは古めかしい片品の和風邸宅とは正反対の、ベージュというより、もっと淡く上品な香色《こういろ》の絨毯の敷きつめられた豪華な部屋だった。

三十畳はありそうなリビングに置かれたテーブルやソファ、キャビネット、絵画、グランドピアノからシャンデリアまで、贅を尽くしたものだ。

恰幅のいい、艶々とした血色の丹波太三郎は、ソファに沈めていた躰をわずかに起こし、手にしていたワイングラスを里奈に向かって軽く差し出した。

「浮かぬ顔だな。ここが不満か」

「お世話になります……よろしくお願いいたします」

片品邸を出たときの哀しみが、まだ尾を引いていた。里奈は香菜子たちに会えるひと月後だけに希望を託していた。豪華な部屋も身につけているものも、今の里奈を慰めることにはならなかった。

「私の世話になどなりたくないという顔に見えるがな」

心の底を見透かしているような丹波に、里奈はうつむいた。

「まあいい。最初から尻尾を振って擦り寄ってこられたんじゃ、あとの楽しみがないからな。朝風呂に入ってきただろうが、これからすぐに風呂に入るんだ。寝室で待っている。この男に剃毛してもらってこい」

　里奈は喉を鳴らした。

　古川は顔色も変えず、使用人らしく寝室に向かう丹波のうしろ姿に会釈した。

「さあ、お風呂にお入り下さい」

「いや……いやです」

「私まで丹波様にきついお叱りを受けることになります。お嬢様は丹波様の言うとおりになさっていればいいんです。何の不満がおありです」

　うなだれた里奈は、古川に案内され、浴室脇の脱衣場で服を脱いだ。

　大理石の風呂は立派だが、里奈は片品邸の檜の風呂に未練があった。片品邸で囚われの身同然になった最初の日、洗い場に入ってきた金剛への恐怖に失禁し、秘所を舐められて失神したことも思い出した。

「躰をお流しいたします。失礼します」

　古川が入ってきた。里奈は背中を向けた。鼓動が乱れた。

「きょうはあまり丹波様をお待たせしない方がよろしいでしょう。すぐに下《しも》の毛を始末してさしあげます」

「自分で……自分でします」

剃毛されることが避けられないなら、他人の手をわずらわせるより、自分で始末した方がいい。会ったばかりの、しかも、丹波の使用人に秘部を見られるのは屈辱だ。なぜ丹波は、自らの手で剃毛しないのだろう。より大きな辱めを受けさせるためだろうか。

「自分でします……」

掠れた声だった。

「全部剃り上げてはならないのです。丹波様のイニシャル、Tの形を残しておくことになっております」

「いやあ！」

破廉恥な言葉に里奈は顔を覆ってイヤイヤをした。

「いらっしゃったすぐに鞭の洗礼を受けるのはお望みではないでしょう？　それとも、お嬢様は鞭に快感を感じるお方でいらっしゃいますか。それなら、鞭がお望みでしょうが、丹波様は私だけでなく、お知り合いを呼んで鞭の腕をお揮《ふる》いになります。いかがいたしますか」

丹波の女になるということは、蝶よ花よと愛《め》でられるのではなく、片品からあらゆる屈辱を与えられたように、徹底的に辱められることだったのだ。わかっていたつもりだったが、まだ理解していなかったのを思い知らされた。

「早く……終わらせて」

「そこに横になってお御足《みあし》をひらいてください」

剃刀《かみそり》を手にした古川は、広い浴室の端に置かれた、幅六十センチばかりの台を指した。

（いやいやいやいや……）

里奈はそう心の内で繰り返しながら台に横になり、硬く目を閉じた。

「では、下《しも》の毛を始末させていただきます。終わるまで動かないで下さい」

翳りに石鹸を泡立てた古川は、手際よく剃刀を動かしていった。シャリッと最初の音がしたとき、里奈の皮膚が粟立った。次に恥ずかしさに熱くなった。

「やりにくいところなので、大きくひらかせていただきますよ」

片足が九十度に押しひらかれた。

「きれいな陰部《ほと》でございますね。丹波様のお気に入りと納得できます」

使用人に剃毛させる丹波を恨めしいと思いながら、里奈は唇を噛んで恥辱の時間が過ぎるのを待つしかなかった。

里奈には長い時間に思われた数分が過ぎ、Tの字に残された翳りを浮き上がらせて、恥毛の始末が終わった。なまじ半端な形で残されただけ、きれいに始末されるより屈辱だった。

「着替えたらすぐに、丹波様の寝室においで下さい。私はこれで失礼して別室に控えております」

古川が消えたことで里奈はほっとした。

浴室を出ると、脱衣場に脱いでおいたはずの服はすべて消え、かわりに、白いネグリジェが置いてある。スリップもショーツも、古川の手で片づけられたのだろう。数時間肌につけていたものを勝手に他人に触れられたことで、里奈は恥辱と苛立ちを感じた。

シルクの光沢あるネグリジェは襟《えり》ぐりが広くノースリーブで、ごく細い肩紐がついている。それに、バルーンスリーブの、女らしさを強調した透けたガウンがついていた。下穿きはない。これから里奈を抱こうとしている丹波にとっては、そんなものは不必要なのだ。

大きく息を吸って吐き出した里奈は古川に教えられた寝室に足を運び、軽くノックした。

ガウンを羽織った丹波は、ブランディグラスを掌で温めていた。

「白いスーツのあとは白いナイティ。その意味がわかるか。おまえは嫁いで来た無垢な女というわけだ。きょうからは私の色に染まってもらう。まずは三三九度の杯からだ。一滴残らず飲み干してもらうぞ。来い」

里奈をクイーンサイズのベッドに引き入れた丹波は、ブランディを自分の口に含み、抱き寄せた里奈の口に移した。

熱い液体が少しずつ流れ込んだ。たちまち口の中が火照った。強すぎる酒に噎せそうになりながらも、里奈は何とか呑み込んだ。

喘ぎ震える里奈に逡巡せず、丹波は三度、ブランディを傾け、それを里奈に口移しで呑ませた。それから、純白のナイティの裾をまくり上げ、Tの字に剃り残された翳りを見つめて唇をゆるめた。

4

「あのお人が、一カ月以上もおまえのここを剃らずにいたとは、奇跡みたいなものだ」

Tの字に剃り残された翳りを指で辿《たど》りながら、丹波はクッと笑った。

「こうやって剃り残すには便利なイニシャルだろう？　KやSなら、ちょっと面倒だぞ。気に入ったか。少なくとも一年はこのままだ」

下腹部に張り付いたTの字を見て、香菜子は何と言うだろう。里奈は泣きたくなった。いっそ、香菜子のように、一本残らず始末してくれたらと思った。

「これから、私のものになったという印をつけてもらう」

破廉恥な剃毛がその印ではなかったのか。新たな〝印〟という言葉に、里奈は本能的に危うさを感じ、肌を粟立たせた。

「印をつける前に、じっくりと躰を見せてもらおう。何しろ、うしろの処女は私がもらったものの、ほかは未知の領域だからな」

顎を掌で持ち上げた丹波は、怯えている獲物を眺めて目を細めた。震えているような唇を指で辿ったあと、舌先でもういちど可憐な花びらを辿った。

粗野な男に見える片品や大介に、信じられないほど繊細なタッチで責められたように、丹波の舌も魔法の舌となって里奈の総身をまたたくまに燃え上がらせていった。

鼓動が速くなり、息が乱れた。唇がジンジンする。だが、それ以上に、触れられていない秘芯がすでに疼きはじめている。熱い鼻息をこぼした里奈は、丹波の両脇をつかんだ。

丹波は表面すれすれのところを、軽いタッチで繰り返し辿っていくだけだ。強く触れてもらえないのがもどかしい。

里奈はかすかにひらいている唇のあわいから舌を出し、丹波を求めた。すると、すっと丹波の舌が消えた。

「ほんの少し触られるだけでびしょびしょに濡れるんだろう？　あの屋敷で祝い酒をうしろで呑まされたときも、洩らしたように濡れていたからな」

「いやっ！　いやいやいや」

五人の男たちに次々とアルコール浣腸された屈辱を思い出すと、今でも熱くなる。里奈は丹波に背を向け、顔を覆って躰を揺すった。

「あれの用意はできてるだろうな。それと、クスコも欲しい……ああ、すぐだ」

羞恥に悶えている里奈に股間を疼かせながら、丹波は電話を取って、別室に控えている古川に、言いつけておいた道具を持ってくるように命じた。

ノックの音に、里奈は慌ててネグリジェの裾を直した。

「失礼いたします」

長方形のステンレス盆を捧げ持つようにして、古川が入ってきた。

サイドテーブルにそれが置かれると、丹波はすぐに盆を覆っている白い布を除《の》けた。

シルバーのリング、針、プライヤー、消毒液、マジックペンなどが載っている。里奈に使用法がわかるのは、片品に挿入されて女壺を覗かれたクスコだけだ。ほかのものは見当もつかない。だが、針やプライヤーには危険な匂いがする。

「ラビアピアス、わかるな？　私への服従の印に、まずは左の花びらに穴を開けて、ピアスを装着してもらう。半年後か一年後には、右のラビアにもつけてもらうことになる」

「いやあ！」

女の躰の中でもっともデリケートに見える桜色の花びらに、丹波は非情にも穴を開けるというのだ。ピアスといえば耳にするものとしか思っていなかった里奈は、恐怖におぞけだった。

「横になって脚をひらくんだ」

「いやいやいやいやいやいや！」

乳房を激しく波打たせながら、里奈はベッドのヘッドボードの方に後退《あとじさ》っていった。

「ラビアは、ほかのところより治りが早い。すぐに風呂にも入れる。二、三日はオシッコをするたびに染みるかもしれないがな。それがいやなら、管を入れて出してやる」

丹波は消毒液をガーゼに染み込ませた。

里奈は必死に首を振り立てた。

「お嬢様、丹波様は器用なお方ですから、けっして失敗などなさいません。すぐに終わります。横になって下さい。そうでないと、私がいやな役を仰せつけられることになります」

「里奈、おとなしく脚をひらけ。リングをつけたら、それにこれを繋ぐ」

差し出された小さな金属片には〈T・T〉と、丹波太三郎のイニシャルが彫《ほ》ってある。その片隅に、長さ一センチに満たない細い鎖がついていた。

自分の持ち物に名前をつけるように、丹波はその金属片を里奈のラビアから垂らすのだ。

「お願い……恐いことをしないで……そんなことはしないで」

やわやわとした花びらにリングを通されることを考えただけで、眩暈がしそうだ。耳たぶにさえピアスをしようと思ったことはない。イヤリングで十分だった。

「三三九度を交わした花嫁に、結婚指輪の代わりにラビアピアスをプレゼントしてやろうというんだ。断るわけにはいかないぞ」

丹波は古川に顎をしゃくった。

クロゼットから皮の拘束具を出した古川は、それを丹波に渡した。

頑健な丹波は里奈の腕をグイとつかんで引き寄せ、難なく左右の手首に別々の手枷をつけ、ヘッドボードの左右のポールに繋いだ。

「いやあ！　いやあ！　いやあ！」

純白のネグリジェの裾が乱れるのもかまわず、里奈は広げられた両手を躍起になって引っ張った。

そうしているうちに、一メートルほどの開脚棒が両足首に取り付けられ、これもベッドにがっちりと固定された。

可憐な白いネグリジェがまくれ上がり、Tの翳りを残した下腹部がさらけ出された。開脚棒でむりやり割りひらかれた太腿のあわいでは、花びらがパックリと口をあけ、ピンクの粘膜を晒している。

天井に嵌め込まれた大きな鏡には、破廉恥な里奈の姿が映っていた。それを自分の目で見るのも屈辱なら、使用人の古川が傍らに立っていることは、さらなる屈辱だった。

「クスコ」

手足の拘束を終えた丹波が手を出すと、ペリカンの嘴の形をしたクスコを、古川は優秀なアシスタントらしく、さっと差し出した。

「あとはいい。こうなれば俎板《まないた》の鯉だ」

「では、あちらで控えております」

うやうやしい礼をして古川が出ていった。

追い込まれた状況のなかで、ふたりきりになれたことは、里奈にとって、せめてもの救いだった。

「やさしく……して……」

鼻頭を染めた里奈は、潤んだ目を丹波に向けた。そうしながら、閉じるはずのない太腿を合わせようと、尻をくねらせながら無駄な行為を繰り返した。

「大の字にされて、さぞ嬉しかろう？　イヤと言うたびにヌルヌルが溢れるのはわかっている。あの屋敷で、おまえはすっかり被虐の女になってしまったんだからな」

さらけ出された女芯は透明な液で満ち溢れ、卑猥にぬめ光っていた。

「男を咥え込みたいとビショビショになっている壺をじっくり覗いてやる。嬉しいか、うん？」

冷たい銀色の器具を柔肉に押し込まれ、里奈は、ヒッ、と呻《うめ》いて鳥肌立った。

ネジが閉まると、逆に嘴がひらいていく。丹波の指がネジを締めるたびに、膣襞が器具に押されて広がっていった。

「ふふ、奥の奥まで丸見えだ。白いオツユをいっぱい溜めて、おまえのスケベな躰が恥ずかしいことをしてくれと言っているぞ」

クスコを深く挿入したまま、丹波は肉壺の奥の観察を続けた。

「いや……もういや」

静かすぎる時間に耐えきれず、里奈は尻を振った。開脚棒をされたうえ、その棒はベッドに固定されているので、尻はさほど動かない。それでも、目で犯されている恥ずかしさに、じっとしていることができなかった。

「ふふ、どんどんオツユが溢れてくるぞ。早く何かされたくてウズウズしてるんだろう。よし、ラビアピアスをしてやろう」

クスコが抜かれた。

「いやあ！」

ふたたび里奈の叫びが広がった。

泣き叫ぶ里奈に同情もせず、むしろ心地よい昂りを覚えながら、丹波は花びらや周囲を丁寧に消毒していった。

向かって右の花びらの、中央よりやや下方にマジックで印をつけた丹波は、穴を開ける太めの針を、恐怖と焦りで歪んだ里奈の顔の前に差し出した。

「こいつで花びらを貫通させ、それに沿ってこのリングを通す。あとはそれにこいつを通して」

丹波は〈T・T〉と彫られている小さな金属片を揺らした。

「プライヤーでリングを閉じて完成だ。簡単だろう。ほんの数秒だ」

「しないで。お願い。しないで」

「動くなよ。説明しなくてもわかるな。せっかくのかわいい花びらが無様なことになるぞ」

たっぷり抗生物質の塗られた針の先が、印のついた花びらに当てられた。

硬直した里奈の内腿が、緊張と恐怖にブルッと震えた。

針がやわやわとした桜色の肉を一気に貫いた。

「ヒイッ！」

拳を握った里奈の総身がそそけだった。

ラビアピアスの施術が初めてではない丹波は、花びらを貫いた針のうしろにリングを当てると、針を抜きとる速度とリングを押す速度がいっしょになるように、瞬時に両方を動かした。

針が突き抜けたとき、それに続くリングが花びらを貫通した。それにイニシャルを彫った金属片を通し、リングはプライヤーで閉じられ、きれいな円をつくった。

出血はない。迅速でみごとな施術だ。

「簡単だろう。終わったぞ」

硬直していた里奈は、その言葉を聞いて嗚咽した。

手足の枷がはずされた。

「見ろ。なかなか似合うぞ」

里奈の半身を起こした丹波が、手鏡で女園を映した。

印のついた花びらを見て、里奈は切なかった。自分の指で慰める一方、男たちの指や口で愛されてきた花びら。その無傷の花びらを貫通した針。揺れている金属。こんなにやるせないのに透明な液が多量に溢れている。

「もう痛いことしないで。やさしくして……やさしくして」

かつて片品の屋敷で、何度同じことを口にしただろう。やさしくして、と哀願しながら、辱められることを望んでいる……。

片品邸に心を置いてきたと思っていたが、ラビアピアスされただけで、丹波への思いが急速につのった。一見冷酷そうでいて、迸るような情熱を秘めていた大介。その大介に似た匂いがする。

屋敷で二度会っただけの男。ついさっきまで自分のなかで拒否しようとしていた男。そんな丹波への急激な感情の変化に戸惑った。

「やさしくして……ね、やさしくして」

すすり泣きながら里奈は丹波のガウンをまくった。そして、雄々しく反り返った剛棒を両手で包むと、頬を擦り寄せ、唇のあわいに沈めていった。

5

秋の気配が濃くなってきた。

窓を開けると、都会の騒音とともに、涼しげな虫の声も聞こえてくる。

もっと丹波に愛されたい。毎日、そばにいてほしい。里奈は、丹波の現れない日が恨めしくてならなかった。

丹波が現れなくなって一週間になる。電話一本さえなく、古川からも理由を説明されないもどかしさに、里奈は剃毛されることを拒んでいた。T字部分以外はつるつるだった肌に、わずかに翳りが浮かぶようになった。

丹波に家庭のことを聞いたことはないが、妻子がいるのは当然だ。そこに戻るのが丹波本来の姿であるとわかっていても、里奈は寛容になることができなかった。香菜子ならこんな抵抗はしないだろうと思いながらも、強引に目的を達しようとはしない古川をいいことに、里奈は剃毛への抵抗を続けた。

「丹波様にお叱りを受けます」

古川の哀願や困惑に、そのつど里奈は顔を背けた。

そんなとき、不意に丹波がやってきた。里奈の心が弾んだ。

恨み辛みを並べようと思っていたものの、丹波の顔を見ると、犬や猫が飼い主にじゃれつくように、尻尾を振って迎えている自分に気づいた。

丹波は笑顔を向けることもなく、背広の上衣と外したネクタイを古川に渡すと、ソファに躰を沈めた。

「ブランディ、呑みますか？　それともコーヒー？」

まだ気安く向かい合えない里奈は、堅い口調で尋ねた。

「あとでいい。来い」

一週間ぶりの主の出現に、里奈は悦びを押し隠しておずおずと傍らに立った。

「ピアスを見せるんだ」

「えっ……？」

「下穿きを取れと言ってるんだ」

このとき里奈は、剃毛を拒んで見苦しくなっている花園を思い出して汗ばんだ。

「お風呂に入ってきます……それから」

「風呂はあとでいい。おまえのスケベな匂いを嗅ぐと疲れが取れそうだ。自分で脱げ」

「でも……」

軽く舌打ちした丹波は、自分でスカートをまくり上げた。レースで縁どりされた白い高価なショーツは、丹波が与えたもののひとつだ。それを下ろされるのを拒もうとする里奈の手をつかみ、丹波はもう片方の手でショーツを引き下ろした。始末されていない秘部が目に映った。

「どういうことだ。毎日でなくても、二、三日に一度は剃刀を当ててろと言ってあったはずだ」

いつになくおどおどしている古川を、丹波は容赦なく叱責した。

「申し訳ありません……」

「おまえがイヤだと言ったのか。古川は私に忠実な男だ。言いつけられたことをおろそかにしたことはない。こたえろ！　里奈、どうなんだ」

弾んでいた里奈の気持ちは萎縮した。

「何日も……来て下さらなかったから」

丹波の怒りの目を見ることができず、里奈はうつむいた。

「愚《おろ》かな女のような言い訳をするな。たとえ半年留守にしても一年留守にしても、最低限の身だしなみは忘れるな。無精髭《ぶしょうひげ》を生やしているようで恥ずかしくないか。えっ？　どうなんだ」

「すぐに始末いたします。お嬢様、浴室へおいで下さい」

おろおろしていた古川が口を挟んだ。

「いまさらその必要はない。堂々と逆らった褒美に鞭をくれてやる」

「ごめんなさい！　もう逆らいません。許して」

予想以上の丹波の怒りを見ると、その勢いで鞭打たれる恐怖に背筋が寒くなる。里奈は目を潤ませながら許しを乞うた。

だが、丹波は抵抗する里奈を裸に剝き、リビングの天井に吊るし上げた。足指の先がかろうじて床につく格好だ。

「いや。許して」

九尾鞭を手にして立った丹波に脂汗をこぼしながら、里奈は総身をくねらせた。丹波のイニシャルを彫った金属片が、股間で揺れ動いた。

「躾《しつけ》のできていないメス犬には仕置きして躾るのがいちばんだ。それしかないんだ。躰で覚えろ」

鞭を振り上げた丹波は、乳房をめがけて最初の一撃を振り下ろした。

「ヒッ！」

苦痛と恐怖に歪んだ里奈の顔を見据え、丹波はうしろにまわった。臀部と背中を交互に鞭打った。

「くっ！　ヒッ！　あうっ！　いやあ！」

片品邸で受けた数々の仕置き。だが、激しく鞭打たれたことはなかった。

一本鞭とちがい、先が九本に分かれた九尾鞭は、打ち下ろした力が九分の一に分散され、腕がよければ怪我をさせることもない。だが、恐怖が先に立ち、躰を支える気力をなくした里奈は、打たれるたびに蓑虫のように揺れた。

丹波がふたたび正面にやってきた。

「次はピアスを打ち落としてやろうか。肉ごとちぎれるぞ」

冷静な丹波が鞭を振り上げたとき、里奈は恐怖に小水を噴きこぼした。内腿を伝って多量の琥珀色の液がしたたり落ちていった。

「九尾鞭で洩らすとはふがいない女だ。一本鞭なら失神か」

吐き捨てるような丹波の言葉に同情はなかった。

「躰を洗って剃毛したら、すぐに寝室に連れて来い」

丹波は大理石のテーブルに鞭を放った。

拘束から解き放たれた里奈は、その場にへたり込んだ。

6

浴室でぬるめのシャワーをかけられ、萌え出してきた恥毛を始末された里奈は、透けたネグリジェを羽織って寝室に入った。

肉は裂けていないが、背中と尻肉が熱を持ったように熱く、ひりついていた。

裸でベッドに入っている丹波を前にして、里奈は竦んだ。仕置きは終わりだろうか。それとも打擲は始まりに過ぎなかったのだろうか。

「来い」

里奈はおずおずと丹波に近づいた。

傍らに立った里奈のネグリジェをまくり上げた丹波は、股間の金属片を引っ張った。

「あう……いや」

ピアスの傷口は治っているが、デリケートなところだけに、今にも花びらがちぎれてしまいそうで恐ろしい。

「ピアスには満足しているだろうな」

「はい……」

「鞭も満足したか」

里奈はコクッと喉を鳴らした。

従順でなかったため叱責され、仕置きされ、恐怖と痛みに顔を歪め、声をあげる。それは、片品邸で被虐の悦びを教え込まれた里奈にとっては、精神的なエクスタシーだ。やさしく愛でられるだけでなく、冷酷に仕置きされることで、得も言われぬ快感に満たされる。その快感は、何日も余韻となって残る。せつなく甘い悦楽の余韻だ。

破廉恥な丹波の行為や、そのときの屈辱感を思い出し、里奈は濡れる。もういちどそうやって辱めてほしいと思いながら、秘芯に指を置き、動かしてしまう。やさしかった卓の愛撫だけでは欲求不満になってしまう躰になってしまった。

丹波のいない夜は、丹波だけでなく、片品や大介、辰たちに受けた数々の辱めを思い出しながら自らを慰めた。もし、明日、丹波が訪れないなら、鞭打たれたことや粗相した恥辱を思い浮かべながら指を動かすだろう。

「この一週間、貪欲にオナニーに耽《ふけ》っていたな。大人のオモチャがなくて残念だったな。だが、そんなものがなくても、代わりのものはいくらでもあるわけだ」

丹波はビデオのスイッチを入れた。

「あっ！」

里奈の頬と耳たぶが朱に染まった。

ブラウン管のなかではベッドに半身を起こした里奈が、直径二センチほどの細い化粧瓶を柔肉のあわいに埋めて動かしている。

『ああう……いや……いや……恥ずかしいことしないで……パパ』

自分で見ることができなかった自慰の姿と、記憶から消えていた言葉まで聞かされ、あまりの恥ずかしさに里奈はこの場から消えてしまいたかった。パパというのは、丹波への呼びかけだ。

盗撮されていることに気づかなかった。カメラが隠されているのは、ベッドの正面の壁に掛かっているアフリカ土産《みやげ》という木彫りの仮面だろうか。

「堪え性のない奴だ。この一週間、一日中カメラはまわっていたんだ。かわいい顔をしていながら、やることといえば飢《う》えたメス豚だな。私の前で同じようにやってみろ。断ってもいいぞ。そのかわり、すぐにクリトリスを貫いたピアスを付ける。脅しじゃないぞ」

丹波はサイドテーブルの引き出しから、数枚の写真を出した。

女性器の拡大写真。そんなものを初めて見た里奈は息苦しくなった。自然な女園ではなく、そこにピアスが施されている。それも、里奈のように片方の花びらだけでなく、左右の花びらや大陰唇、丹波が口にしたばかりのクリトリスと、五つものピアスで貫かれている。それぞれのピアスにはゴールドの鎖が下がっていた。

恐ろしいと思う一方で、里奈は妖しい疼きを感じた。この美しいピンクの器官を持った女は誰だろう。この女も丹波の女だろうか。丹波がピアスを施したのだろうか。そう考えると、顔の写っていない女に嫉妬した。そして、写真の女のように、いつか丹波に次のピアスをされることを予想し、躰が火照った。その切なさに酔った。

「さあ、こうされるのがイヤなら、私がいない夜に自分でやったことをしてみせるんだ。化粧瓶だけでなく、口紅や万年筆までペニスの代わりに突っ込んでおきながら、恥ずかしいことをしないでパパ、だと？」

ビデオと里奈に交互に視線をやりながら、丹波は唇の端を歪めた。

『パパ……だめ……しないで……ああう、いや。ピアス恐い……しないで』

眉間に皺を寄せたビデオの里奈は、細めの化粧瓶を秘壺に沈めては引き出し、また沈め、ひとり二役を演じて喘いでいた。白いネグリジェをまくり上げ、足指を擦り合わせながら悩ましい顔をして、破廉恥な行為に耽っていた。

「いやっ！」

いたたまれずに、里奈はビデオのスイッチを切った。前後の言葉で、パパというのが丹波を指しているのはわかったはずだ。恥ずかしかった。同時に、丹波をとことん困らせ、甘えたくなった。

「もういやっ！　嫌いっ！　小父さまのところに帰して！　お姉さまに会わせて。嫌い。パパなんか嫌い！」

ピローとクッションを、丹波に向かって次々と投げた。それを投げ終えると、サイドテーブルにかかっていた紅型の敷物も投げた。

丹波は微動もしなかった。投げる物がなくなり息を弾ませている里奈を、丹波は薄い笑みを浮かべて見つめていた。

「灰皿やブランディの瓶でも投げた方がいいんじゃないか？　こんなものじゃこたえないぞ。小父さまのところに帰して、お姉さまに会わせて、か。これから送っていってやってもいいぞ。屋敷に戻りたければ戻るんだな。運転手を呼ぶか。出ていくならいけ」

丹波が電話を取った。

甘えたいために発した言葉で、丹波とこんなにも早い別れが訪れるとは予想しなかった。

（ちがう！　ちがう！　ちがうの！）

里奈は受話器を横から取り上げ、元に戻した。

丹波は里奈をうつぶせにねじ伏せ、鞭の痕のついた尻肉に、スパンキングを浴びせた。

「ヒッ！　ヒイッ！」

ただでさえひりついていた尻肉を激しく打擲され、骨が砕けそうだ。

スパンキングがやんでも、里奈は身動きできなかった。

丹波が電話をプッシュした。このマンションの一角に住んでいるお抱え運転手に電話されるのだと思い、里奈は絶望に嗚咽した。

「丹波だ。夫人を」

そう言った丹波は、赤い手形のついた尻を剝き出しにしたまま肩先を震わせている里奈を見下ろし、ニヤリとした。

「ああ、私だ。どうしようもない我儘猫がそちらに帰りたいと喚いている。だが、どうせ主は受け入れないだろうがな。これからどんな仕置きをするか考えているところだ」

丹波は里奈を起こし、受話器を耳に押しつけた。

「どんな失礼なことを……」

香菜子の声がした。

「お姉さま……お姉さまなのね」

一カ月近く会っていない香菜子への懐かしさに里奈の声がうわずった。

「丹波さんに我儘を言っているの？　困らせているの？　やさしくして下さってるでしょう？　いい子にしてなくちゃダメよ」

「ピアス……花びらにピアスをされたの」

被虐の性に目覚め、今ではラビアピアスの〈T・T〉の金属片を揺らしては切なさに酔う毎日を送っていながら、里奈は思わずすすり泣いた。

「きっとかわいいでしょうね。早く見たいわ。丹波さんは素敵なプレゼントを下さったわね」

「さっき鞭で打たれたの……」

「どんな悪いことをしたの？　でも、お仕置きされて濡れたんでしょう？」

香菜子には何もかも見透かされている。だが、それが嬉しくもあり、もどかしくもあった。

「迎えに来て。お姉さま、もう、お仕置きはいや。お姉さま！」

「お仕置きをして下さいと素直に言えないとは、よほど臍曲《へそま》がりだな」

受話器を奪った丹波は、

「どうせ退屈なんだろう？　しばらく里奈の声でも聞いてくれ」

そのまま傍らに受話器を置いた。そして、スパンキングを続けた。

「ヒッ！　痛い！　お姉さまあ！」

香菜子が悲鳴を聞いていると思うと、里奈の秘唇から夥しい蜜が溢れ出した。

スパンキングのあとワセリンを塗り込められ、すぼんだ菊花を揉みしだかれた。腰を高く掬われ、里奈は太い肉棒を押し込まれていった。

「くっ……いや……いやあ……お姉さま、助けてっ。ああう……」

里奈の声が掠れた。

根元まで肉根を押し込んだ丹波は、ピアスをそっと引っ張った。

「あう……恐い……いや、パパ……やさしくして」

恐怖と快感に、里奈の総身は小刻みに震えた。

「いいお声よ。とってもかわいいわ。もっと恥ずかしいことをして下さいって、そう言いたいんでしょう？　さあ、丹波さんにそう言ってごらんなさい」

耳の横の受話器から、香菜子の声が聞こえてくる。

「もっと……恥ずかしいことをして。里奈を辱めて……パパ……」

菊花を犯され、花びらをいじられながら、里奈は至福の時をさまよいはじめた。

この作品は一九九八年四月日本出版社より刊行された
『鬼の棲む館』を改題したものです。

GENTOSHA OUTLAW BUNKO

いましめ

藍川京《あいかわきょう》

平成22年12月10日　初版発行

発行人——石原正康
編集人——永島賞二
発行所——株式会社幻冬舎
〒151-0051東京都渋谷区千駄ヶ谷4-9-7
電話　03(5411)6222(営業)
　　　03(5411)6211(編集)
　振替00120-8-767643
印刷・製本—図書印刷株式会社
装丁者——高橋雅之

万一、落丁乱丁のある場合は送料小社負担で
お取替致します。小社宛にお送り下さい。
定価はカバーに表示してあります。

幻冬舎アウトロー文庫

ISBN978-4-344-41583-6　C0193　　O-39-23